寻找老巴

薛永钧中短篇小说集

薛永钧◎著

中国出版集团
现代出版社

图书在版编目（CIP）数据

寻找老巴 / 薛永筠著. —北京：现代出版社，2018.5
ISBN 978-7-5143-7017-1

Ⅰ. ①寻… Ⅱ. ①薛… Ⅲ. ①中篇小说－小说集－中国－当代②短篇小说－小说集－中国－当代 Ⅳ. ①I247.7

中国版本图书馆CIP数据核字（2018）第066197号

著　　者	薛永筠
责任编辑	杨学庆
出版发行	现代出版社
地　　址	北京市安定门外安华里504号
邮政编码	100011
电　　话	010-64267325　64245264（传真）
网　　址	www.1980xd.com
电子邮箱	xiandai@cnpitc.com.cn
印　　刷	三河市金泰源印务有限公司
开　　本	710mm×1000mm　1/16
印　　张	15.5
字　　数	193千字
版次印次	2018年7月第1版　2018年7月第1次印刷
标准书号	ISBN 978-7-5143-7017-1
定　　价	45.00元

目　录

遥远的香蕉林　001

跑　039

寻找老巴　070

化石沟　138

张老锅　198

大夏天　224

遥远的香蕉林

9月初，我男朋友所在部队一位原来在部队小学姓吴的老师打电话到部队说，他们学校急需一位老师，如果有家属想去，就抓紧和他联系。

我在工厂一个月工资1500元，学校也可以拿1500元。在我心目中老师这一职业是崇高而又神圣的，我大学读的是师范大学，但是毕业后没走上讲台，现在有这样一个机会，我很想去试一试。

约好见面的那天下午，校长和主任很快就过来面试。因为学校走了老师，原来那位老师的课由校长顶着。我们决定先看看学校再给他们答复。下午4点多吴老师回来了，他知道我已通过了面试后很高兴。他说这事现在就看我们的态度，如果真的想去他现在就打电话把这事给定下来。我想学校没有工厂那么严格，晚上、周末的时间完全属于自己，我可以有更多的时间看书，充实自己，就决定去。

吴老师很忙，他托中心学校的一位张老师带我们去那个学校是第二天的下午四点多钟。我们从中心学校门口叫了两辆摩托车，摩托车几分钟出了镇后沿着一条公路前行，公路上跑着一辆辆拉着高大的集装箱的货柜车，走了一会儿公路，两旁的房舍越来越稀，虽然已到了

10月，迎面扑来的还是一阵阵的热风。到了一个岔口，摩托车拐了进去，这条路上没有一个行人，路的两旁全是绿绿的、密密的香蕉林，香蕉林被一条条明亮的水渠分隔着，水渠里偶尔还停着一只小木船。在香蕉林的中间，高高地搭着几根用竹竿支起的房子，是看林人用来守香蕉的。

我不知道张老师要把我们带到哪里去，在绿得一眼望不到边的香蕉林里看不到一家农舍，见不到一个行人，我原来打工的那家工厂在一个管理区，街道两旁的店铺一家挨着一家，晚上一下班街道上全是熙熙攘攘的行人，很热闹，就连工厂周围本地人住的也是一家家一幢幢的小洋楼，很气派。

摩托车又走了几分钟，到了一条小河边的一排小楼房前，张老师叫摩托车停下来问西大坦在哪里，两个摩托车司机支支吾吾地说不清楚，这时从一条通向村子的沙子路上过来几个身穿蓝色校服的学生，我心里一亮，有学生就有学校，张老师叫往一个学生问，学生指着香蕉林的深处说："就在前面，不远了！"

摩托车沿着沙子路往香蕉林的深处开，我看到路边的一块写着"4吨以上货车禁止入内"木牌。路很窄，仅容一辆小车通过，有几家路两边的人家把房顶连在一起棚了起来，行在路上就像在人家里走一样，遇到几个靠近河边的地方就是90度的转弯，如果不熟悉的司机，肯定会掉进河里。穿过了这个村子，张老师指着前面一排高高的松树说："看见了吧，那边有树的地方就到了！"

学校在村子中间，我们到学校时，学校里还有很多学生在玩闹着。学校只有一幢楼房，何校长和葛主任正等着我们。一进办公室，校长就直接说："你明天下午就准备上课，现在我们先去吃饭。"

吃饭的地方是搭在江上的一座竹楼，我们到时竹楼前面已停了几辆小车，竹楼边一个个玻璃缸里养着各式各样的水生物。一进去，一个桌上的一伙人和校长打招呼，张老师也迎上去热情地和他们握手。我们找了一个空位坐下，张老师说那一桌人都是镇上的头面人物，有镇长、书记，有文教、计生等部门的干部，我看到那桌人吃的全是海鲜，喝的是洋酒，一个个谈笑风生，其间有几个还向我们举杯。张老师说这家酒楼是全镇最高档次的酒楼，虽然很偏僻，但是吃、喝、玩的都是最上档次的。女服务员都穿着开叉很高、露着雪白大腿的旗袍。楼下的房间里传上来一阵阵的歌声、男女的欢叫声、猜拳声。

学校对面的一幢两层楼房就是宿舍，学校在二楼给我分了一间，房间里有两张桌子、一张床、一个煤气灶。我收拾东西的时候，进来一个女的，她自我介绍姓梁，住我隔壁。她说学校的学生不好管，我要带的那个班是全校最乱的一个班，以前一位江西的女老师管不住，自己找了一家工厂上班去了，学校几次想把这个班打乱了重新组班，但另外两个班的班主任都不同意，所以到现在还是维持原状，由校长带着的。我跟她边谈边收拾东西，一会儿又进来一个小个子女老师，她一进来就问："你是新来的老师吧，这下好了，我们可以一起玩了，对了，我去给你把录音机拿来。"她说了几句话就出去，然后提来一个录音机。她说："这是学校给每位老师配发的。"二楼四间房子，小个子老师住在楼梯口那间，第二间是姓王的一位老师，第三间是我，边上靠着小河的是梁老师。小个子老师姓黄，中师刚毕业，是中心小学何校长介绍来的。梁老师和我们说了几句话就出去了，黄老师说她最近又谈了一个男朋友，晚上来看她。我问黄有没有男朋友，她笑笑说："我还小，没有男朋友。"

按黄老师讲，对付这个班的学生，一开始说话不能给他们好脸色，如果你对他们好一点儿，他们就会爬上你的头。我绷着脸推开教室门，里面的学生就炸开了锅。有的学生叫："老师好！"有的学生说："噢！又来一位新老师。"有的问："老师，你打不打人。"有的说："老师，你的衣服好好看。"坐教室后面的几位学生站到凳子上、桌子上望着我叫着。我把书重重地摔在讲桌上大声说："安静，不要吵，谁再吵就出去。""噢！老师好凶哦！"我拿起教鞭敲了一下讲桌，大声说："都别吵，后面的几位同学坐下来！"

那几位同学坐下来，但教室还是没有安静下来，同桌之间，前后桌之间都在叽叽喳喳地讲话。他们说的全是地方话，我听不懂。

我自我介绍说："我是你们的新老师，我姓龙！"

我转身往黑板上写我的名字，一转身教室里就轰一下吵开了。

我转过身，拿起教鞭又在讲桌上敲了一下，教室里稍微安静了一些，后面两个前后两排坐的学生不知在争抢什么，两个人手抓在一起相互用力拉着，对我的讲话毫不理会。我拿着教鞭走到他们跟前，他们两个人像没看见我一样还是用力拉着。我大声说："放开手，别抢了，现在是上课时间，你们知道不知道？"

但是这两个学生还是四只手抓在一起不分开。

我对着一个同学说："你放开手！"

这个同学抬头望了望我还是紧紧地抓着另一个同学的手。

我又对另一个说："放开，你先放开手！"

但是那同学说："他放先，他放开我就放。"

这时两个同学开始互相争执："你放先！""你放先！"但是两个都不放。这时全班的同学都围了过来，几个同学还叫着："老师，打他，用教鞭敲他们的头！"一个女同学站在桌子上，对着大家大声叫："打，打，打死！打死了才好！"

我气不打一处来，第一节课刚上课就成了这个样子，以后还怎么上课。我拿起教鞭举到两个同学的头顶，"我数三声，一起放，谁不放就滚出去，一、二、三！"

我刚数完，后面的同学松开了手，我一看，原来俩人在抢一个乒乓球，一个一看手里的乒乓球已经捏扁了，“哇”的一声哭了起来。

我对着围在周围的学生说：“都回去坐好，别在教室里乱跑！”那个站在桌上的女学生还站着，下面凳子上坐的同学把桌子推了一下，她差点摔了下来。她从桌上跳下来指着推桌子的学生问我：“老师你怎么不打他？”

我说：“你站在别人的桌子上我怎么打他。”

“他差点把我摔了下来！”她说。

“活该，谁让你站上去了。”我说。

“老师，我不喜欢你！”她对着我大声说。

“老师！我也不喜欢你！”这个女生说完又有几个同学附和着她说。

我走到讲台上说：“我来之前就知道你们这个班是全校的重点班，你们自己想想，你们上课这样闹不对，你们考试不及格怎么办？”

“我不用考试！”我话还没说完下面就有人说了一句。

“谁说的？是谁？站起来！”我想找这个同学。

“是何三傻！”几个学生说。

这时一个同学对着我笑嘻嘻地站了起来。

“老师，是我说的！”那个学生还在那里笑着。

“老师，打他，打他！”

教室里又乱了。还没等我开口，一个女生站了起来。

“老师，他叫何喜宝，学校免考的。”这位女学生说。

一听到女同学说他免考，何喜宝嘿嘿地笑出了声。

我不知该怎么办，又一个学生站了起来，“老师，我也是免考的！”

那位女学生又站起来说：“老师，他叫何喜来，也是学校免考的！”

女学生说完，学生们都嚷嚷开了：“何大傻！何大傻！何大傻也是免考的！”

学生们望向一个学生，那个学生嘴里咬着一支铅笔，傻呆呆地望着我。

“先不管谁考不考，全部安静下来，下面我们开始上课！”

我一说完，后面站着的几个学生都坐了下来，但是那个何喜来一下人仰马翻，扒翻桌子，掉到地上去了。我一看就知道是他同桌搞的鬼，她肯定在何喜来往下坐时抽掉了何喜来屁股下面的凳子。

听到他往下掉的叮叮咣咣的桌子、板凳、书本、铅笔盒的声音，全班又炸开了锅，笑的、闹的、从过道里跑过去看的，一下子教室里乱成了一锅粥。我走下去让站在何喜来边上的那个女生站起来。她一站起来就说：“老师，不是我做的，是他自己掉下去的！”

一听就是此地无银三百两。这个小姑娘相比别的学生长得要灵秀一些，大大的眼睛圆圆的脸。

何喜来从地上爬起来一把抓住女学生的头发，女学生嘴里嚷着本地方言，我一句也听不懂。她用两只手打着何喜来，让他放开，但何喜来张着嘴出着粗气，使劲把她的头发往下扯，被撕的女同学骂了几声就痛得哭开了。

我抓住何喜来的手要他放开，但他一点也不松劲，一个劲地张着嘴大声出着气往下扯，我掰了几次，才掰开他的手，他的手一松女同学又来劲了，哭着还要打何喜来，周围的学生又站起来，还有几个站在凳子上桌子上往这边看。

我大声说：“都到自己的座位上坐好！”

我一只手拉开哭着的女同学，摸了摸她的头发让她坐在座位上。我走上讲台开始上课。

“今天我们开始上第 7 课《麻雀》！”

教室里响起翻书声，开铅笔盒关铅笔盒的声音。课没讲几句，下课铃就响了。

第二节还是语文课，为了更快地熟悉学生，我没有回办公室，我走到上课时给我介绍何喜宝、何喜来的那个女生边，问她叫什么名字，几个学生抢着回答：“她叫何喜君，是我们班的班长！”

这个女学生个头全班最高，年龄也比别的学生大一些。

我问被何喜来扯过头发的那个女生叫什么名字，学生们抢着说：“是何丽丽，我们班上最野的就是她了！”

何丽丽自己不承认，对着说她的那些学生吼了一连串的本地话。

何喜君指着几个同学介绍：“他叫何宗义，他叫何小虎，他叫何雷，他叫张大强……”被介绍的同学一个个向我露出了开心的笑脸。

何喜君向我介绍何喜宝说：“他叫何喜宝！”何喜宝对着我“嘿”地笑了一声。几个学生说：“他也叫何三傻！”

何喜君指着一个背着书包的学生说：“他叫何喜来！”几个学生说：“也叫何二傻！”

何喜君指着那个在座位上坐着嘴里含着铅笔的学生说：“他叫何喜家！”学生们说：“也叫何大傻，他们三个是我们班的三个傻瓜！”

何喜家只是呆呆地望着我们，这热热闹闹的气氛好像和他没有一点关系。

我问他们：“你们怎么上课时那么多小动作？教室里乱得课都上不成。”学生们一下子互相指责说：“是他闹的”“是他抢了我的乒乓球”“是他在教室里乱跑的”“是他在桌子上站的”……总之，没有一个没有毛病的。我注意到几个同学坐在教室的墙角没有和我们一起说话，他们一个个用一种异样的眼光望着我。

上课铃响了，学生们还在教室里乱哄哄地闹着，我扯着嗓子维持秩序，很久才把他们一个个吼在座位上静下来，我把课文中的生字一个个往黑板上抄，刚写了三个字转身就发现一个座位空了，我大声问：“那个空了的座位是谁？”

“是何丽丽！”几个学生大声回答。

学生们刚说完何丽丽就从前门跑了进来。她往座位上上跑的时候过道边一个学生伸出腿差点把她绊倒，她大声骂了一句就冲上去就打那个学生。教室里刚安静下来，一下子又让何丽丽给搅乱了，我气不打一处来，把黑板擦往讲桌上一摔叫：“何丽丽！”

“何丽丽，站起来，你刚才干什么去了？”

“我去上厕所！”

“上厕所怎么不打报告，自己就走啦？”

“你在写字我怕打搅你！”

“她经常跑出去的！”给她使绊子的那个学生说。

“你才经常跑出去的！”

何丽丽又跟那个学生嚷开了。何丽丽一闹，教室里又乱哄哄一片。

一节课的时间大部分用来维持课堂纪律，放学铃一响，学生们就自己开始收拾书包，还没等到我布置完作业，已经有几个学生打开后门跑了出去。没想到学生这样难管，在他们的眼里老师简直一点威信都没有。

我住的那幢房子对面有一个高高的水塔，水塔上面写着“西大坦”三个大字，是我所在的这个村的名字，水塔是这个村最高的建筑。宿舍后面一座小桥把村子的两岸连地一起。桥那边是村子里唯一的一个市场，早上天一亮就要去买菜，那时是全村最热闹的时候，太阳一高，市场上的人就散了，只有几辆载客的摩托车在那里歪着等客。市场前面有几家百货商店，里面卖日用百货，门口堆着各类的渔具，店主整天躺在门口的竹椅里，悠闲地打发着时光。

这个季节，村里的大部分男人都出海打鱼或到镇上做生意去了，剩下老人、妇女和小孩在家里，学校一上课，整个村庄安静得没有一点声音。村里的房子都是沿着小河两岸的两层或者三层的小洋楼，这些楼房的中间偶尔还有几间青瓦红砖的平房，村庄的周围是墨绿色的一望无际的香蕉林。

学校是1994年建的，原来村里的小孩都要到七八里以外镇上的小学校里去上学，村里的人就自发捐款修了这所学校，学校大门边立了一块碑，上面刻着建校时捐了100元以上的捐款者的名字。

1984年以后村里的经济好了起来，外商在村里办了许多企业，村里沿公路两旁的土地都已被征用或者出卖给了外商，现在每年按人口给村里补偿费。村里的很多人进了这些企业，后来企业一年比一年多，外来工不断涌入，增加了本地的人数，村里人就到镇上租店铺做生意，不做生意的就靠打鱼、种地为生，谁家人多，谁家挣的钱就比别人家多。

学校的大部分老师都是初中生、高中生，这两年才从本市教师进修学校和中师分来几个，以前学校有十几个外地老师，原来的校长去年调到另一所学校去当校长时带走了一部分老师，现在学校还缺几个，有的老师带数学、语文、英语几门课，我隔壁的黄老师一个人包了一个班，那个班的语文、数学、音乐、图画全是她一人上，我一到学校校长让我带四年级一、二班的语文，还要上一、二、三、四班的音乐课。

我对音乐不是很懂，刚接到通知时还有点紧张，黄老师说，其实音乐课比语文课还简单。学校每个老师都发了一台录音机，你只要拿磁带找一首歌让学生跟着录音机唱就行了。

另外三个班上音乐课的课堂纪律都比我们班好，唱歌时同学们很认真，一首歌半节课就学会了。如果把歌词写在黑板上，一节课学两首都没问题。但是我的班就不行，上课维持课堂纪律就要浪费许多时间，一走进吵吵闹闹、乱哄哄的教室，我的头都隐隐发痛。

我发现坐在墙角的四个男生上课时，总是在下面嘀咕着什么，我领读课文时，故意在过道里走着读，一走到他们跟前，他们几个才拿起书装作很卖力地读，我一走开就用书遮住脸在下面嘀咕。领读完我叫同学单独朗读，何小虎主动举手，我就先让他读了一遍，然后我叫后面嘀咕的一个同学读，他读几句就读不下去了。有几个字他不认识。我又叫起他旁边的同学，那个同学也读不下去，我又叫他前面的一个同学，那个同学直接说："老师，我读不下去！"

我问："你为什么读不下去？"

他说："我有几个字不认识！"

"我刚才领读的时候你们三个认真读没有？"我问站着的三个同学。他们一个都不回答。

"好，你们先坐下，我再领读两遍，你们认真听，完了我叫你们再读！"

我领读完后，走到他们三个前面问："现在会了没有？"

他们都摇头说不会。

我知道这几个留级生上课时从来不认真听讲，总是在下面讲话，搞小动作，这样下去班上的成绩新生不仅不会提高，反而会让留级生给拉下来，我决定放学时把他们三个留下来，再给他们讲一下。

"放学后，你们三个留下来，读会课文再回去！"

我刚说完，教室里就沸腾了。

"噢，老师把张大刚留下了，把张二好也留下了，把留级生留下了……"全班议论开了。

"以后你们谁不认真听讲，完不成作业的，放学后都要留下来，直到完成后再回去。"

一放学，我先把生字写在黑板上，让他们三个坐到最前面看着黑板跟我读。读了几遍张大刚说：“老师，我会了。”

我让他读课文，他结结巴巴地读着。

我问张二好和张建刚：“你们俩会了没有？”

他俩都不出声。

我让张大刚先回去，张大刚刚好出教室门，张二好就说：“老师，我爸爸让我早点回去帮他捞虾。”

我说：“你先读课文，先把课文读会了再说。”

他拿起课本，一脸的不高兴。

我又领读了几遍，张建刚也读会了。我让张二好读，张二好还是有几个字读不出来，我看天色也不早了，就交代他回家再复习几遍，明天早上我还要检查，就放他回去了。没想到我这次留他们竟成了几个留级生和我产生矛盾的开端。

宿舍下面的那条小河流到前方不远处就汇入了大江，随着江水潮起潮落流动，向外淌的时候把村里人扔到水里的各种垃圾都带到江里去了。尤其傍晚退潮的时候，也是全村的人都往河里倒垃圾的时候，离小河远的人家就把垃圾提到小桥上，从小桥上面扑通扑通地倒入水中，河水就把垃圾和水中生长的一种带着叶子的绿色的芦葫，一同缓缓地带到了江里。江水上涨的时候，没有流到江里的河面上漂着的浮物又漂了回来，河水已不是原来的水，而是换了从江的上游流下来的江水，河水就靠着江水的起落完成了更替。河水中午时涨得最满，这时候在外面打鱼的渔船，村里装东西的小船都在这时候来来往往。

我洗菜、淘米、洗碗用过的水就直接哗哗地从二楼往河里倒，早晨倒水的时候河水还比较清，能看见一条条闪着银色光亮的在水面逐食的小鱼。晚上十点钟的时候，小河里水落得像一条小水渠，这时候会见到有人拿着手电筒，把两只接了电线的竹竿伸在水里用电打鱼的人。

何校长的家就在村里，好几天学校里都没有他的影子。课间操葛主任代他整队形，讲话。星期四早上我刚到学校，就见一个女的坐在学校的旗杆下面，我到办公室才知道那个女的是校长的老婆，同事们说校长有几天没回家了，他的老婆来学校找他。同事们都说校长在外面包了一个女人。上课时有同事劝校长老婆到办公室去坐，坐在旗杆下影响学生，但是那个女的一动也不动。第二节课时一辆摩托车响着进了学校，一会就听见女的骂校长的声音，校长不说话，只是双手拖着他老婆出了学校。

葛主任只有周末住在镇上，其他时间住在学校，他小孩儿满月那天全校老师都去喝满月酒，老师们每人送一个红包，全校二十多个老师光彩礼就收了四千多。他们请了两桌酒席，本来安排男的一桌、女的一桌，但是校长偏要坐在女老师的桌上，偏偏要坐在梁老师边上。吃饭时他喝了几杯酒后说："你们全是女的坐在一起有什么意思呢？本来男人喜欢女人，女人喜欢男人，就应该男人和女人在一起。"

我边上坐的是葛主任的老婆，她边吃边小声骂校长："一个校长，没有一点校长的样。"

"本来嘛，人就是这个样子嘛！吃一吃，喝一喝，玩一玩，快快乐乐嘛……"

校长说着一只手拍拍梁老师的背说："梁老师，你说我说得对不对，来，我跟你喝一杯！"

梁老师也没有回答校长说得对不对，只是端起杯子和校长碰了一下。

"吃完饭大家一起去唱唱歌，一个也不能走，在这里就说好，到时候谁不在下次就罚谁的酒！"校长说。

这好像都成了规矩了。每次吃完饭就去唱歌。

我上大学时喜欢跳舞，但那是在学校的舞厅，舞厅很大，灯光又亮，男女同学跳舞时离得很开。但是这里的歌舞厅灯光暗得几乎没有，舞厅里有种浓浓的香味。学校里是男同学请女同学跳舞，这里不一样，刚一坐下，就走过衣着华丽，满身浓香，打扮妖艳的年轻女子来问你跳不跳舞，男的一站起来，那女的就像没了骨头，一下就贴在男的身上。

由于是葛主任的女儿满月酒，人很齐，吃完饭，天还很早，我问黄老师去不去，她说："你不去，葛主任会不高兴的。"

一进舞厅，我们就被舞厅里的黑暗淹没，用两只眼睛努力寻找位置。歌舞厅里好像没有白天黑夜之分，到外都是黑暗。

那天晚上我和黄老师、葛主任的老婆在舞厅喝了一杯茶就回来了。

过了几周，我还没分清梁老师的男朋友是哪一位，平常来找她的有两位，她自己说她的男朋友没来过。葛主任的老婆休产假，吃了晚饭后就到我的宿舍来聊天。她的话题就两个：一个骂校长，一个骂梁老师。

按她的说法，梁老师一到学校就不正经。梁老师刚分配来时，她想把梁老师介绍给易老师，梁老师好像也默许了，经常和易老师一起玩，中午、晚上易老师做了饭一叫她就去吃。葛主任老婆讲到这里往往很气愤。饭都到一个锅里吃了，嫁给人家就行了，偏偏这时她的一个亲戚也给她介绍了一个，那个男的也看上她了，看她每周骑单车从镇上到学校就给她买了一辆摩托车，一辆摩托车就把她收买了，就是看上了别人有钱也行，你就嫁给别人，可是那个男的一天晚上来看她，一推开她的门，看见她和一个校长在一起。那个男的一气之下摔门而去。别人走了你就把别人的摩托车还给别人，她现在还骑着那个男人送她的摩托车。唉！你说她到底看上校长什么了，校长的权吗？

屁大的一个学校，校长有什么权，你是分配来的，怕校长开除你？校长的钱吗？校长就那么一点工资，还要喝酒，还要到歌舞厅去混，还要养家有什么钱？校长不年轻，不正经，到时谁要你。

我说这几周不是有两个男的来找她吗？

“噢！你以为那两个男的是要娶她做老婆，如果那两个男的知道她以前那么多事，倒贴钱给他们都不会来。”

主任老婆越说越激动。主任上来，从她手中接过小孩儿后骂她：“你背着别人说人家干什么，说别人不好对你有什么好处？”

这时候主任老婆就嘟囔一下跟着主任下楼去了。

村里不管哪家有事都要请学校的老师，学校就以学校的名义给这家送一个红包，一般都是500元，然后全部老师都去吃。村里的小孩儿满月来请、小孩儿满一百天来请、结婚来请、嫁女儿来请、老人祝寿来请、铺面开张来请、房子开建时请、建好了来请、买了新车来请……几乎每个星期都有村里人请吃饭。家里情况好的就请到学校附近的江边的那家酒店去吃，条件稍差一点的就在自己家里做几桌菜。请客的人家都喝洋酒，吃海鲜，看上去很普通的小村子，一家家都好像一夜暴富，非要在酒桌上显示一下自己的富有。学校是村里唯一的国家单位，能请到学校的老师是很荣耀的事。

1984年以前村里很多人往中国香港、新加坡等地跑，现在几乎家家都在中国香港等地有亲戚。1984年以后外资企业像春笋一样沿着珠江两岸崛地而出，一个个经济开发区的建设使外来工像潮水一样涌来。以前跑到中国香港、新加坡的人又回来了，他们自己办厂，自己不会的，招聘人才给自己干。

学校从三年级才开始用普通话教学，幼儿园、一年级、二年级用当地的话教，村里的老人根本听不懂普通话，看电视看的全是粤语台，就是一些年轻人，包括学校教师说的普通话也很怪，语法上根本就不通，他们说：你先走，是你走先，说你好看，是说你长得靓……如果全说粤语根本就听不懂。

我转身往黑板上写字时何丽丽就一下站在桌子上，我让她下来，她从左边踩着桌子跨过三个同学，从右边跳下来站在过道里。

我走下去问她；“你站在桌子上干什么？”

“我看外面有没有人？”

“这是在上课，你要注意听讲，教室外面有没有人你不要管。”我说。

“我看一下，万一有人是找我的。”

“老师，打她，把何丽丽赶出去！”同学们大声吵开了。

我知道，上课时只要有一个捣乱的，整个教室就全部乱了，你就别想再上好课，维持好秩序又需要好多时间。

我对着何丽丽大声说：“这是在上课你知不知道？你一捣乱全班都乱了，是你破坏了整个课堂秩序。”

何丽丽一点知错的反应都没有，她偏着头，看都不看我。

我说：“你出去，你不要再进教室。”

“老师，把她推出去。老师，打她，用教鞭打，用脚踢……”

学生们到处乱吼乱叫，我看着何丽丽的样子气不打一处来，抓住她的胳膊就往外拖。

她扭着身子反抗着，我往后退，她把同学的桌子抓住不放，我再用手把她的手掰开，她又抓住另一张桌子，教室里又是桌子的吱吱声，又是书本、铅笔盒往下掉的声音。我刚把她拖出教室，校长一见我们，冲过来就给了她几耳光。

然后，她走到座位上把桌子上的书使劲一摔坐了下去。同学们你望望我，我望望你，有的摇摇头，有的吐吐舌头。教室总算安静了许多。但是更令人头痛的事，第二天早上就来了。

何丽丽来上学时，她后面跟着一位老奶奶，老奶奶一进校门就张嘴大声骂着什么，许多学生都围上去看，学校一下被她一个人的声音搅得乱糟糟的。何丽丽带着老奶奶一直到了办公室，办公室没人就到校长室，校长那时还没到校，老奶奶就站在校长办公室前面大声骂。

黄老师、梁老师站在阳台上看着，我问黄老师老奶奶是谁，她说是何丽丽的奶奶，昨天校长打了何丽丽，今天她奶奶肯定是来找校长的，以前何丽丽和同学打架她奶奶也来找打何丽丽的同学，抓住打何丽丽的学生拿棍子劈头盖脸地打。

“我到路边等着校长，让他先不要到学校。”梁老师说了一声就下楼去了。

我怕何丽丽的奶奶找我，就跟黄老师说：“你去找葛主任老婆，让她劝劝何丽丽的奶奶！”

黄老师对我说她今天是来找校长的，现在肯定在校长室，你直接到班上去上课，一上课，学生老师都进了教室她一个人骂一会儿就走了。

我代的这个班是全校最混乱的班，何丽丽在全校都是出了名的，所有的老师一提到她都直摇头。但是她的成绩比较好，平常很少做作业，考试时分数又比其他同学高。

何丽丽的奶奶在校长办公室一直坐到第一节课下了，许多学生都从门口窗口往校长办公室里看，她觉得再等下去校长也不可能来，就走出校长办公室。她一出来，学生们“轰”一下散开了。她走到楼下，许多学生跟在她后面叫着，她回头用手打跟着她的学生，她一转身那些学生哄一下就跑散了，一个也打不着，又骂着那些学生出门走了。

下午放学校长叫我和他一起到何丽丽家去家访一下。何丽丽家还是原来的青瓦红砖的平房，我们进去她奶奶正在房间正中间摆的神龛上烧香。何校长主动和她打招呼：“三奶奶，烧香啊！”

何丽丽的奶奶“噢”地应了一声。

我问怎么不见何丽丽，何校长向何丽丽奶奶用本地话给讲了一下，何丽丽奶奶指着前面的房子说：“里到！（那边）”

校长说：“何丽丽在后面的厨房里煮饭。”

我走进房间，就见何丽丽坐在地上剥玉米。

我问她；“何丽丽，饭煮好了没有？”

她一见我说：“老师，你来了！”

我坐在板凳上和她一起剥玉米，问她：“怎么就你和奶奶，你爸爸妈妈呢？”

她说她爸爸打鱼去了，家里就她和奶奶。她一边说着一边从灶上端下一口铝锅，又把一口铁锅放在灶上。

我帮她拿油，把她洗好的菜端在锅边。我问她妈妈去哪里了，她停了一下才说：“走了。”说完再也不说话了。

我从她的表情里感觉到这里面一定有难言之隐，就没有再问她。

何校长也进来，问了一下何丽丽，何丽丽只答应了两声，我知道我也该走了，就对何丽丽说以后有时间再到她家来，说完转身往外走，她奶奶还向校长说着什么，校长连连摆手，她又过来拉住我的手说：“恰办哪，恰办哪（吃饭）！”

我说已经吃过了，下次有时间再来。她又进屋拿了几个香蕉塞进我的手里。

下午放学时何喜君她们搞卫生，我单独向她了解了何丽丽的情况。

何丽丽的父亲帮别人打鱼，一出海就是几个月。一次回到家何丽丽的妈妈已经跟一个外地人走了。何丽丽的妈妈是外地人，是何丽丽的父亲打鱼回来到番禺市卖鱼时认识带到村里来结了婚，当时何丽丽的母亲是全村媳妇里面最漂亮的，本村的姑娘们都不敢到她家去串门。何丽丽的父亲一出海，他们家周围就有很多男人深更半夜在外面咳嗽。何丽丽一岁多会吃饭时，她妈妈就走了，有人说是跟了别人走的，有人说是回到老家去了，反正再也没有回来。何丽丽父亲一出海何丽丽就做很多家务活，煮饭、喂鸡，田里活忙了还要到田里去帮她奶奶干活。

在 1984 年以前村里全靠种田和打鱼为生，生活很艰苦。没有外地人到这里来。村里近亲结婚的现象很普遍。我班上的学生全是本村的小孩儿，这些小孩儿都有一个共同的特征：颧骨很高、嘴巴很大、脸很黑、智商不高。我的班上 35 个学生有 3 个属于痴呆，如何喜宝、何喜来、何喜家，他们属于市级免考生，他们不参加考试，在全市评比时不占名额。何喜宝能写出自己的名字和西大坦三个字，其他的字几乎一个不会。何喜来只会写自己的名字，但那三个字他要写几分钟才行，而且写出来的三个字拼不到一块。何喜家只会拖着鼻涕望着人傻笑。还有四五个半痴呆的，上课时喜欢捣乱，到处乱跑和别人打架。何丽丽模样长得好，脑子也很灵活，但她又成天捣乱同老师作对，心思全在书本以外。我接班时，校长给我介绍班里的情况时说，三个市级痴呆学生就让他们玩，四五个半痴呆只要看着别让他们打架，别损坏公物就行，剩余二十几人只要中等以上，功夫要用在这些人身上。但这二十多人里面又有几个不听话，上课喜欢捣乱，布置的作业不写，第二天检查时找理由搪塞。何小虎、何东海、张志向、何雷四个人就是这类学生，脑子比较灵活，学习可以，上课小动作少，但就是不做作业，第二天上课提问昨天上过的内容记不起来，所以我决定放学把他们四个留下来，让他们写完作业后再回去。但是他们四人都不愿意，认为留下来写作业是很丢面子的事，保证回家一定写好。这种保证他们经常打，但是没有一次实现过。所以我还是坚持把他们留下。

他们见我态度很坚决，也只好在教室里写作业，但是第二天早上何小虎的父亲就找到学校来了。

何小虎的父亲一到学校直接找到校长，问为什么把他的小孩留下来不让回家。校长把我叫到办公室问情况，我说他们经常不完成作业，我让他们写完作业再回家的。何小虎的父亲站在办公室里大吼："为什么不留别的小孩儿，偏偏要留我的小孩儿？"

我说："他回家完不成作业！"

他说："现在不是喊着减负吗？你们还布置那么多作业，小孩儿嘛，就是要在家帮大人做点儿事。"

我说："布置的作业半小时就可以完成的，根本就不多，这样对巩固学生的学习内容很有帮助。"

"我不管学习不学习，我们花钱把小孩子送到学校你们就要教好，教不好我的钱就白花了，你们就对不起我知道不知道？"他大声吼着。

对于这种不可理喻的人我真是有口难辩，如果他稍微理智一点，有一点儿头脑，肯定会理解我的。

梁老师的男朋友现在下午就到学校来找她，晚上就和梁老师住在一起。下午梁老师上课他就拿一根鱼竿，直接从二楼放线到河里钓鱼。在几次我看到他身边的罐头瓶里装着几只很小的螃蟹，大概是鱼钓不到反而钓到了螃蟹。

晚上我就搬过去和黄老师一起住。我和梁老师的宿舍只隔一堵墙，可能是墙太薄了吧！第一次他男朋友住下时，夜里床响的声音听得清清楚楚。

清明节那天学校放假，所有的学生都回去祭祖。村里很多在外地工作的人都回来了，鞭炮声、锣鼓声、吵闹声、狗叫声，村里到处都很热闹。

村里人的祭品很丰富，几乎每家都有一个十多斤的烤乳猪，苹果、馒头、纸钱、香等，用一个大盘子装着两个人抬着向村外的坟地浩浩荡荡地走去，小孩子们一边走，一边从口袋里摸出一个响炮，用另一只手里燃着的香点燃向半空中一扔，一团青烟一冒，“叭！”一声炸开了。一簇簇人走出不远，就隐没在香蕉林墨绿色的海洋中。

下午，河面一条条小木船上扎着红的、白的、黑的各色的旗子，一条跟着一条顺着小河往村外的大江里突突地开去，每经过一条，就有人在小桥上噼里啪啦地放一串鞭炮。小船的前面摆着很多种祭品，去海边祭海神。

那几个留级学生自从我留了他们后对我产生了敌意，他们四个人在班里年龄最大，个头最高，他们几个联合起来和我作对。我转身往黑板上写字，他们就拿东西打前面的同学，挨打的同学嗷嗷地叫着，只有何丽丽才敢站起来大声骂他们几声，其他被打的同学只是忍着痛，不敢言语。一天上课我写字时听到下面有同学“嗷嗷”地叫，写完字一转身就见张大刚正拿着一个小弹弓瞄着别人，我叫了一声：“张大刚！”张大刚一下把弹弓收了起来，我知道教室里的“嗷嗷”声与他有关，走下去要他把弹弓交出来，他不承认自己的错误。

我问：“你刚才拿的什么？”

“我没拿什么。”他说。

“我都看见你拿着弹弓瞄着别人还说没拿什么？”

“我没打！”

他刚一说没打别人，何丽丽一下站起来说：“老师，是他，他拿了弹弓打人。”

这一下他没话说了，从桌仓里拿出了弹弓。

我一接过手，何丽丽又说：“张二好、张建刚、张强三个人也有。”

原来上课时一声接一声的嗷嗷声与他们四个人都有关系。

我要他们都把弹弓交出来，张强坚持不交，他的理由是上课没打别人。

张大刚一看他们三个都交了，只有张强没交，就对我说："打了，是他打人先的。"

"没有，我没打人，是他先打人的！"

"既然你没打人就把弹弓给我，如果你留着就不能证明你没打人。"

张强一下把弹弓拿出来，对着张大刚吵了起来。

晚上，我和黄老师到校长办公室看电视，有一伙在镇上读初中的学生来学校打篮球，我们到办公室后他们也上来转，我等他们下楼后就把二楼楼梯口的门锁上了。天黑了以后他们就在下面乱叫，把楼梯口的电闸也关了，黄老师骂了他们几句，那几个学生拿石块往楼上扔。黄老师刚一进来，一块石子咣当一声把窗户玻璃打破了，吓得我和黄老师待在里面不敢出来。

过了很久听见外面有个声音在叫："老师，他们走了！"

这声音叫了几次，办公室里的灯也亮了。我们开门出去一看，是我们班的学生何小栋。他家就住在校门口，对着校门开了一间杂货店。

何小栋说那些初中学生是张大刚他们四个留级学生叫来的。他看见张大刚从他们家的小店里买了两包烟给了他们。

楼下住的易老师有台电视，但他是男老师，没有结婚，主任老婆想把黄老师介绍给他，黄老师不同意，说她自己年龄还小，还不想找男朋友。在校长办公室受到干扰后她想看电视就拉上我一同到易老师房间去看。

易老师老家在江西，他中师毕业后在家乡一村办小学教了一年书，只领到了 500 元的工资，第二学期一放假，他毅然到了广东，听说这里招聘老师就匆匆忙忙来了，一来就是七年。在学校的外地老师中是资格最老的了。

易老师没有其他爱好，早上起床上课，中午吃了饭睡觉。下午上完课回来打开电视，边看电视边做饭，直到晚上 12 点关机睡觉。我和黄老师到他房间看电视他每次都会给我们倒一杯茶，有时我们吃过饭下去，他还在做饭，砧板上的菜随着菜刀的响声往地上掉，菜没切完锅里的油就冒烟了，他拿起砧板就往锅里倒菜，菜倒进锅里搅几下后弯腰捡滚在地上的菜放进锅里，黄老师刚开始看到还冲我吐吐舌头，后来也就习惯了。易教师炒好了菜端上桌子，腼腆地对我们说："来，再吃一点，炒得不好！"

主任家也有电视，但是主任老婆一个人又闲不住，吃过饭抱着小孩就过来，易老师的宿舍就成了晚上人最多的地方。

主任老婆看什么都不顺眼，她见易老师切菜，就喊切大一点儿、切小一点儿，煤气开大点或者开小点，盐先放或者后放，她一到易老师的房间就指挥房间里的一切。易老师吃饭时她就开始说蚊帐该洗了，被子叠好一点，桌上书摆整齐一点，总之没有一样她能看上眼的。易老师洗完锅出去倒水，她就望着黄老师说一句："唉！一个单身男人，出门在外也不容易。"黄老师盯着电视屏幕说："快看，快看，这个台的节目好看！"

梁老师的宿舍正好在易老师的上面，易老师宿舍靠河的一面有两个窗户。晚风从河面上吹进来，很凉快。梁老师的男朋友晚上来找她，我们先听到一阵响亮的脚步声在头顶响一会儿，几盆水哗哗地从易老师的窗口落进河里，再一会儿就是床架吱吱响的声音，这时候我们都不说话，全盯着电视屏幕，电视里演的节目怎么也看不到心里。

学生们开始认同我了，每天早晨我一起床，几个同学已到我的宿舍门口，他们看着我做早饭，等我吃完饭一同到教室上课。下午也是，来得早的学生先来我的宿舍，拿我的书翻翻，女同学拿起我的化妆品看看闻闻。何丽丽对着镜子用我的口红在嘴巴上涂了一会儿转过身问我："老师，好不好看？"其他同学都说："老师，她要吃人了！"何小虎见我门口凉台上空空的，他就建议我养几条鱼，第二天早上就用一个很大的塑料盆端了半盆泥放在那儿了。我找了半天也没有看到鱼就问他："鱼在哪里？"

他说："在泥里！"

我说："这是什么鱼，钻在泥里，看不见。"

他说："这种鱼叫泥王，就要钻在泥里面，很贵的，我们家只有三条，我给你一条。"

每天早上他都给鱼喂东西，喂一会儿就拿一支小棍子把水搅得浑浑的。一天早上他们还没来，我看见一条浑身黑黑的，嘴巴上有一个白圈的鱼在吐着小泡泡。

学生们和我亲近，我也很高兴，通过平常接触融合，上课的课堂秩序比我刚来时好多了，何小虎、何东海、何雷原来不写作业的几个，每天早晨检查作业，他们的作业都写得很好，我在课堂上也经常表扬他们。但是，张大刚、张二好、张建刚、张强四个留级生，没有一次认真细致地完成过作业。早上检查作业时他们就找借口，家里停电了，奶奶病了去找医生，肚子痛，帮家里干活是他们经常的借口，有时写了一点点来搪塞，张大刚干脆说作业本丢了。我说丢了再买一本新的，他说父亲出海去没人给钱。中午放学我在校门口的小店里买了一本作业本，下午放学给他，他支支吾吾半天也不接，我拿过他的书包往里装，一打开书包里面有一本作业本，一翻开只写了几页，就是他的作业本。我问他："你的作业本在书包里你怎么说丢啦？"他说："早上没找到，我以为丢了，中午回去又找到了。"我第二天检查作业时，张大刚说："作业本丢了，真的丢了！"

学生到我宿舍来也不敲门，他们先在门前的凉台上玩，我起床后打开门他们很习惯地进来，何喜君拿出门后的扫帚帮我扫扫地，张小娟淘米。我去买菜，其他同学就跟着，卖菜的都是村里人，我一个人买其他同学就七嘴八舌地帮我讲价，菜称过后他们帮我拿着，我只管付钱，有时我付了钱何丽丽还要从菜摊上再拿一点儿过来。我每天都只买当天吃的，两样蔬菜，再买点排骨，总共也不超过两斤，但我们拿到手里的总是有三四斤。小贩是村里的，学生也是本村的，学生从摊上多拿一点儿，小贩也不介意。买完菜，我们又浩浩荡荡地回来，张小娟已把米煮好了，学生们一个也不吃，我很快吃完就一同到教室。

一天早上我们买了菜上到楼上，梁老师的门开了，她的男朋友衣冠不整地从里面出来，学生们你望望我，我望望你不说话。我们往教室走时他们问我："老师，前面那个男的是梁老师的情人还是男朋友？"

我一下被他们的问题问住了，不知怎么回答。就问他们："情人和男朋友有区别吗？"

"当然有了，情人可以有好多个，男朋友只有一个。"

我这下才明白，在他们心目中早已有了情人和男朋友的分别。

我说："那个男的是梁老师的男朋友。"

他们一下嚷嚷开了："不是，不是，是她的情人，她现在还没有男朋友。"

我说："是她的男朋友，那个男的经常来看她的。"

他们都说："不是，上学期也有个男的来找过她，不是现在这个，那个男的也是她的情人。"

"那你们说哪个才是梁老师的男朋友？"我问。

"她的男朋友就是要娶她的，以前易老师好像当过她的男朋友，后来易老师被甩了。"

我自己也惊奇，这就是四年级的学生，一个个刚到十岁的小孩儿，脑子里就有这么多的事。

“老师，你有没有男朋友？”何丽丽问我。

“有，你们可能见过他。”我说。

“见过，是不是个军官？”何小虎问。

“不一定了，有可能是老师的情人。”其他同学说。

“老师，你有没有情人？”何丽丽又问。

“没有，我只有一个男朋友。”

“不可能吧，上学期教我们的张老师就有一个男朋友，一个情人。”何丽丽说。

“老师只有一个男朋友，军官哪！好威风的。”何小虎说。

“对，我们没见过其他男的找老师。”何雷说。

“老师，你找个情人吧，你这么漂亮肯定找得到。”何丽丽说。

“我有男朋友就够了，看你们一天尽想些什么，不好好学习，尽是胡思乱想。”我说。

“没事的，老师，你男朋友也不怪你的，你们又没结婚，结婚了就只能有一个男的。”何丽丽说。

“结婚了也可以有情人，校长就有一个。”何雷说。

我真是让他们吓了一跳，一个个天天坐在教室里，怎么会知道这么多稀奇古怪的事。

课堂秩序稍微好了一点儿，但是上课永远也不会安静下来。何喜来对乱哄哄的班纪律有着特殊的表现。他上课从来不听讲，就是在望着我时他也肯定没听我讲的内容，而只知道张着嘴巴傻笑。他坐在何丽丽的前面，领读课文时为了增加学生们的注意力我在过道里转着领读。我走到他面前时看到何丽丽拿着小刀在桌子上刻画着没读课文，就提醒她说：“何丽丽，读课文。”

我刚说完，何喜来掉着长长的鼻涕说：“老师，打她。”

说完转过身来看何丽丽。

何丽丽对着他说：“打你，打你这个傻瓜。”

他说：“打你，打你。”说着一只手已抓住了何丽丽的头发。

何丽丽勾着头，两只手挥舞着打他，他死死地抓住何丽丽的头发往自己怀里拉，拉得何丽丽站起来趴在桌子上还不放开。

我大声吼何喜来。

“何喜来，你放开，谁叫你动手啦？”何喜来一放手，何丽丽一下坐在座位上哭了起来。

他又对我说：“老师，打她，打她。”

说完嘿嘿笑了起来。

有时下边讲话的人太多了，我用教鞭敲着讲桌叫大家安静，这时候何喜来的声音最大，别人都静下来了，只有他一个人还在叫着：“嗷、嗷，打呀，打何丽丽。”就是何丽丽没有捣乱，他也喊着打何丽丽，何丽丽一听到他喊着打她就骂他。俩人就吵，吵几下就动手打。他们两个是扰乱课堂秩序的“捣蛋分子”。

何喜家比何喜来稍好一些，上课同学们闹时他跟着叫几声，同学们不闹时他也翻着书不知在找什么。

何喜宝纯粹是个活宝，书包里只有吃的东西，跟着别的同学上学、放学，其他什么都不知道。

班里的学生总是到不齐，学生也没有和老师请假的习惯。第二天上课我问昨天没到的原因，什么给爷爷过生日，叔叔出海回来了，生病了，和家里人一同去看爷爷了，等等，反正家里一有事学生就可以不来上学，家里的事总是比上学重要。有个学生过了一个多星期才回来，我一问，原来是和家里人一起去香港了。女同学下课时比谁穿了一件什么衣服，男同学比谁的书包里装的玩的东西多，就是何喜来，铅笔盒里的各种钢笔就有七八支，他还把摇控的小汽车拿到教室来玩，第一节课下时在教室里跑了几圈，第二节课下到楼道里玩时一下从楼梯上滚下去了再也不能跑了，放学时他望着桌上拆得七零八落的汽车不知该怎么办。何喜家一天早上拿了一架小飞机，下课时同学们围着他看，他得意地用手举着走出教室，扬言能在楼前的空地上转几圈，他奋力往前一扔，飞机从凉台上往前飞开了，他转身往楼下跑，那架飞机高高地在楼前转了两圈后飞过围墙飞向学校外面去了，一帮学生跟着他往外追，过了一会儿他跑进来从教学楼后面拿了一根长竹竿跑了出去。上课铃一响，几个同学跑了进来，他们说何喜家的飞机掉进河里了。上了半节课，何喜家拖着湿漉漉的裤子进来了，手里拿着一只飞机的翅膀。他在班上说放学后下到河里去捞。放学时河水涨高了，他对身后围着的同学指了指飞机坠落的地方，望着小河不敢下去。

夏天来临的时候，香蕉林一天天变成了墨绿色，下午从教学楼上望去，村里一幢幢楼房蹲在墨绿色的海洋当中，像一座座白色的小岛，浓密的香蕉林一直延伸向远方。再远一些的香蕉林的上空，飘着一层青青的雾。

一天早上何小虎对我说：“老师，今天晚上我们家请你吃饭，你去吧。”

我不知道我能不能去，如果学校老师都去，我也就去。我问他：“学校其他老师去不去？”他说：“都要去的。”

上第二节课时，一个男人就到办公室大声说要请老师们到他家去吃饭。那个男人穿着一件肉色的短袖衬衫，系着一条血红色的领带，腰上一左一右挂着两个手机，几个本地老师站起来跟他用本地话讲着什么，个个都很高兴的样子。我听到他们最后说校长在办公室，他摆了一下手就转身往外走，我看到他脚上穿着一双拖鞋。课间操一结束，校长就在办公室里大声说："好事，好事，那今晚就去吧。"

校长说着走到我的身边说："龙老师，今天晚上你可是主角噢，你是何小虎的班主任，直接领导，我们沾你的光啊！"说着他的手就要往我的肩膀上搭，我赶忙装着拿作业本，侧开了身子。

何小虎家有一个虾塘，他们家已承包了好几年了。他们家新修了六层的楼房，是全村最新最高的。六层楼每间房都装了空调，摆了电视机、冰箱。何小虎带我到他的房间，何小虎在墙上贴了大大小小的图片，有的地方直接用彩色画笔画的各式各样图画。我准备问何小虎作业做了没有，他的父亲就进来了。他大声说："老师啊！我儿子就交给你了，不好好学习你就打他，我也不管啦，上次真是不好意思，他要多少钱都行，就是不能学坏，你看其他家的小孩儿，没钱，又学不好，真是拿他们没办法。"说着拿出一个红包就要给我。我还没有收过别人的红包，赶忙推辞说："不行，今天你们请吃饭，我给红包才是。"他说："不用了，怎么好意思啦，你来就给我很多面子啦，你不要就不给我面子啦，看不起我啦，也看不起我儿子啦。"何小虎也在边上说："老师，你收下吧！收下吧！"

酒席摆了十几桌，何小虎家的小院里坐得满满的。村里好一点的人家请客时菜很丰富，种类很多，男的都喝洋酒，女的喝天地一号加雪碧。院子里满满的十几桌人，大人小孩儿都拿着杯子喝，天地一号的瓶子滚得满院子都是。

酒席快散的时候校长提议去唱歌，男老师除易老师和葛主任没表态，其他老师都积极要去，校长问我："龙老师，你也去吧！好几次你都没去了。"

我真不想去，就说："我身体不舒服，想早点回去休息！"

校长又说："没事啦，出去轻松一下就好啦。你看梁老师经常跳舞都没事啦！"说着向梁老师笑了一下。

吃完饭一出门，男老师们都发动摩托车到镇上去，葛主任望着他老婆不知怎么好，几个在边上呀呀地叫了几下，葛主任好像被他们的话激了一下，对他老婆说："你先回去，我去一下就回来。"说完随其他老师一下就消失在香蕉林的深处。

葛主任老婆开始骂校长，都五十多岁的人了，老婆孩子不管，自己花天酒地没点儿正经，还整天想卡拉OK，那样很好吗？真不知丑。

我们回到宿舍，一个男人在楼前站着，主任老婆对着那个男的大声说："别等了，梁老师跳舞去了，晚上不回来。"那个男的又站了一会儿下楼骑摩托车走了。

晚上很晚的时候，一辆摩托车进来了，门一响就听到主任老婆骂主任，桌子板凳咣咣当当响的声音，主任的小孩儿哇一声开始大哭，就听见"啪"一声巴掌打在脸上的声音，主任老婆放声大哭，门一响一个人跑出去了。又过了一会儿主任喊我和黄老师，他和易老师俩人拿着手电筒，我们一同沿着小河边的小路往江边找，见有人家灯亮的，主任就上前去敲门问，一时间满村的狗都叫了起来，路边全是密密的香蕉林，有的田里还看得见汪汪的水，也不知主任的老婆跑到哪里去了。

江边的风很大，我们在堤坝上站了一会儿，借着江面朦朦胧胧微弱的亮光，见一个人坐在前边，我们走过去一看，正是主任老婆，她一见主任，就往江里跳，主任和易老师赶忙拉住她，她大声骂主任："你到外面找女人，回来还打我，我不活了。"说着又挣扎着往江里跳。我说："不要闹了，主任不是回来了嘛，你小孩儿黄老师看着，现在还在哭呢！"

"回去吧！别闹了，你小孩儿看不到你还在哭呢。"易老师说。

主任老婆不哭了，主任牵着她的一只手，我和易老师在后面跟着往回走。

宿舍对面有个杂货铺，店主是何小栋的父亲，有时他们拿鱼送我一条。何小栋放学第一件事就是拿出鱼竿甩到小河里钓鱼，他的鱼漂是一个红色的小针，很别致。他家里人喊他吃饭他都不吃，一直盯着鱼漂一动不动。我从楼上问他作业做了没有，他总是说晚上做，但第二天检查时他常常一个字都没写，下午放学留他写作业他就哭。一次他哭了我也不让他回去，过了一会儿他父亲就找到教室里来了，一听我说他经常不写作业他父亲劈头就是一巴掌。“他经常说都老师没布置作业，原来他一直骗人。”说着又打，他一下跑到我的身后躲了起来，他父亲往这边走，他往那边躲，我成了他的盾牌。他父亲打不到他就走到门口拉住门说：“龙老师，你出来，我们把他关在里面，不给他饭吃。”我刚要出去他一下从我身后挤出去跑了。何小栋的父亲原来也是老师，后来一条腿因病瘸了，走起路来一高一低的，就承包了小店兼守学校，何小虎就是走路他也追不上。

何小栋到天黑时钓了三条鱼，有一斤多重，他拿到我的宿舍说：“老师，我钓的鱼，我爸说送给你吃。”

香蕉林浓密的绿叶无限地延伸着，淹没了村里房屋，村里的炊烟，把一切的景物都置于她浓密的绿色的怀抱中。村里蜿蜒曲折的小河窄了许多，瘦了许多。在夏天来临的时候，小河将景色全留给岸边墨绿色的香蕉林，自己无声无息地向外流着，流向村外的大江，流向远处的海洋。

早上起来，何小虎、何丽丽提一串香蕉放在宿舍前的阳台上。村里的香蕉熟了，村民们划一叶小舟，沿着纵横交错的小河从田里摘了香蕉，一串串摆在小船上顺着小河划进村子，一串串提到自己的家里。

“六一”节快要到了，学校安排我带的班表演节目，我编两个舞蹈。我选了一个《小小少年》的少儿舞蹈的VCD影碟，在班上找四个男生、四个女生组成四对排练。男生我选了何小虎、何东海、何雷、张强四个人，女生我选了何丽丽、何喜君、何红霞、何红梅四个人。他们几个长得比较好看一些，反应也比别的同学快些。平常除了何丽丽其他几个都比较听话。我在班上宣布名单后别的同学都起哄："四个男的，四个女的，四对呀，正好四对。"

过了一会儿，我说："其他同学想参加的请举手。"可是没有一个举手的。我又说："其他同学想参加的放学后也可以留下来参加排练。"

一放学，几个留级生拿起书包就跑了。何宝来吊着鼻涕没走，他背着书包对我说："老师，我要跳舞。"说完把书包取下来一只手举在头顶在桌子边上转了一个圈。

何丽丽一下跑过去夺他的书包说："你去跳河吧，你还能跳舞，看看你的鼻涕把人都吓死了，谁同你跳哇！"

何宝来一下被激怒了，抓住何丽丽的头发就打。何丽丽呀呀叫着两只手劈头盖脸地打何宝来。两人一下子扭成了一团。班上的同学大叫："何二傻要跳舞，和何丽丽一对呀，跳哇，跳哇！"

我下去拉开何宝来的手说："行，你留下来跳舞，但是每天下午放学都要留下来，星期天也要来学校，行不行？"

何宝来被何丽丽几巴掌打在脸上已分不清东西南北，嘴里嘟囔了几下背起书包就走了。

刚开始的时候他们八个人手都不牵，我把一男一女两只手抓在一起，我一松手他们也松开了。

我问何小虎："为什么不牵手？"

他说："何丽丽是女的。"

我说："那我跟你牵手感觉有什么不对。"

他说："你不同了，你是老师。"

我也不清楚这些学生脑子里到底在想些什么。在我反复的督促下才勉强地牵起手，牵的时候也只是抓住对方的手指尖。

何丽丽的老毛病总是改变不了。在乐曲中她的动作学得最好，最协调，但她跳一会儿就要捣乱一下。跟她一起跳的何小虎动作比她慢一些，她就大声训斥何小虎，何小虎摔开她的手站在一边不跳了。我又得训何丽丽又得哄何小虎。何喜君最自觉，也许因为她是班长的原因，她处处都会为我想想办法，她主动提出和何小虎跳，何丽丽和她的舞伴张建刚跳。

星期天下午练了一会儿，他们的动作基本掌握了，我就让他们早点回去，何小虎说要带大家去河里摸田螺。他要我带一个很大的袋子，把田螺带回来炒了吃。我们走到河边，就见张大刚、张二好、张建刚、张强四个留级生在河边玩。何小虎喊他们，他们转身就跑了。河水正是涨潮的时候，河床里溢得满满的，比往日宽了许多。八个学生脱了长裤就下水了。他们一到河里就像鱼儿到水里，一会儿全游向四面八方耍开了。村里有几个低年级的学生骑着车呼喊着赶来跳进了水里，和我们班的同学们一起打起水仗来。何丽丽、何喜君刚下到水里还弯着身子摸田螺，但河里人越来越多，打起的水花越来越高，一会儿她们俩把装了几只田螺的塑料袋扔到岸上，加入打水仗的队伍里面去了。整条小河到处是欢叫声、嬉笑声。我看到张大刚、张二好他们四个人站在河边的香蕉林里望着潭里嬉戏的同学们，显得有些孤单，有些落寞。

学校派我到镇给跳舞的学生买衣服。我到小学三个多月的时间里还没有走出过西大坦一步。镇里街上的人是那样拥挤，楼是那样高、那样的明亮，店铺里的商品又是那样的让人目不暇接。这一切都有是我曾向往曾经拥有过的，以前在厂里时节假日都可以出来逛街、买东西。而我现在却在一个十分闭塞的小村里当起了一位小学老师。我以前学的专业是外贸英语，我有文凭，以前外地老师在这里任教一两年后可以转入本地成为正式老师，现在不转了。这几年本地也培养出了一大批老师，他们分来一批，外地老师就挤掉一批，我们的待遇也比本地老师差，本地老师逢年过节发的过节费也比我们外地老师多一倍，有时甚至没有我们的份。他们还有各种社会福利，我们什么都没有，我们在学校的地位也比本地老师低一等。哪个老师生病或者有事不来上课，校长就叫外地来的老师去顶。我教的学生又是一大群让我头痛、让我担心的学生。我们只是外地来这里的打工者。易老师有几个假期让校长留下来看学校，你不看也行，回去后就再不要来了。本地正式的老师分下来，我们随时都有解聘的可能。我当初来学校的目的是感觉学校比工厂轻松一些，属于自己的时间多一些，我可以有很多的时间自己学习，这一切现在看来都是不可能的。我学的专业只能在这那所偏僻的小学里荒废掉，只等着有一天接到通知拿起东西走人。与其等着学校解聘，还不如自己早点离开。

那天在人群攒动的街头，我下定决心干完这个学期就主动辞去学校的工作，重新找一份适合自己的工作去做。

儿童节那天，我给我们班编的《小小少年》在镇上几所学校节目比赛中拿了一等奖。学校奖了我二百元钱。镇里晚上请学校老师吃饭，镇里的很多领导过来给我们敬酒，校长向他们介绍我："这位是我们学校来的新老师，今天拿一等奖的就是她的班，舞蹈全是她自己编的。"几位领导都和我握手碰杯，都说不错、不错！

何校长和主任都过去给其他桌上的人敬酒，一圈下来两个人都歪歪扭扭的站不稳了。

何校长对我说："龙老师，今天你的班获了奖也是我们学校的荣誉，我们今天高兴，吃完饭我请你去唱歌。"

我说："对不起，今天站了一天，我实在累了。"

校长一听很不高兴，自己端起酒杯喝完酒把酒杯重重地放在桌上。

“你不去就算啦，大不了我下学期再请个老师。”

我没说话，不知道他是不是在说醉话，反正下学期我是不会再来了。

我把我的想法和男朋友商量过了，他也支持我的决定。他说他们部队的小学要扩成中学，要聘请一批老师，到时他和他的领导说一下，我可以到部队去任教。

一天上课，村里传来咚咚的敲鼓声，学生们在教室里说：“划龙舟了，划龙舟了。”

端午节快要到了，镇上举行龙舟比赛。村里选了十个女的划一叶龙舟在河道里练习。这十个女人腰都很粗，身体很结实。坐龙舟前面的一个女人敲着一面鼓，她敲一下，拿桨的人划一下，她敲得快其他的人就划得快，她敲得慢其他的人就划得慢。龙舟在咚咚的鼓声中在村里的河道上左穿右插，来来回回地练习着，每到一处就有人点燃一串鞭炮噼里啪啦地响一会儿。那几天村里一直响着咚咚的鼓声和噼里啪啦的鞭炮声。浓密的香蕉林的上空，弥漫着一层淡淡的纱雾。

有天晚上梁老师在宿舍和一个男的大声吵架，吵到三点多钟门一响有个人走了。第二天上午我和黄老师在易老师家看电视，主任老婆抱着小孩儿过来了。她一张嘴就骂梁老师：“楼上的那个狐狸精昨天半夜还在吵架，吵得我一夜都有没睡着，还是老师哩，真羞死人了，还要教学生哩，还不如撒泡尿把自己淹死了算了，真是丢老师的脸，丢学校的脸。”易老师正在炒菜，她嘴里说着，走过去拿一双筷子从锅里夹出一片菜叶放进嘴里：“哎哟，盐少了。”她四处找易老师的盐。易老师说他的盐用完了，她马上出门去自己家拿了盐出来放进易老师的锅里。

“那个狐狸精真是瞎了眼，你说易老师这样的男人她不找，一个劲到处乱混，唉！话说回来，这男人没有一个女人照顾也不行。”

她话头一转问黄老师：“黄老师你看易老师怎么样？”一下子把黄老师弄了一个大红脸。易老师也红了脸，他用筷子指着碟子说：“吃吧，你们再吃点儿。”

校长还是两天一小醉三天一大醉，有时就在歌厅里睡到天亮才回来。他父亲生日那天学校的老师们都去送礼。他父亲住在他弟弟家，他弟弟的朋友那天只去了两个人，我们学校的去了十几个人，他弟弟一脸不高兴。我们在屋里坐了很久也不见开饭，校长在院子里和他弟弟大声说了好一阵话才进屋对我们说：“走吧，我们到外面去吃饭，我请大家！”他父亲把我们送到门外，昏黄的眼睛里盈满了泪水，嘴里“哦哦”地说不清话，两只手拉住这个又去拉那个。校长大声对他说：“你进屋去睡吧！”老人松开手，无奈地看着我们走了。

主任老婆说校长从来不管他父亲，校长老婆有时做了饭还端一碗给校长父亲。校长一个儿子，有点痴呆，他经常不回家，家里只是他老婆带着儿子过。有段时间校长在外面包了一个女人，最后那个女的骗了他一笔钱跑了。主任老婆说校长根本就不配做校长，上一任校长走后他和镇长有点关系就做了校长，现在到处花学校的钱，还不如死了算了。她越说越激动，越激动声音越大，主任就过来吼她几声，她就悄悄跟着主任回去了。

早上我打开门，看到门前的阳台上放着几串香蕉和几个粽子。今天是端午节，东西肯定是我的学生们放的。这些学生真让我又爱又气。上课捣乱时我恨不得把这些捣蛋鬼一个个扔到楼下去。平时关心起老师又让我感动得想流泪。

我做早饭时何丽丽上来了。她说：“老师，今天过节了，我奶奶做了两个荷包，要我给你一个。”说着她就从口袋里拿出一个用针线绣的小荷包往我的衣服上系。

上课时全班的学生都沉浸在节日的欢乐之中，好多同学都穿了新衣服，几个女学生头上扎了颜色鲜艳的各种丝带，还没上课，我在过道里看着脸上充满喜气的同学们，心中也盈满了莫名的喜悦。

何喜来见我走到他身旁，从桌仓里拿出一个粽子举到我的面前，对我说："老师，给你吃！"

面对着何喜来，当着全班同学的面，我竟然一下子眼睛红了，眼泪一下流了出来。

何喜来是班上市级免考生，他的父母是近亲结婚，他先天性弱智，同学们都叫他何二傻。平常上课我不提他的问，不叫他到黑板上写字，我知道叫他也没用，他根本就写不出来，叫他到黑板上反而让他当众出丑，给他的自尊带来更大的打击。早晨我也不检查他的作业，他的书包里只有两本边角全卷了的放在桌上像油饼一样的语文书和数学书，再有的只是家里人怕他饿着装进的他永远也吃不完的各种零食。

其实何喜来并不是大傻瓜，班上打扫卫生时他也知道端水来往教室里洒，上课时也听我的话，我大声喊安静时他马上闭上嘴巴，身子坐端正在座位上一动不动，上课我提问时他见同学们举手他也举手，但我却从来没让他回答过问题，也就是说三个月来我从未给他一次展示自己的机会。我只是按着以前的老师教我的方法对待着他。他在过节时还记着拿一个粽子给我，而我在此刻才注意到他的存在，注意到他也是我三十五名学生中的一名。

何喜来还站在座位上拿着粽子，同学们都说："老师，吃吧！给你的，你吃吧！"

但我哪里能吃得下去，我心中涌起的只是对何喜来、何喜宝、何喜家三个市级免考生和何光海、何明海两个校级免考生的愧疚。只是在心里默默地说："原谅我吧，让我心疼、让我愧疚的学生们。"

学校老师们已传着说下学期学校要分来两个老师。那么，外地来的临时老师肯定要走两个。男朋友说他们部队学校的初中部要几位英语老师，他已和领导谈过话，领导已答应他要我下学期到部队中学去当老师。

期末考试我们班除了何喜家、何喜来、何喜宝三个市级免考生，何光海、何明海两个校级免考生，语文平均成绩 67 分，数学 72 分，这个成绩是这个班四年来最好的一次。

校长、主任和其他几位老师都要我留下来继续任教，但我谢绝了，我跟他们说，我要到部队中学去当老师。

我收拾东西的时候，易老师上来帮我，他说他也准备回家了。他七年前毕业分配在家乡的一所小学，工资拖欠发不下来，他的父母都有病，弟弟也要上学，他就办了停薪留职来了广东。现在他家乡老师的待遇也提高了，他的弟弟毕业参加了工作，父母都老了，他准备回去给父母尽点孝道。

楼下小卖部的何小栋不知什么时候在我门外站着，他见我看见他了就走进来。

“老师，你要走啊！”

“是要走了。你以后少钓鱼，多用点时间学习，将来考上大学才算有本事。”我对他说。

“老师，你走了又没人管我们了。”他说。

“怎么会呢？学校会再给你们安排新的老师的。”

“那些老师都管不住我们。”他说。

“不管谁教你们，你们自己要听话。认真学习，做好作业，长大了才会成为有用的人。”

何小栋靠着墙，点点头不说话了。

男朋友搬东西的时候，何小栋的父亲也来帮着搬。车子开了，何小栋和他的父亲站在学校门口。

路边的香蕉树长得很高了，长长的叶子伸向路的中间，本来就窄的路显得更窄了。香蕉林中间的小河在阳光里闪着粼粼的波光。我往后望着，浓密的香蕉林里仿佛还在生长着，慢慢淹去了村里的房舍，淹去了村里写着“西大坦”三个大字的高高的水塔，淹去了香蕉林中间高高的看林人的凉棚。

车子越开越快，浓密的香蕉林在我的眼前渐渐地变成了流动的墨绿色的海洋……

跑

老方回到家第一件事就是在门前把自己那辆“嘉陵”擦洗得又光又亮后推进屋子，然后揭开屋子边上的方桌上的篮子，取出已经没了一点热气的饭菜，端起碗就往嘴里扒。

“老方！老方回来了吗？”他听到门口有人来了，端起碗迎了出去。

“噢”一声。老方差点没被嘴里的饭噎住。

来的人是他以前厂里的副书记，副书记比以前胖了许多。

“副书记！你这是……你来是……是啥子风把你给吹来了！你坐！”

房间里面就是一张桌子一条凳子和自己刚擦过的摩托车，再往里面是摆满了锅碗瓢盆的灶台。睡的房子在楼上，里面更乱，进不去人。老方嘴里喏喏了几声，也没找到一处能让来人坐的地方。

“副书记！”老方又要说些啥子，被来人打断了。

“不是，不是副了！”

“那你……”老方不晓得怎样说，说些啥子。

“副字已经取掉了。”

老方明白了，原来厂里的这位副书记现在已是书记了。

“哦！书记，书记，你坐，你坐！”

老方说着，把自己屁股下面的长条凳拿出来放在屋子中间。但是书记在房子里到处望着，没有坐的意思。

“老方啊！我就不坐了，虽然你现在人在家里，但是你现在还是我们厂里的人啊！你人在家里，心里还是要为厂里头想着撒！”

书记这是怎么了，半年前厂里给50个下岗工人开会时说，拿了5000块钱就是买断工龄，从此生老病死，一概和工厂没有关系了！那次下岗是厂里第二批，第一批年龄55岁，工龄满30年的一刀切，厂里三十几个老工人在厂门口静坐，后来坐到公路堵车，听说那次车都塞到了沙坪坝，后来还是全下岗了。第二批双职工下一个，他自己先出来了，结果三个月后老婆因初中学历也下岗了。他当时怎么也没想通，自己是厂里的车工，自己先出来是因为怕老婆下岗，但是老婆在厂里是计量员，每天负责登记进出的产品，这个活只要会数数就行，怎么就嫌起学历啦？

“副书记，哦！书记！你是不是有啥子事？你就直说嘛，别让我云里雾里的！”

“好！我就晓得你老方是个爽快人！事情是这样的，我记得你有一年在我们厂里的运动会上跑长跑跑了个第一名，是不是有这回事？”

“这是哪年子的事了！”

老方记得，这件事他怎么会忘呢！那是他刚结婚的那年，厂里办了一届运动会，他报名参加了5000米长跑，拿了第一后车间的同事都说他虽然结婚了，劲还是没减！那次厂里给他发了一张奖状一条毛巾和一只用红漆写的“奖给5000米长跑冠军”字样的陶瓷水杯。

“这样，我们不管是哪年子的事，只要你还是我们厂里头的人，你就要为我们厂的名誉着想，我相信你老方这些觉悟还是有的！只要我们厂需要你老方的时候，我相信你老方还是会像当年一样为我们厂争取光荣的！”

老方还是云里雾里的。

“书记，到底是啥子事啊！你就明说嘛！你把我脑壳都搞蒙了！”

“这个事对你来说是小事，对我们厂来说是大事，是有关我们厂名誉的大事！”

“书记，你就别绕弯弯了！你快说！到底啥子事嘛？”

“去跑步，就是让你代表我们厂去参加比赛！”

“噢！这个事！”老方感觉心里面顺了一些。

“到哪里去跑？跟哪个比赛？”

“你晓得我们仪表公司在北部有十六个厂！现在不是到处讲究个健康吗？我们厂里面几个头脑人物想了一下，准备举行一个长跑邀请赛，也就是我们厂出头，邀请在北部的十六个兄弟厂比赛一下，也好给我们厂出出风头，让公司头脑人物们也好晓得我们平时在想事情做撒！”

“我们厂请别个比赛？”老方怎么也不明白厂里面怎么搞起长跑比赛来了，以前比产品、比质量、评先进、评标兵到也是年年比，月月评的，这些也无可非议，但是现在怎么比起跑步了？

“当然了，我们邀请别个，我们厂一定要雄得起撒，如果名次让别个拿起走了我们还邀请啥子吗？你说是不是这个道理？”

老方只能点着头往下听。

“我说的话你懂起没有？”书记见他只是点头问了他一句。

老方又点了一下头。

“你不要老是木着脑壳鸡吃米一样点头撒，你说句话撒！我说的意思就是让你代表我们厂和别个兄弟厂里头的比赛，你一定要好好跑，跑好了厂里面给你奖励！我们也晓得你老婆现在也在家了，家里面一定不好过，只要你跑好了，到时候我们几个头脑人物研究一下，可以让你老婆重新上岗撒！”

老方心一下热了起来，老婆在家里三个月了，刚到家还出去找过几天工作，但是四十岁的女人了，到哪里去找工作，后来看到有人在路边称秤，自己也买了一个放在街道边上让过路的人称。现在的人都讲减肥，尤其二十岁左右的女娃，最喜欢减，早上称，晚上称，吃饭前称一次，吃过饭再称一次，身体越轻越高兴。起先老婆五角钱一次让别个称，也能弄个饭钱回来。但是好景不长，没到半个月秤就被城管收走了，你要秤，可以，先交五百块罚款，老婆那个秤才买的时候三百五十块。老婆也不去要了，现在天天打麻将，越打脾气越大，动不动火气就来，如果不是老娘，家里饭都没人做。

路线是从区政府门口出发到北温泉门口再回来，来回十公里，跑出文新湾隧道口时，老方感觉自己的胸也开阔了些，呼吸平稳了，双腿也轻松了许多，不觉地加快了速度。

老婆能上岗就好了，天天在家里打麻将也不是个事，除了麻将，她现在看到啥子都烦，这也不能怪她，只能怪自己，如果自己有本事，最少家里不愁钱花就好了，听说文新湾一带要拆迁改造，虽然地皮是自己家的，但拆迁办给的补偿款是有数的，就是按地基给了房子，新房子的装修也是一笔不小的数啊！靠自己拉客，啥子时候才能攒下这笔钱啊！

老方越想越急，越急双腿的频率越快，虽然是上坡的公路，还是把后面的人越甩越远。

从北温泉返回后一直是下坡路，跑到缙云中学门口时才遇到对面公路上被他甩在后面的人。起跑的时候男女共二百五十人，男的跑十公里，女的六公里。他跑到城区的时候追上了跑在后面的女队的，到区政府门口终点时所有的人都起来为他欢呼，厂里的书记一只手拿给他一瓶水，一只手握住他的手只摇着说："不错啊！我们老方真是宝刀不老，宝刀不老啊！"

晚上老婆很意外地做了饭，吃饭时还说他："逞能，为厂卖了二十年命，说不要就不要了，现在还跑个屁啊！"

说是说，老婆接过老方给她的信封，拿出信封里的五百块钱时也就不说话了。老方在工厂那时一个月才四百五十三块，他老婆三百二十块。老方没向老婆说书记说过他老婆可以再上岗的话，他想等着书记正式通知后给老婆一个惊喜。

吃完饭，他推出"嘉陵"，继续上街拉客去了。

一个月后书记来了，也是晚上，老方正拿着筷子往嘴里扒饭。

书记进来就坐在老方边上的长条凳上："老方啊！你上次给厂里争了光啊！我这次来是专门代表厂里向你表示感谢的。"

跑完步后的一周，他去厂里找到了书记，书记对他说，他老婆的事他一个人说了不算，要提出来在厂委会上集体研究，就让他在家里等着。

"当然，这不是你一个人的事，你晓得，集体的利益总是比个人的利益大，我们做啥子事首先要把集体放在前面……"

老方看着一脸油光、说个没完的书记就直接说："书记，你说的这些我都晓得，你说我老婆的事你们商量好了没有，她在家里耍了都快半年了！"

"我就是说的这个事，我们首先要为集体着想，你说我们厂下了那么多人，如果你老婆上岗了别个的老婆也要上岗，厂里哪里能安排那么多人，再说，厂里还要减负增效，准备还要下一批人啊！"

老方不想听了，一双筷子把碗扒得叮当响。

"但是我们可以比贡献嘛！只要你让别个心服口服，只要你做出的贡献比别个大，就是你老婆上岗了，别个也就没得话说了撒！”

“我能做啥子贡献吗？我就是比别个跑得快些！”

“跑得快就好，跑得快就好，我们就是要跑得快的！”书记的声音一下高了许多。

“上一次我们的长跑邀请赛办得好啊！引起了公司头脑人物的高度评价和表扬，厂里面的头脑人物都很高兴，头脑人物都表扬了你。公司已经发了文件，在这个月，也就是五一节在整个公司内举行一次长跑比赛，厂里面已经决定了，还是让你代表我们厂去比赛！”

“又去比赛，上次你还说……”

“上次是上次撒，这次是这次，你自己也好好想想，这次能跟上次比吗？这个级别都不一样撒，上次是我们几个厂比，这次是整个公司比撒！这个意义和效果都不一样撒！”没等老方说完嘴里的话，书记就打断了他的话。

“但是，我老婆上班的事，你们也想一下撒！”老方还是说了出来。

“这个你放心，这次绝对和上次不一样，影响也不一样，只要你这次拿到名次，就是我们解决了你老婆的事，别个也是没有话说撒！”

老方五点钟就起来了，这次他不敢大意，毕竟这是整个公司在比赛，他不晓得别的厂的队员怎么样，他上次跑完后第二天起床时就感到大腿根部、小腿肚子都酸疼酸疼的，下楼梯时简直伸不开腿，还是两只手扶着扶手下了楼。那次腿疼了四天后疼痛感才慢慢消失。

四月的重庆正是雾气最浓的时候，早上起了雾，到下午四五点钟才好一点。老方早起的最主要原因是怕熟人看到，你一个下岗工人，跑啥跑啊！有那么大劲想法子找钱去，找到钱才是硬道理啊！别把自己整得像个退休干部似的，还晨练呢！省点吧！

老方把“嘉陵”停在江边的公园门口，这个地方也是他的一个点，每天下午有好多人来，尤其周末的时候，来的人就更多了，那些大人带着小娃儿一家人来耍，一家人高兴得很，这时候老方想起自己的娃儿都要上初中了，自己从来还没带他出来到公园耍过一次，他也是经常这样想，唉！这都是命，现在自己下岗了，一家人来公园耍，想都不能想，一张公园门票，几斤菜钱啊！

他把车停到公园门口，给门口已经亮了灯的公园收票的老头打了声招呼自己就先跑开了。

这时候天还没亮，只有路边的路灯照着雾蒙蒙的街道，他向前跑着，感觉脸上就像有无数支细细的冷冷的箭射着他的脸，一会儿脸上就凉凉的麻麻的，他用两只手一摸，两只手上都沾满了露水。路上偶尔过来一辆摩托车，开车的人看看他又从他身边滑过去了，他想这个人也和他一样是靠摩托车吃饭的，但是这么早哪里有生意啊！街道边只有做早餐的小店开了门，门口的锅里的热气向外面飘散着。九院的门口停着几辆摩托车，有一个人还对着他喊了一声：“老方！锻炼啊！”老方紧张地对那个人摆了摆手就跑过去了。他想这几个可能一夜都没睡啊！自己以前也想过守医院的生意，但是晚上的生意太少了，这样反而耽误了睡瞌睡，晚上睡不好白天浑身不舒服，没想到医院门口还真有守通宵的。

到公园门口时老方正好绕着大半个北部跑了一圈，他估计大概有七八公里，这样天天跑一下，保证在公司举办的比赛中拿个名次，这样老婆的工作就有希望了。

比赛那天公司的门口挂着五颜六色的彩旗，公司的三个头脑人物在比赛前讲了话，号召全公司的干部职工，以这次长跑比赛为契机，展开强身健体活动，以健康的身体为公司作出更大的贡献。老方穿着胸前印有“仪表七厂”字样的背心，在和他一样穿着背心短裤的比赛者中间，一边上下左右晃动着活动身体，一边听着头脑人物的讲话，他想这些跑步的人当中，是不是只有他一个人是下了岗的，是不是只有他一个人已不是公司的人了却还在这里比赛！

起点就是公司门口，路线是绕北部城区一周后回到公司门口。这条线路除从北峡路口伸进汽车厂门前后从朝阳路口出来那一段，其他的路线都是老方近一个月来天天跑过的线路。一路观看的人很多，从文新湾大桥到天生路那一段简直是人山人海，他们几乎从人群车缝里跑到金峡路的，到了金峡路后车少了，观看的人们很自觉地在前面让开了路。从金峡路开始，老方开始加速，开始把其他厂的选手甩在身后，到九院门口时他看到一排摩托车停在他前面的路口，车上的人都向他举着手欢呼："老方！雄起！老方！雄起……"他向骑摩托车的同行们挥了挥手，转过方向，向前继续跑。

这些哥们儿，有时为一个客人、为一个拉客点吵架，骂别个的娘，出手打架，现在还放下生意来给自己助威加油，这次拿了奖金要请他们好好喝顿酒。

老方这样想着，双腿的频率不觉地加快了。转到胜利路就看见公司的大楼了，公司的大楼是整个北部最高最壮观的建筑，楼上面一年四季都插着各种颜色旗子。老方是用了平常人跑百米的速度跑到终点，冲过两位穿红色旗袍的礼仪小姐拉起的红线，取得了"川仪公司五一长跑比赛"第一名。领奖的时候他和书记都上了领奖台，他领了一个第一名的奖杯、一本证书、一个信封，他拿到信封时感到那个信封不薄，他的几个手指都感觉到了厚度。书记领了个"川仪公司五一长跑精神文明奖"的奖杯，和领导们握过手后他一只手拿着证书和信封，一只手把奖杯抱在怀里，书记把奖杯举过头顶，这时候台下掌声响了起来。

回去时书记坚持用车送他，他说走路回去，正好活动活动已经感到很沉很重的双腿。书记要过他的奖杯说："老方，今天表现比上次还好，但是荣誉是厂里的，那个证书和奖金归你个人，奖杯要拿到厂里面保存。"

老方心里面有些不情愿，还是把奖杯给了书记。

这期间，老方找过两次书记，第一次他进到书记办公室嘴没张，书记就先说了："你老婆的事我和厂里面的头脑人物都说过了，就是没地的办法的，你也是晓得的，厂里面刚刚下了五十人，这个节骨眼儿上怎么好进人嘛！走人都有很大的问题撒！"

这个事每天在街头巷尾找钱的老方哪里会不晓得？宣布了名单的当天，厂里面五十个人就坐在厂门前的公路上，听说车都堵到市里面去了。到了晚上，天一暗下来，来了许多警察，把路上的人抬的抬，拉的拉，背的背，全部弄到厂里的礼堂里面从外面锁住门，一个都不让出来。路是通了，可是关在礼堂里面的一个女的一头撞在墙上，把头撞破了送到医院缝了几针。厂里面头脑人物天天给礼堂里面的人做思想工作，最后保证工厂效益一恢复就让他们重新上岗，还给住在厂家属区宿舍的免三个月水费，那事才慢慢平息了下来。

书记这样一说老方就没话说了，实情是明摆起的，刚下了五十个人，头撞破了也要下，哪里还有下了的又上的事情。

第二次是他母亲的退休金那个月到时间了，但是母亲去了厂里三次，会计都说没钱发。他着急了，他母亲1949年前就在厂里干，干到六十岁光荣退休的，而且还发了退休证的，这和自己下岗不同，下岗了没办法，这退了休的厂里可是要管的。他房子上下两层，下面一层三间屋，一间做了厨房，还有两间他母亲和他儿子一人一间睡，但是母亲为了给家里增加点收入，把里面那间套间一个月八十块钱租给西师的学生娃住，外间和他儿子睡在一张床上。上学期租了房的那个学生留下了两床棉絮，两月房租没交一放假就跑了。

书记以为他又是为他老婆的事来的，刚说了一句：“你咋个又来了嘛！”老方马上就说：“这次不是我老婆的事，是我妈的事！”

“你妈咋个了吗？”书记不耐烦地问他。

“我妈有两个月没发退休金了，你晓得没有她那三百块钱我们一家吃饭都成问题。”

“这个事我管不了，这是国家的事，国家出了一个新政策，凡是年满六十岁，在工厂退休的职工，以后由国家财政统一发放退休金，我们已经上报了我们厂以前退了休的职工的名单，以后你母亲就和我们厂没关系了，归国家养了。”

这更是一个不靠谱的事，工厂就在家附近现在都靠不上，国家在哪里，不给发退休金到哪里找哪个去！

“你们不管啦？”

“不是我们不管了，是没法管了，这是国家政策，你晓得不？”

“那她以后钱到哪里去领？”

“到银行撒！到时候银行给你母亲发一个本本，钱按时打到本本里头，没钱花时拿起本本到银行去领就行了，安逸得很！”

老方还想问一下他老婆的事，嘴还没张开书记就让他回去。

“你先回去，这个事我就先说到这里，你不相信我，还不相信国家吗？你回去，先回去，我事忙得很，你莫再打扰我了。”

再就是重庆从七月份开始的热，到了九月了还没有下过一点雨，街道两旁树上的叶子都晒黄了，银杏树的叶子已经开始往下掉。那些大一点的商场，里面从早到晚人都是满满的，里面的人不是买东西，而是那里面有空调，都在里面吹空调。街上传说市里面有工厂都热死人了，现在好多工厂放假。九月刚一开学，他儿子上了两天学，学校也放假了。现在一天到晚待在家里吃冰棍。白天街头看不到几个人，晚上街道上全是人，他的生意也全在晚上，白天一个生意也没有，人都热得躲在屋子里不出门了，哪里还有生意嘛！

9月8号那天早上天就阴沉沉的，中午时还起了风，把街道上的晒卷了的叶子吹得到处乱跑。下午他从北峡路口拉了一个生意，那个客人去洗衣机厂。说是洗衣机厂，更确切地说现在成了一个地名，那个厂几年前就停产了，那个地方现在住着以前洗衣机厂的人外，已经和工厂没啥子联系了。那人一看就是外地人，到原来厂门口时他随口问了一句："你找厂里的人？"那个人说："是啊！找这个厂姓黄的副厂长，他们欠我们厂钱呢！"

他笑笑说："是啥子时候的事啊！"

"有四年多了！"那人说。

"这厂已停了五年多了！"他说。

他说着一抬腿跨上了摩托，这时他感觉有水落在脸上了，他一抬头，更多的水滴掉在了脸上。

"哦！落雨了，好久没落雨了，一落雨天就凉快了！"

他这样想着，一脚踩响摩托，"嘟"一声冲进了越来越密的雨里。

"老方！老方回来没有？"

一听就是书记的声音，老方停下往嘴里扒饭，"在家啊！"应了一声从屋子出来了。

是书记，书记还是像以前一样，见到他眼睛都笑成一条缝了。

他把书记带进一盏十五瓦灯泡的厨房加餐厅的屋里，拿起一张长条凳往屋子中间摆放了一下说："书记，你无事不登三宝殿，你这肯定有啥子事情？"

"你猜！老方，这次的事比以前任何时候的事都大，你猜猜看是啥子事？"

老方感觉浑身的血都往上涌。

"是不是我老婆的事有希望啦？"

“唉！唉！唉！你看你老方，你现在都可以算我们厂里面的老员工了，你咋个还是这个觉悟撒？不对，不对，你往大的方面想撒，以厂的荣誉想，以公司的名誉想！”

老方就蒙了。

“书记，你莫开我玩笑了，我一天连个饭钱都找不回来，老婆都不管我，哪里还和工厂有关系嘛！”

“就是有关系，而且关系还很大！简直太大了！”

“书记，你就莫开玩笑了，公司的大门我都没进去过，上次领奖还在公司外面的台阶上，我还和公司有啥子关系吗？”

“就是有关系，而且关系还很大，这次，也就是国庆节，总公司要开一个运动会，要求新老员工踊跃参加！”

“又要我去比赛跑步！”老方一下明白了。

“对头，就是要你代表我们厂，代表公司去参加比赛！你晓得起的，你以前只是厂里面比赛第一，公司里面第一，这次是总公司比赛，而且比赛好多项目！公司头脑人物已经给我们厂里下了死命令，要拿就要拿第一，哪怕是一个项目的第一。所以，我们厂里几个头脑人物商量来商量去，还是觉得我们老方靠得住，现在长跑这个项目已经不但是我们厂的希望，而且是我们整个公司的希望，因为你已经拿下了厂里、公司的两次第一，而且跑的时候把别个远远地甩在后面的，厂里面决定给你每天补发十块钱的营养费，你好好准备准备，这是两百块钱，也就是二十天的营养费，你拿着，等你拿到第一，厂里面再奖你五百。”

秋天的雾比春天的雾浓多了，厚多了，老方跑一会就要擦一下脸，头发上的水珠从后面流进后背，顺着脊梁骨往下淌时整个背都凉丝丝地，跑到九院门口迷蒙的灯光里，他看到几个同行穿着雨衣一动不动地坐摩托车上，这样可以防雾，也可以打打瞌睡，他这样想着很快跑了过去。

总公司租了西南师范大学的操场开运动会，那天学校操场四周都插满了彩旗，操场的四角高高地飘浮着四个大气球，气球下面长长的红布上写着“热烈庆祝重庆仪表总公司第一届运动会胜利召开”。运动会第一项是运动员入场式，公司的头脑人物讲了很长时间的话后就开始比赛了，裁判都是请的学校的老师，短跑、跳远、跳高、铅球各个场地同进举行，不一会儿广播里就听到了比赛的成绩。到五千米比赛时天阴了下来，跑了三圈后下起了雨，操场里几个赛点的人都跑到操场边躲雨去了，主席台上支起了四个很大的雨伞，播音员一遍一遍地说着“健儿们，加油，主席台上的头脑人物看着你们，你们身旁的亲人们看着你们，你们是公司的骄傲，是公司的未来……”

“还未来呢！下岗了我还是未来呢！真是说话不怕牙疼！”

老方想着自己都觉得有点好笑。如果自己现在还在厂里，说自己是公司的未来还感觉不到啥子，现在都下岗回家了还说自己是公司的未来，那未来不是让公司里的人都下岗吗？真是好笑！老方这样想想，心里好像好受了一些，呼吸也平稳了一些。他用手摸了一把脸上的雨水，看到前面的篮球场边站着一个人，这个人怎么了，下雨了还站在这里！他往前越跑，越感觉这个人的身影很熟悉，好像……他又往前跑了几米，看到前面的人是自己的母亲，感觉双眼一热，眼睛前面一下子模糊了起来。

老方把“嘉陵”骑到屋子前面的坝子里停下，车灯扫过屋子时他看到母亲在她屋前坐着，他熄了火后听到母亲对他说：“江江的老师喊你明天到他们学校去一趟！”

儿子怎么了，是不是在学校出啥子事了。

他从车上下来走到母亲前面。

“江江睡了吗？”他问母亲。

“睡了，早就睡了。”

他推开母亲的门，打开门后的灯，看着在母亲床上的儿子，儿子四仰八叉地躺在床的中间，身上啥子也没盖额头还渗着汗水。他自己也记不清多久没见到儿子了，早上儿子上学时他还在睡觉，晚上他回来后扒几口饭就上楼睡了，和儿子见面的机会都没有。他看着躺在床上的儿子，感觉儿子长得很高了，再有一点就和床一样长了，他现在最省心的就是他的儿子，从小到大自己好像就没怎么操心过，今天老师喊他到学校，也不知是啥子事，儿子是不是闯啥子祸了，不可能啊！儿子胆小，从小就很乖的，哪有啥子事呢！

他听到了从里间屋里传出来的吱嘎吱嘎的床的响声，他把目光移到床边的套间的门上看了一眼，关了灯走到外面。

“你把里面的房子租出去啦？”他问母亲。

“是西师的一个女娃，刚来时还是一个人，我问过她她说没耍朋友，哪个晓得上星期耍了一个。”

他才想起这几天他每晚回来都看见母亲在门口坐着，他以为母亲睡不着在外面乘凉呢！今天早上他出门时听到母亲说要他儿子跟着他和老婆睡，老婆天天打麻将，楼上一间放杂物的屋子没人收拾。现在看来不收拾不行了。

老方到学校找到儿子的班主任，他一见到儿子的班主任就问儿子出了啥子事，班主任说：“没啥子事，我们到校长办公室去再说。”说着就把他带到了校长办公室，他一下子蒙了，儿子肯定惹了不小的事。

他和儿子的班主任一到校长办公室，儿子的班主任向办公室里的一个人介绍说：“校长，这位就是我们班方小江的爸爸！”

校长马上站起来和他握手，给他让座递烟倒水，他更紧张了，他说：“校长，你这是，我那龟儿有啥子事你就说，有啥子事你就说。”

“我们请你来不是你崽儿的事，嘎！是和你有事，嘎！”校长说。

“和我有事？”老方一下云里雾里的，更不知所措。

“和我有啥子事嘛？”

“事情是这样的，嘎！我们市教委在教师节前要举办一次运动会，嘎！这个运动会可是这么多年来第一次，嘎！上面文件已发下来了，嘎！要我们早做准备。嘎！所以我们想请你……”

“请我？”老方这下就糊涂了。

“是啊！想请你代表我们学校去市里面参加运动会，嘎！运动会里面有一个长跑，嘎！我们都晓得长跑是你的拿手项目，嘎！”

“可是，我又不是你们学校的老师，我怎么去啊？”

“这个你不用管，嘎！我们报名的时候把这个项目报我们学校老师的名字，嘎！你到时候听到点我们这个老师的名字时你应个到，嘎！跑就是了，嘎！反正你穿着印着我们学校名字的衣服，嘎！全市那么多老师，嘎！哪个认得到你吗？嘎！”

“这个得不得行啊？”老方感到自己身上的汗水都出来了。

“这个肯定没得问题，嘎！这件事你知我知，天知地知，还有你崽儿的班主任知，嘎！其他没人晓得，嘎！只要我们哪个都不说，没有人晓得的，嘎！”

“这个……要不……我还是考虑一下。”老方说。

“老方，你是个爽快人，嘎！你崽儿可是在我们学校的尖子班里，嘎！我们学校的尖子班可是配了学校最好的老师教起的，嘎！你要珍惜这个机会，嘎！”校长说。

“这个事对你来说是很小的一件事，嘎！当然我们也不会让你白白地去跑，嘎！我们会给你一定的报酬，只要你拿了名次回来，嘎！”

老方还在犹豫，毕竟这种事情他还是第一次遇到，以前给厂里跑，给公司跑，给总公司跑时他觉得他以前是工厂里面的工人，但是这给学校跑自己和学校没啥子关系嘛，没啥子关系嘛儿子在学校读书，好像又有关系……

“你都不要再想了，嘎！我们都替你想好了嘎！如果出现任何后果，嘎！都与你没有关系，嘎！都由我们学校承担好不好？嘎！”校长说。

“好嘛！你们都这样说了，我还有啥子好说的。”

校长把老方送到了学校门口，最后对他说：“老方，这件事情就拜托你了，嘎！你的崽儿我们一定教好，嘎！另外，这件事情今天只有我们三个人晓得，嘎！你回去千万记住，嘎！给哪个，嘎！啥子人都不能说，嘎！要保密，一定要保密，嘎！歌乐山上的江姐，我们重庆人，嘎！你是晓得地，嘎！辣椒水，老虎凳，嘎！竹子签签插进指甲缝里也不能说，嘎！”

老方说：“校长这个你放心，这个我晓得。”

还是以前那个时候，老方刚端上碗，门外书记的声音就响了起来：“老方，老方回来没得？”

“回来了！”

老方在屋里应了一声。他刚站起来书记就进来了。

“书记，你这是来……”老方刚要说啥子书记就打断了他的话。

“有事，我是无事不登三宝殿，这次不但有事，而且这个事情还有点大。”书记说着把手里的一个袋子放在了凳子上。

“是不是我老婆的事？”老方的心一下跳得快了起来。

“你看，你看，你就是这点觉悟，上次我都给你说过，我们要以集体的利益为重，我们做啥子事首先要想到我们的集体，跟我们的大集体相比，我们个人的事算个啥子嘛！你说是不是这个道理。

“但是我现在都在家一年多了，还跟集体有啥子关系吗？如果有关系也就是等着你们让我老婆上岗撒！”

“你看你这个老方，啊！你再说也是我们厂里的老工人了吧！也在我们厂里面干了二十多年了吧！你咋个就是这个样子嘛！我觉得你跟厂还是有感情的嘛，你咋个就为自己的一点事情想不通放不开撒？”

“你莫说了，书记，这些你说过好多回了，但是我眼前也就是这个事情，你也说过几回了，到现在我老婆还是天天打麻将。”

“对头的，我是说过几回了，但是我们也要具体事情具体对待，你想想，现在厂里面下了那么多人，你老婆一个人又去上班了，厂里面下了的那些子人还不闹翻天。上次他们把公路都堵到市里面去了，这个事情你是晓得的撒，后来怎么样，还不是下了，如果你老婆现在去上班了，我都不晓得那些人会闹出啥子事情出来？”

“那你这个说法我老婆就没一点办法啦？”

“办法是人想的，你说对不对，但是也是要有条件的。”

“你说有啥子办法？”老方忙问。

“我还是那句话，看你的贡献，就是看你的贡献，只要你贡献大了，大到别个没法说的时候就好办了！”

“有啥子贡献，我就是比别个跑得快些！”

“好！好！我们要的就是跑得快的！五一节，五一节马上到了，市工业局要召开全系统职工运动会，文件已经发下来了，里面有一个五千米的长跑项目，你自个儿想想，要你拿到名次，局里面的头脑人物都晓得我们厂了，都晓得我们厂长跑第一名，都晓得我们厂的第一名是你老方跑的，而且都晓得你老方和老婆都是下了岗的，你老方人虽然下了岗，心还是为厂子想起的，到时给我们厂一个电话一来，你老婆就上岗了，我看他哪个还有啥子说法！”

老方感觉全身的血都热了起来。

“真的，当真的，这次你不哄我？”

“我哄你，我咋个叫哄你嘛，唉，我大小也算个头脑人物撒，我们头脑人物说话哪里有不负责任的撒！”

“好嘛，我老婆如果上班了，我好好请你喝酒！”

“不，不，你拿了名次回来，我请！我请你喝酒，你看你到时候穿的衣服厂里都为你准备好了，你就抓紧时间锻炼锻炼，争取拿个好名次回来，噢！这里还有给你的生活补助费，五百快，钱虽然不多，也是我们厂的一点心意，你买点营养品补补！比赛在市里面的重庆大学里面举行，到时候好多头脑人物都来观看，到 30 号下午厂里面派车来接你，我们提前到市里面歇一晚，第二天参加比赛。”书记说完，把衣服和一个信封放在凳子上就出去走了。

30 号中午老方就收车回来了，他在门口熄了火。他母亲端着一个篮子在门口择菜。

“你今个咋愣个早就回来啦？”他母亲问他。

“下午有点事。”他边说着边从车后座下面拿出一块布擦车。他擦完车把车推进厨房，他母亲喊他上楼去叫他老婆下来吃饭。他都记不清有多久没见到他老婆的面目了，他晚上回来时他老婆还没回来，他早上走的时候他老婆还在睡觉，也不晓得晚上是啥子时候回来的。这能怪哪个啊！现在好多工厂都在下岗，街上拉客的摩托车越来越多，他有天只拉了两个客人，中午吃了一碗面后只剩了三块钱。

他上到楼上看到老婆还在睡，就叫她下来吃饭，他老婆好像不认识他似的问他怎么今天回来这么早，他本想告诉她他要去比赛，比赛好的话她有可能回厂去上班，但是话到嘴边他又咽了回去。他下楼后儿子也回来了，儿子见到他也显出了很久没有的亲热，虽然没说几句话，但是吃饭时一直用眼睛看着他。他想不出一家人多久了没有坐在一起吃饭了，就是现在虽然坐在一起不说话，但是心里面也是暖和的。

吃完饭他老婆把碗往前一推就走了，他自己还在想明天的事，他母亲望着他老婆的后背叹了一口气说：“一天尽晓得打麻将，也不晓得找个事情做！”

“你让她做啥子吗？”他对母亲说。

“啥子不会也不能天天就愣个样子过撒！”

他感到母亲已经生气了就说：“过段时间嘛！过段时间就会好些！”

“过段时间，这都过了好久了，我也看不出来她有啥子办法！”

第二天他和书记、厂里三名厂长一同到重庆大学时，重庆大学的操场边上已经停了好多小车，操场四周四个大气球已经拉着写着“热烈祝贺重庆市工业局精密仪表系统运动会胜利召开”的红色条幅在半空中摇晃。按比赛规程五千米是下午最后一项，但是早上有运动员入场式，书记吩咐他注意听广播，参加完入场式后就让他自己到宾馆里去休息，中午自己想吃啥子就吃啥子，吃完拿回发票就行，书记吩咐完就和三个厂长一同向主席台方向走了。

老方在跑道上跑了两圈后就感觉和上次在西南师范大学替总公司跑一样，起跑后天上也下起了雨，四周的人们都躲到操场边去了，整个操场里只有他和他的对手们。

上次总公司奖了一千五百块钱，加上公司的一千块，已经有二千五了，这次全系统比赛，应该比前几次都多点吧！如果能把老婆的工作安排了就好了，天天打麻将也不是个事。

到第三圈时有两个队员跑不动自己走到操场边去了，这时候他明显感觉整个队伍都慢了下来，他晓得这时候每个人都到了极限，每个运动员的胸膛里好像有一只大风箱在呼呼地扯着风，两条腿像灌了铅一样又重又硬，只凭着大脑的意志身体的惯性往前迈动着，但是只要这个时间一过，整个身体就会轻松一些。他把自己的步子调整成和其他对手一样，随着他们往前跑。跑到第四圈有一个对手下去了，第五圈开始，队伍的速度开始加快了，他想他的这十二名对手中，最少有两名是同一个单位的，他们开始用起了战术，也就是一个人到前面领跑，以很快的加速度给其他对手从身体上和心理上增加压力，以达到累心累身的目的后，再让后面的队友上来夺取最后的胜利。他在心里暗暗高兴，这些他中学时体育老师讲过的，没想到这么老套的战术现在还有人在用。

跟老方想的一样，到第八圈时前面领跑的对手很快地减慢了速度，这时在他前面的另一个对手开始加快了速度。“这个才是我今天的对手。”老方这样想着也回加快了速度。

雨在不知不觉中停了，操场两边的人又回到操场边上为比赛的队员们加油。

还有两圈了，老方感觉他前面的这个对手没有一点松劲的感觉，他的步子一直是那么沉着平稳，老方有几次看到这个对手头发上的雨水和汗珠一颗颗往下掉在后背上，在后背上像一条小溪一样流到衣服里去了。

“老方，雄起！老方，雄起啊！还有两圈了！”

“蔡明，雄起！蔡明，雄起！”

老方和前面这个对手跑到了主席台前了，他听到了书记的叫喊声，他也听到了他前面的这个对手叫蔡明。听到观众的呼喊他身体里好像有了一点劲，他加快了步子，但是他感觉他前面的这个对手好像长了一只后眼，看到了他一样，也加快了步子。

“这圈跑过去还有一圈，再不超过他就没机会了，不，再跟一会儿，到最后一圈再超。”老方一边跑一边想，这时他感觉耳朵两边的血管像要裂开一样，突突地跳得很快。

跑到主席台对面后离呼喊声远了，他感觉前面的对手慢了下来。

“这就对了，机会来了！”老方想着，上下牙齿一咬，双腿加速超了过去。

“老方，雄起！老方！坚持住！老方，雄起！”

跑过主席台了，老方在很多人的欢呼声中又加快了一点速度，在转弯时他回头看了一下后面的才手，他已拉开有十米远了。

“这次第一书记还有啥子好说的，我在整个系统都第一了他肯定想办法解决老婆的工作问题。”

老方这样想着咬着牙关，飞快地一口气冲出了两个穿红色旗袍的姑娘拉着的红线。

“不错，不错，我们老方真的很不错，只要我们老方一出马，第一名就非他莫属啊！”

“是啊！我们老方这次可是整个系统第一哟！今天还拍了电视，今天晚上就可能在电视里面出来了，老方都是重庆的名人了！”

书记和厂长两个你一言我一句地说着，老方感觉自己应该说说老婆的事了，就张开了口。

“书记，厂长，你们看我老婆工作的事……”

“好说，好说，你现在都是名人了，整个系统都有名气了，你老婆的工作算个啥子嘛！回去我们厂里面头脑人物好好商量商量，看把你老婆咋个安排。”

话说到这个份上了，老方也就不好再说啥子了。到了文新湾桥头，把奖杯给了书记，自个儿回家了。

除了天气一天比一天热了以外，日子好像没有多大的变化。老方还是每天在街头巷尾奔波着，对老方来说在街头跑得越多，跑得越快，心里越是高兴。但是，街上的摩托车一天比一天多了，汽车厂那边的几个路口被汽车厂下岗的工人占了，从这边拉客过去可以，到那边拉客就不行，那些工人就会合在一起赶，赶了不走他们就会一起出手打人，那几个路口现在已经成了他们的地盘，别个想到那边去拉客，那只有打架的份。

这也怪不了那个，别个也要吃饭，也有老婆娃娃，也有父母要养啊！现在天热了，好多人都连夜转，困了就坐在车上打个盹儿，有客了马上就走。他原来厂里的十几个人也商量着把九院、金峡路口、天生路、天生南路四个路口，两条街占住，不让其他车进来拉生意，尤其金峡路听说要建步行街，以后那条街不让汽车进，摩托车的生意肯定会更好一点，他们早下手早有好处。对于这类事他一般都不想出头露面，更不想出手去打人，别个也有别个的难处，你不让别个拉客，别个一家老小咋个过嘛！

老方心浮气躁地回到家门前，准备在家吃了饭继续到街上去拉客。他刚把车停在门前，就从边上走过来两个人，一个人说："你是方老师吧！我们是公安局的！"

老方一下坐在车上脑子里嗡一声。怎么公安局的来了，哪里出了事。

"我，你们有啥子事情？"老方问。

"没的啥子事的，我们等你好久了，我们能不能到你屋子里头去说？"

"你们有啥子事情现在就说吧！我又不会跑，不晓得我哪里出事了？"

"方老师你莫慌，不是你出了事情，是我们有事情找你！"

"你们啥子事情嘛，你们找我有啥子事情？"

"我们还是到你屋子里面去说说，外面不好说。"

两人执意要进屋，老方也没办法，只好打开了门。

两人一到屋里，一个公安拿出烟敬老方，老方说了声不会后就听公安说事。那个公安自己点上烟，坐在长条凳上说："方老师，是这样的，你现在都是名人了，也可以说是我们整个重庆跑得最快的人了，我们想请你帮我们个忙。”

老方心里平和了一点：“你们公安局的事，我不晓得咋个帮，让我去抓人我可没那个胆子，实话说，到现在我都没打过人。”

“不是喊你去抓人，是让你帮我们去跑步。”

“跑步，你们公安有啥子跑步的事？”老方问。

“方老师，事情是这样的，我们重庆市公安局要举办一次比武，这次比武里面有一个项目是5000米长跑，我们分局没得哪个能行的，所以我们就来想请你帮我们个忙，代表我们去参加比武活动。”

“喊我去代表公安局？”老方还是有些紧张，他一下子拿不定主意，这可是公安局的事啊。

“我，我是个下岗工人，你们公安局的事，我哪里得行嘛？”

“没啥子的，你到时候到市里面去比，我们一起去，我们比其他的，到比5000米的时候我们带你去就行了。我们不说，没哪个晓得。”

“这个，这个不好吧，你们公安局的事，我还是感觉不好。”老方还是拿不定主意。

“公安局的事还不就是跑步的事，到时候你只管跑就是了，其他的事情我们都帮你做好。你也是我们北部的人撒，以后我们还经常见面，有啥子用得到我们的时候，我们也好帮你忙撒！再说，我们也不会让你白跑，我们是有报酬的，这样，你的实力我们都是晓得的，只要你跑好了，跑完后我们还有表示，这里先给你留点，你平常也买点营养品补补身体，到时候好出成绩。”

一个公安说着就把一个信封放在了桌上。

看着信封，老方想，跑就跑吧，他们自己都不怕，我怕啥子，反正我一天也没多少事情做。

“好吧！啥子时候跑？”老方问。

“好，我们先谢谢你！时间还没定，可能要到国庆节左右，去年是国庆节，今年如果说没啥子变化的话也是那个时候，到时候我们再通知你。”

拆迁办已发通知下来了，这片地方9月份就要拆，在新楼盖好前这段时间要自己租房子住，租房子也是个麻烦事。和他一个厂的现在也在跑摩的的一个同事说他家有空的房子，到时候让老方一家搬过去住就行了。但是老方想哪能白住，房租水电费还是要给别个，虽然拆迁办的说拆了就建，建好了就分，但是这一拆一建等新楼盖好也不晓得要到啥子时候，这中间的房租也是一笔不小的开支啊！人如果不吃饭多好啊！不吃饭还能省不少钱。老方现在早上一碗面条，中午一碗面条，晚上很晚回到家里才能吃上一点肉。现在全家的伙食都是老母亲负担的，老母亲三百多元的退休金起了很大作用啊！好在母亲身体还好，没有生过啥子病，别个都说老人是福，现在母亲是家里的顶梁柱啊。书记好久也没来过了，老婆现在还是成天打麻将，上次公安局留下的那个信封里有一千元钱，他放在衣柜里第二天晚上回来就不见了，想都不用想，肯定是老婆拿去打麻将去了，他感觉现在老婆真是个累赘，没有老婆还好些，自己也就没有这么多烦心事。

老方心里一天就是这些事，有客的时候还好一些，有客的时候他就一门心思地骑好车，把客人送到要去的地方，没客的时候这些事就在他脑子里盘旋，挥都挥不走。

现在他自己也感觉有点麻木了，一天除了拉客外没有其他兴趣，街头打架，车撞了人他都懒得过去看个闹热，如果不是拿了别个的钱，他甚至忘了自己还能跑步这件事。有时他也想，也只有跑步的时候别个才晓得他的存在，跑完步他又回到了街上，成了街上成千上万人中的很不起眼的一个，没有人晓得他跑得快，没有人晓得他拿过第一名，当然也没有人晓得他因为跑得快拿了一些奖金。

天气一到9月就明显降温了，白天在街上行走的人多了起来。尤其西南师范大学开学的那几天，那些送学生来的家长一到重庆就找不到地方了，从校门出来下几个台阶转个弯就到车站了，但是那些家长硬是找不到。从街上买了东西回去也是，本来从文化馆边上的梯坎上去就到学校的后门了，那些学生还要坐摩托到学校大门口才找得回去，还有几个从街上走路回学校，在巷子里上上下下转来转去，后来都转到江边去了，又不得不坐摩托回去。这种事情每年9月都会遇上，真是好笑得很，那几天也是老方生意最好的时候，那些学生和学生的家长一出门就坐摩托，不坐摩托就找不到路走。

9月5日晚上公安局的那两个人到老方家，通知老方市公安的比武改在9月10号下午举行，要老方提前做好准备，临走时又给老方留下了一个信封，那两个公安说去年他们分局是全市39个分局里倒数第一名，今年局头脑人物下了死命令，一定要打一个翻身仗，而且要不惜一切打好这个翻身仗，他们在其他方面没有把握，但是在5000米长跑上是有把握的，所以他们请老方一定不要辜负公安分局头脑人物对他的期望，雄起，雄起，再雄起！一定要拿下5000米的冠军。

老方第二天一早就跑到儿子学校去了，他直接到校长室问校长，教育局的运动会5000米是哪一天。他一到学校，校长倒让他给吓了一跳，校长以为他生病了还是有其他重要的事去不成了，看到老方好好地，问老方老方说也没啥子事就才放下心来，老方问清楚后也放下了悬了一夜的心，教育局的运动会也是9月10号，5000米比赛是上午的最后一项。

9月10号早上，老方5点起床拿着学校给他的衣服坐北部到市里的第一班车到了重庆师范学院门口，重庆市教育局第一届教师运动会在这里举行。老方在学校门前的一个早餐点上吃一碗面条，坐了一辆摩托车到了重庆市第六中学，下午公安的比武在六中比赛5000米长跑，他到中学门口时外面的学生正往里面进，他随着人流进入学校，一进大门就是操场，这时候学生都沿着操场边的马路往教学楼里面走，操场里没有一个人。他走进操场，在操场里转了一圈走出校门，在校门口坐了一辆摩托车几分钟到了重庆师范学院，重庆师范学院里操场里面到处都是人，操场的四周插上了彩旗，四个角已飘着四只大大的气球。

他走到主席台前方时，他儿子的班主任迎了上来，他说学校今天给他放假，让他专门来陪老方的。本来昨天晚上儿子的班主任就来说学校第二天派车送他到重庆，但是他还没来得及张口公安局的那两个人就进来了，他连忙把儿子的班主任送到门外说不用送，他吃过饭就去重庆，晚上就在重庆住夜，好养好精神第二天比赛。公安局的人给他拿来了一套衣服和一个警官证，警官证里面贴着两人前几天拿去的他的照片，那两个公安说，公安比赛时都要看证件，那个证件是假的，但是报名时别个也就只看一下，不会仔细检查，让老方放心去用。

儿子的班主任告诉向老方说了一个不好的消息，这次运动会重庆市所有教育系统都派人参加了，重庆师范学院、西南师范大学也派了人参加，两所大学里面都有体育系，也就是说，和老方比赛的有在校体育系的学生。老方自己心里也没底了，以前和自己比赛的都是厂里面的工人，最多也就是个业余水平，今天自己的对手可是一天到晚在操场上训练的在校大学生啊！

不管怎样，老方已是驾在辕里的马，没有一点回头的余地了。入场式开始的时候，老方走在队伍里就感觉他是队伍里最老的队员，在跑道上一个穿红色运动服的小伙子问他是那个学校的，老方嘴里咕噜了一下，自己都不晓得说了什么。那个小伙又问他参加哪个项目的比赛，老方说 5000 米，那个小伙吐了一下舌头，还向他伸了几下大拇指。他也问了一下那个小伙是哪个学校的，小伙说指了指胸前的字，老方一看是重庆第一师范学校，老方这才晓得这次来比赛的不仅仅有中小学和大学，还有中师的老师和学生。

听到广播员说参加5000米比赛的选手点名时，儿子的班主任站起来拍拍老方的后背说："老方，雄起！这次就看你的了。"走到100米起点的地方点名，老方看到前面问他的那个一师的小伙也在队伍里，那个小伙对老方笑笑，上上下下地跳着活动着身子和腿。

跑5000米的有15个人，个个都比老方年轻。发令枪一响，老方就感觉这支队伍一开始就很快，第一圈一个跟着一个，没有拉开一点距离，到了第二圈队伍还是原来的速度，有两个人几步超到老方前面又按队伍的整体速度跑着。第三圈时又两个人超过了老方，老方这时成了队伍里的最后一个。第三圈快完时队伍慢了下来，老方晓得这时每个的极限来了，过了这个极限队伍又要加快，他拉开步子，超过了两个人。按以往的经验，这个时候是不能加速的，只要保持住速度，等过了极限再往前追赶，但是老方等不及了，这时他看到那个红色运动服的小伙已是队伍里的第一名了，而且距他已有百米远了，等大家都过了极限，他和第一名拉开的距离就更大了。

第四圈他跑过主席台的时候儿子的班主任给他加油时喊："方小江的爸爸，雄起！"

一听到儿子的名字，老方身上好像添了一把力，身体的极限好像也很快地过去了，他感觉脚下面轻松了一些，两条腿加快了节奏。到了第六圈时老方超过两个，这时一个队员不知是腿抽筋还是身体不行自己走到操场中间去了，老方成了第四名。他往前看看他距第一名那个红色运动服已有一百多米了。"这个小伙子还真能跑，年轻啊！自己不服不行了！"他这样想着到了弯道，他看着对面那个红色运动服，这时红色运动服也向朝他望了一下。望过后那个小伙子好像又加了点速度。老方这时感觉心都要跳出胸膛，耳朵两边的血管激烈在跳动着，头脑里面也在隆隆地响。

"是不是别个也像自己这样想啊！以前也没注意到是不是这样

啊！今天看来是拿不到第一了，房子这几天就要拆了，拆了后还要租房，租房又要出钱，这钱又不晓得出到那一天为止。”

“方小江爸爸，雄起！方小江的爸爸，雄起！”老方还在想着，就被子主席台边上的儿子班主任的加油声打断了。

学校也真怪，自己学校没人跑，请我来跑，跑不好儿子可能就被调到差的班里去了，听别个讲，那些班上课学生捣乱老师管都不管，由着学生在课堂里耍，那个肯定要不得。

老方这样想着更加拼了命一样地往前跑。第十圈时他成了第二名，他的前面只有那个穿红运动服的小伙子了，那个小伙子离他有十几米远，这时他感觉胸膛里好像火车在轰鸣，他听到自己喉咙出气的声音已成了一种哨子的声音，而且喉咙里好像长出了锯齿一样痛痒难受。

“方小江爸爸，雄起！方小江的爸爸，雄起！还有两圈了，雄起！”

这是儿子班主任的声音，再有两圈了，也就是再有一分多钟的时间比赛就完了，这一分多钟如果超不过那个穿红色运动服就再也没有机会了，儿子有可能就到别的班上去了，如果到了其他班上就别指望以后有啥子前途了，他咬咬牙，两只腿又使劲往前用力，但是他前面的红色运动服好像看到了他一样也加快了速度。

“方小江的爸爸，最后一圈了，雄起！雄起！”

儿子班主任的声音都变调了。他已看到了眼前的红色的运动服像一块湿布一样贴在那个小伙身上，他已听见了那个小伙喉咙里发出的呜呜的出气的声音。一过二百米的弯道，红色运动服听到了他后面老方的脚步声，加快了节奏，老方嘴里啊地叫着紧紧地跟了上去，转过一百米弯道时老方已和红色运动服并排了，老方嘴里啊地叫着，牙根用力，眼角紧绷，在最后十米左右超过了红色运动服冲出了终点线。

老方的眼前一阵红一阵黑，他仰着头大腿带着小腿，走到一个双杠前面，两只胳膊搭在上面腿一软闭上了眼睛。

老方在重庆师范学院门口一家小馆要了一碗炸酱面，咽第一口时他就感觉胸膛里好像落下一块七棱八角的石头一样，割得里面生痛，他又咽了两口，感觉那三口饭好像是烧红了的铁一样，烙得胸膛里面烧烘烘地疼。等一会再吃吧，反正现在时间还早。老方这样想着，慢慢地走出重庆师范学院门前的那条街道到了陈家湾，他在路边一个小摊上买了一瓶酸奶，在以前他是从来不买的，他感觉那些东西是属于别个的东西，他记得两年前他接儿子放学到了文新湾桥头，儿子向他要，他才晓得这种饮料叫酸奶，那天他看儿子喝得那么香，感觉自己心里也是甜丝丝的。但是今天不同，下午还要跑，他要往肚子里装点东西，但是他刚咽下一口，就感觉胸膛里像咽下了一把刀子一样疼痛。

怪了，今天这是怎么了，是不是里面出问题了，不会吧，不就是个 5000 米吗，以前不是经常跑吗？是不是感冒了，他用手摸了一下额头，额头上有细密的汗水，但是额头凉凉的，没有发烧的迹象。

六中足球场边上的草长得很厚，老方坐在软软的草地把手里装衣服的包当枕头，四肢放松地躺在了草地上。下午怎么跑啊，如果身体不行， 跑不了了怎么办啊，钱都已经拿了，拿不了名次怎么见人啊！但是我的身体行不行啊！老方反反复复地想着，慢慢地睡了过去。

老方睁开眼睛的时候看到他前面有几个学生在踢球，他从包里找出手表一看，才一点二十分，他想再睡一会儿，但想起自己还没吃午饭，又走出校门，在门口一家饭馆要了一个回锅肉，从门口的锅里舀了一碗饭就吃开了，但是他感觉胸膛里咽东西的时候还是很难受，他吃了半碗饭，一盘菜没吃完就又到了六中的操场上。

三点多钟的时候学校里面开来了几辆警车，一个穿警服的从口袋里拿出一张纸点名，他一个分局一个分局地点，点到一个分局的时候他就问一下某分局的来了没有，当他问北部分局的来了没有时老方说来了，那个警察看了他一眼又往下点，老方听到有几个分局问了几次都没人出声，最后点名的警察说："这样，我们这次比武5000米有十一个分局报了名，现在来了八个，我们现在就跑，跑的了就跑，跑不了也不要勉强！好，大家准备一下，把警官证拿出来我记一下名字，到时我看一下表，把成绩记到就行了！"

看到这样简单的场面老方心里也轻松了不少。那个警察拿来出一张表，对大家说开始，老方就和其他人一起跑开了。老方一直担心自己的身体，但是跑过了两圈，好像也没什么反应。这次跑完国庆就到了，说不定厂里又找他去参加比赛，如果要跑的话自己就早点练一下，像今天跑完了身体太难受了。

老方加快了一点速度，但是他感觉别个也加快了速度，这时已到第三圈了，老方感觉胸膛里又开始打鼓一样咚咚咚地剧烈地响开了。耳朵两边也嗡嗡地响了起来。

这次的极限来得有点早了，身体的反应也比以前猛烈了，他放缓了一些步子，但是边上的一个人一下就超了过去，他看到超到他前面的这个人头发白了。自己不能输给比自己年龄大的人啊！跑到第五圈时他超过了这个人，但是这个人还是紧紧地在他后面跟着，到第七圈时他感到胸膛里面裂开了一样疼，喉咙里也像早上一样疼痒难受，在他感觉脚步慢了一些的时候，那个白头发的对手又超过他了。

"老方，雄起！老方，雄起！"

他听到边上有人给他加油，扭头看了一下，是他认识的找过他的那两个警察，那两个警察不知啥子时候来了，老方感到脸上热热的。自己已拿了别个两千块钱了，前面就一个对手，超过去也对得起人家，别个还说，得了名次还要给啊！老方这样想着，咬紧牙关加快步子又超了过去。但是老方感觉自己就是超人时那几秒钟有一点力气，超过后两条腿就软了。他在前面跑了不到半圈，那个白头发又超了过去。

“再有一圈了，老方，雄起！”那两个警察在边上拼命在叫着。一过主席台，白头发加快了速度，他要冲刺了，老方咬着牙关，瞪着眼睛，嘴里面啊啊叫着在最后一个转弯时超过了白头发。

老方感觉头脑里面，耳朵边血管里面的血都在随着他的脚步声在咚咚咚地跳着，他的眼睛前面一片血红，一片苍白，一片漆黑，在冲过终点后，人像一片树叶左右摇摆着向地上倒去。

老方从住院部出来，在医院的门卫室边上找到了自己的摩托车，这还是五天前他去重庆时那天早上很早放在这里的。他在重庆住了一天就转院到北部来了。那两个警说重庆那家医院他们不熟悉，医药费没办法报销。那天晚上十一点多，他们用警车把老方拉回北部住进了九院。老方没有让警察告诉他家里，他怕母亲晓得他住院了受惊吓，怕他老婆晓得了反而会骂他。最后两警察和他商量他的医药费两家一人出一半，这样老方也很高兴，自己又不是警察，和警察一点关系都没有，别个出一半已经不错了。住了四天院老方要出2263元，他得第一名公安给了2000元，结账时两个公安看到他身上实在没什么钱，把多出的263元也替他交了。

他骑车到文新湾桥头，看到母亲靠着桥墩站着，桥下面他家原来的地方已变成了一片瓦砾。

“你这些天跑到哪里去啦？”他母亲问他。

“这房子都拆啦？”他问母亲。

“拆了，我们都搬到团山堡去了，还是你们厂里面你以前那几个朋友帮忙搬的，你老婆都骂你好几天了，你跑到哪里去啦？”

“我不能再跑了！你上来我拉你回去。”

他想起自己这车买了都两年多了，母亲还没坐过一次。

但是他母亲说：“你个儿骑起走，我坐你那个怕！”

寻找老巴

1

教育局的文件下来了，这是全县最后一次民办教师转正的文件，按文件精神，老巴完全够格。这次只要够条件的全部转，不够条件的离职，以后全国就不存在民办教师了。

其实这件事在一个多月前就传开了，但是老巴说这又是一个遥不可及的谣言，在他近二十年的教育生涯中，在一次次的希望破灭之后，在这份文件下达后近一个月时间里他还没来学校，我发动了全校的老师，全校的老师发动了全校的学生，全校的学生发动了全校几个村里的所有学生的家长，学生的家长又发动了各个相邻或者不相邻的四邻八乡的亲戚和只要能想到的人，寻找老巴。

每天清晨天还没亮，我就走出校门，看见路上有人，迎上去问：有老巴的消息吗？被问的人对我摇摇头。我往村里面走，一个女人抬着一把大扫把，把一团尘土和一团垃圾扫出了大门。我上去问女人，女人用红色的围巾包着头，她后退一步抬头望我，女人扫起来的尘土落在我和女人身上，我问她：有巴校长的消息吗？女人说：没有，印成娃子咸水河的舅爷昨天到印屋里来了，我问过他，他那里也没有什么消息。

路上，一只狗跟着另一只狗顺着墙根耷拉着脑袋走了过去，路两旁是村民们低矮的院墙，院墙中间是低矮的院门，院门里面是低矮的房屋，房屋后面是树枝搭在院墙上的白杨树，这一切都在这个很早的早晨没有一点声息。

老巴，你到底去哪儿了，九月统计，十月上报，就这次，错过这次，你真的就永远成一个农民了。

老巴就是一个农民。

我所在的学校是甘肃省永新县一个山区乡里的中学，说是中学其实只有小学和初中，初中是前几年国家普及九年义务教育制度时在小学里加盖了几幢房子，把邻近几个村小学毕业就会失学的学生收拢在一块，让他们继续学习。县一中二中都招收我们这里的学生，但是一中二中离我们这里太远，去上学就要住校，十三四岁的小孩儿，到外地不是受欺负就是学坏。说起甘肃，给人的第一感觉就是缺水，这一点没错，我现在所在的学校被我们家在川里人叫作山里的一个叫周家梁村的村边的一座山坡上。我上中师时一次和另两个同学去一个山区的同学家玩，我们向县城同学借了自行车，出了县城往西开始爬山路，翻过一个山口后柏油路成了沙子路，翻山越岭走了两个多小时后沙子路成了黄土路，黄土路比沙子路更颠簸更难走，路一边是山崖，一边是崖坎，山嘴是九十度的转弯，一路山里的这个同学走在前面提醒，让我们小心不要滚下崖坎。我们进到同学山腰上的家里时整个人像一摊泥一样，坐在同学家低矮的屋檐下再也不想动弹。吃过晚饭，同学从厨房提出水桶，从院子中间的水窖里打出一桶水，用手把水桶表面漂着的东西往外捞了几把，拉过他家的一头骡子，骡子的头伸进水桶里呼哧呼哧把水桶里的水喝了个底朝天，同学又打出一桶水，骡子喝到半桶后摆头不喝了，同学提起水桶，哗一下把骡子喝剩的水倒进了水窑。我和另两个同学看傻了。我们刚吃过饭的水就是同学用刚才饮骡子的水桶从水窑里打出来倒进锅里的，这就是山里。

我的家在川里，村子边上有一条叫庄浪河的小河，很久以前，祖先就把河水引进村庄，浇灌着村庄周围的万顷良田。村里面有西门泉、东湾泉、五谷泉、吴家泉四眼终年从地下喷涌着甘甜的琼浆。我们川里人的脸色白净、皮肤湿润，山里人的脸色黝黑、皮肤干燥，没有水是一方面，还被山里的太阳晒，被山风吹也是一个重要方面。

我接到报到通知一看是西村乡心里凉透了，两天没和父母说话，我当时想着最好能进县城，进不了县城到我们川区的六个乡镇也好啊。西村乡在我们川里的人来说也是山里，亲戚朋友都来劝我说，西村乡离飞机场近，山里的旱麦子好吃。西村乡离飞机场近没错，但是我又不在飞机上当老师，旱麦子面是好吃，但是我天天面对的是那些脸色黑红、拖着两筒鼻涕的娃娃，旱麦子面好吃又能吃出什么味道来。没办法，离开学的日子越来越近，到了八月三十号这天，父母打听到村里有一台拖拉机要去西村乡，我抱着到了再说的心态，把行李放在了拖拉机上。我到了像我老家生产队时饲养院一样的乡政府大院门口问了一下看大门的人，看门的人把我带到了乡文教办公室，里面一个戴着一副圆圆的镜片的四十岁左右的人接过我手里的介绍信说："你怎么现在才来？赶紧，行李别放了，巴阴阳的车刚才还在，你跟着他去。"

戴眼镜的人一边说着一边走出门，站在门外大声喊："哎！巴阴阳，你们学校分来的老师来了，你一起把他拉回去。"

我看到院子里靠着南面一排房子前有一辆马车，一个戴着黄色帽子穿着灰色中山装脸色黑红四十多岁的人站在马车旁望着我们。马车上装着牛皮纸包着的书本，戴眼镜的人走过来介绍说："这个是周家梁小学的巴校长，这个是我们乡新分来的老师盛老师，先放在你们学校，你要照顾好，他可是县师范毕业的。”巴校长和我握手，我感到他手心里厚厚的茧子硌得我手疼。巴校长接过我手中的行李放在车上说：“走吧，路远呢！”

一出乡政府，巴校长让骡子拉着车走在前面，他和我跟在后面，他拿出一小条纸给我说：“卷一个！”我说我不会，巴校长自己卷了一支烟点上了。

没有树，太阳把一座座房舍院墙照得发红泛白。我发现这里的牲畜很多，马路两边很多人家的院墙外面都拴着一匹马、一头骡子或者一头驴，空气里飘浮着麦草的味道、牲畜粪便的味道。

巴校长说在乡政府戴眼镜的那个是乡文教专干，姓吕，吕教干，老师们都叫他“驴干叫”。我是我们学校分来的第一个中专生，第一个由国家分来的公办老师，到学校后直接教五年级，我们学校是全西村乡二十三个小学里教学质量最好的学校，平均分数比西村乡小学要高五分。

我没想到我连西村乡中学都待不了，走出乡政府所在的村庄，我望着前面远远的远方问巴校长：“我们还要走多久才到？”

巴校长说：“还有两小时，两小时差不多就能到。”

从乡政府出来我们脚下的路就成了土路，出了村庄，脚下的路成了中间有两道很深车辙的坑坑洼洼的沙子路。路的左边远远的地方是一排整齐的伸向远处去的直直的白杨树，里面有飞机闪着银白的光芒轰鸣着起起落落。巴校长说：“那边就是机场，飞机是军航的。”就有一只拖着一条白色尾巴的手掌大小的三叉的飞机在空中发出轰隆轰隆的声音，巴校长说：“那是飞机在训练打靶。”一会儿一只长条形的飞机从头顶飞过，高高地在很远的天边消失了身影，巴校长说：“那是民航的，专门拉人的。”飞机的声音听不到的时候我们到了一个村子外面，巴校长说这个村子叫华家梁，问我喝不喝水，这时我才感觉口干舌燥，额头被太阳晒得发痛。

太阳毫无遮拦地照着，收割了麦子的田地泛着白色的光亮。我们跟着骡子拉着的车顺着路直直地走着，远远地看到一片云一样的绿色的树，老巴说那是高家梁，高家梁小学有一百二十三名学生，九名老师，还没有公办老师。

一直走到太阳落到西面的山头，巴校长指着前面的一个村子说："到了，前面的村子就是我们周家梁，学校就在西面的山腰上。"

我们进了村子，巴校长喊住一群飞跑中的一个小孩儿说："到印屋里说一下去，今晚来人哩，多做一个人的饭。"那小孩儿转身一阵风一样跑了，我们从村子中间一条路拐进去，巴校长从车上取下鞭子，一手拉起骡子嘴边的疆绳，"噢！噢！啦！啦！"地把马车赶上通往山腰的路。

这是一所没有围墙的有六幢十二间土块盖的教室的学校，教室的后面有一排靠着西面的山的，门和窗户都刷成土红色的房子，这一排房子就是老师的办公室和宿舍了。还在往学校走的时候，我就看到学校上面的山顶上有一座庙，巴校长把车赶到靠着山边的那间房子前说："你也看见了，山上有座庙，这所学校的地盘原来就是一座庙，这排房子是原来庙里的厢房，以前的学生就在这排房子里上课，'文革''除四旧'的时候村里的人把庙拆了，用拆了庙的木头盖了教室，这几年开放了，人们在山顶盖了一座庙，那庙比起原来的小多了。"

巴校长打开一间房子对我说："这间就做你的宿舍。"说着帮我把行李拿进宿舍，宿舍里已经有一张床，床上铺了一张很厚的麦草的草垫。

"这是我让我婆娘做的，睡上去绵一些，冬天也暖和一些。"巴校长说着把我的行李放在了床上。

放下行李，和巴校长把书本搬进隔壁的房子后巴校长对我说："走到我家吃饭去，走了半天路，肯定饿坏了。"

我跟着巴校长走进一家没有院门的院子，从北面台子上传过来一声"来了"的女人招呼声。屋子里还没有开灯，院子北面三间掐脖子房子，西面靠马路两间，西北角是厨房。

"饭做好了没有，今天拉书去了，把我们学校新分来的盛老师也接来了！"巴校长说。

"面擀好了，这就下。"一高一矮两个女人从门槛上起身进到厨房，厨房里亮起了灯。

巴校长把车赶到东面的草棚下面，卸车、拴骡子、添草后到院子中间跺了两下脚。

"进屋，进屋！你先不进去怎么还在院子里站着哩！"

巴校长进到屋从门后面拉开灯。屋子中间是一张方桌，方桌两边两张方凳，靠西面墙是一张两橱的柜子，东边是占了半间房子的炕，炕上靠北面靠墙放着两个黑色的箱子，炕角放着两床叠起来的被子。

我和巴校长一人一边坐在桌子两边，一个小姑娘一手一只碗端来了两碗饭，放在我和巴校长面前。

"吃啊！今天饿坏了！这是我的二丫头，大丫头在一中上高二了，那年考县师范差几分，本来想让她补一年再考，可是她想考大学哩，丫头子们嘛，考上个师范学校好得很，有一碗公家的饭就行了，现在看她自己去，你上我就供，二丫头上初二，明天就去，在西村中学，成绩还中哩！"巴校长说。

饭是面片，里面有鸡蛋，但是又调了浆水。我早就听说山里的人家饭里面不调醋，一年四季吃浆水，就是过年饭里面调了肉，肉饭里面也要调浆水。

小姑娘又端来一碗饭放在桌上说："您快吃，吃完添上！"

“红娃呢，这碎娃娃跑哪去啦？”巴校长问小姑娘。

“耍去了，我找去。”小姑娘回答。

“你把你杨家大大、周家爸、夏家爸、马家爸、华家爸叫给一下，就说学校分来的盛老师来了。”

“哎！”小姑娘答应着出去了。

吃完饭，院子里一声“老巴”，巴校长在屋里应了一声，一个戴着黄帽子、戴着一只眼镜的人进来站在屋子中间。巴校长起身介绍说：“这是我们老杨，杨老师，教四五年级语文的。”

和巴校长一样，和杨老师握手的时候，我也感觉到了杨老师手心里厚厚的茧。

“上炕，印上炕。”巴校长招呼我和杨老师上炕。这时院子里又有叫“老巴”的声音。巴校长“唉！进来！进来”地答应着。屋子里进来三个戴着黄帽子、一个头发长长的人，四个人都是紫红色的脸。

巴校长介绍着：“这是周老师，教二、三年级语文，这是马老师，教四五年级数学，这是夏老师，教二三年级数学，这是华老师，教一五年级语文。”

我和周老师、杨老师、夏老师、华老师一一握手，我的手被他们长着厚茧的手磨了一遍。

每个人都坐在炕沿上，两脚吊在炕下面相互磕几下，身子往后一仰圈腿上炕，再相互谦着往炕里面坐。

六个人都是大光脚，我穿着一双白色袜子的脚反而不好意思从鞋里面拿出来。

一个脸红红的小孩儿端着一张炕桌进来了放在炕上就往外走，巴校长叫住说：“这碎娃娃问人的都不知道，这是你今天才来的盛家爸爸你也不问一下，开学教你们语文哩，不听话就叫那打去。”

小孩儿望着我笑了一下出门跑了。巴校长一脸慈笑地对我说：

“这是我尕的娃哥子。”

巴校长从炕上的箱子里面拿出一瓶红贴的“金徽”，光着脚下到地上，从柜子里拿出酒壶酒碟上到炕上，把瓶子口含进嘴里咬瓶盖，他“咕嘟！咕嘟”咬了几下没咬开。

“还是我来！”华老师接过巴校长咬过的瓶子放进嘴里，“吱嘎”一声，把咬开盖的瓶子放在桌子上，一扭头“呸”一声，把嘴里的瓶盖吐在了地上。

“热一下，热给一下好喝些！”杨老师说着把头上的帽子脱下来放在了墙角的被子上，露出了一头花白的头发。

巴校长把酒倒进壶里，从壶里倒一点到小碟里，把那个小小的酒杯放在小碟中间，从口袋里掏出火柴点着了小碟里的酒，蓝色火焰在酒碟里燃起，老巴把酒壶放在酒杯上面，小碟里蓝色的火焰就烤着酒壶的底部，房间里充满了呛鼻的酒精的味道。

火焰熄灭，巴校长倒出一杯酒双手端起来给杨老师说：“来，这里你最大，还是你先来。”

“不，不，不，不行，你这没对着，今晚这第一杯酒应该给盛老师，印给盛老师接风，应该盛老师先喝！”说着他接过巴校长手里的酒碟，两膝盖跪起来双手端在了我的面前。

我哪受得了这样大的礼，杨老师看上去比我父亲的年龄还大。我立马跪起来，两扶住他的手说：“杨老师，你这不是折我的寿吗？我哪能受得了你的敬酒啊！”

“你是我们学校分来的第一个公办老师，有‘公’大三分啊！这第一杯酒还是该你先喝！”杨老师说。

“是啊，你先喝，你先喝！”几个老师都让我先喝。

我从杨老师手里硬抢过酒碟，端在巴校长面前对他说：“巴校长，这第一杯酒还是你先喝，第一，今晚我们在你家里，你是主人；第二，你是我们的校长，是我们的领导，第一杯酒我应该先敬你才对。”

“话不能这么说，你是第一次到我家来，来的就是客，今天你是客，明天印就是一块教书，就是同事。像老杨他们，经常来，算是主人了，所以这第一杯酒还是你先喝！”巴校长说。

“对，对，老巴说得对，你是客人，你先喝。”几个老师附和着说。

没办法，这第一杯酒我不喝就开不了场。我只好一只手端碟，一只手端起酒杯，一口喝下了酒杯中的酒。酒杯很小，酒喝进嘴里，只有舌尖感觉得到。

我把酒碟放在桌子上，拿起酒壶倒酒，我身边的华老师一把抢过酒壶说：“盛老师，你放下，怎么好意思让你倒，我来，我来就行。”

我双手端酒碟，巴校长和杨老师两个人四只手按在上面说：“盛老师你别动，印自己来。”

按他们的规矩，杨老师先喝了一杯，巴校长喝了一杯，然后是周、马、夏、华按年龄，几个老师轮流喝。

喝了两圈，杨老师问巴校长：“老巴，你山岔口那块地今年拔了多少个子？”

巴校长说：“今年没有去年多，去年拔五百多个，今年四百都不到。”

“就是，今年普遍没有去年好，我去年东坪上那二斗地拔六百多哩，今年五百都没有，麦头还轻得很。”周老师说。

“就是，今年麦子麦头轻，个子也拔得少。”周老师的一句话，说到了大家的心里。

刚忙完夏收，老师们谈论的就是地里的麦子拔了多少麦个子。谈论完麦子，谈论家里的牲畜，从他们的言谈当中，我知道六个老师家都有牲畜，杨老师和周老师家有一匹马，马老师家是一头骡子，夏老师家一头驴，华老师家驴刚生了小驴，杨老师和华老师说好两家的牲畜交配一下，明年生骡子，杨老师代表他家的马喝了一杯华老师代表他家的驴敬的酒。

一会儿巴校长家进来一个人，巴校长介绍说是邻居。来人谦让了一下，脱了鞋就上炕。一会儿进来一个老人，巴校长介绍说是周爷子。半瓶酒下去后，开始划拳，杨老师先过关，一人三拳，一圈没划完就高了。我叫巴校长是巴校长，杨老师是杨老师，周老师是周老师，马老师是马老师，夏老师是夏老师，华老师是华老师，这时巴校长和几个老师都要我不要这样称呼，说我才是老师，国家的正规老师，称他们老巴、老杨、老周、老马、老夏、小华就行。这中间又进来两个人，炕上坐不下了，老马和老夏划拳，不管谁输了，老杨端起酒杯就喝，拦都拦不住，几个人吵吵嚷嚷，闹得正酣。我想到我的床还没铺好，和炕上的人打了声招呼就出来了。

四下里静得没有一点声音，我站在宿舍前面平地上，看不见的风呼呼地从耳边吹过，从身体中间吹过。我放开喉咙对着山下“哦噢”地叫了一声。山下“汪汪汪”的狗叫声响成了一片。狗声沉下来时我“哦噢！哦噢”叫了两声，山下的狗声又“汪汪汪”地叫了一片。狗声慢慢静下来，我又“哦噢！哦噢”叫了两声，狗又叫了，这次只有几只狗叫的声音。我又“哦噢！哦噢”叫了两声，两只狗“呜哦”叫了一声后静了下来，我再叫，一声狗声也没有了。

2

外面学生的吵闹声把我吵醒了，我睁开眼，纸糊的窗户上透进了白色的光亮。

学生们背着书包，拿着盆子、扫帚在学校追来跑去。

今天主要是打扫卫生，发书本，明天开始上课。东边的太阳照在学校上面的小庙上，给小庙涂了一层黄金。我顺着宿舍后面一条弯弯曲曲的小路爬到山顶，庙很小，只有一间房子，推开门，房子中间放着一张桌子，桌子上方挂了一张红布，布上面绣着“南无阿弥陀佛”几个黑色的大字。庙后面是一座连一座的馒头一样的山峦，早晨的太阳照着山峦，像给这一座座山峦披了一层黄金。庙前方，是一望无际的平川，黛色的树林环抱的村庄像一座座浮在海面上的岛屿，再远的地方更加辽远，更加深邃。

学校前面有两块地，建校以前是庙里的，学校建好后成了学校的。两块地一年冬天和夏天能浇两次水，学校的办公用品，冬天的买煤等各种开支，都靠这两块地。我到学校的第一件事就是吃的问题，那天晚上喝酒的时候几个老师商量，要么我自己做，我自己做就要买锅修灶，做一个厨房。要么就到其他老师家搭伙，他们家吃什么我就吃什么，自己做我嫌麻烦，老巴家离学校最近，就决定在老巴家搭伙。

学校两间办公室，老巴一间，其他五个老师一间。第二天老巴从杂物房搬出一张桌子放在他的办公室里，我和老巴一间办公室。我往桌上放了书本，拿出茶杯放在桌上。很快发现，我的茶杯是多余的，学校里没有厨房，没有火炉，没有开水瓶，六个老师早、中、晚都在自己家里吃饭，在学校从不喝水。教室边有一眼水窖，天下雨的时候落在地上的雨水顺着地势流进水窖里面贮存着，打扫卫生的时候学生们从里面打出水来洒地。

中午去老巴家吃饭时我往水杯里放了一点茶叶，拿着杯子到了老巴家，老巴老婆不好意思地说：“吃过饭烧点。”吃过饭，老巴老婆提了一瓶水进来。烧水和做饭的是同一口锅，水喝进嘴里，有茶叶味道，有铁锅味道，还有饭的味道。下午放学，我到老巴家，老巴老婆提进来一个新的红色塑料壳的开水瓶说：“你要喝水，水已经出下了”。老巴老婆做饭烧水前往锅里多加一点，水烧开，先灌一开水瓶后再往水里下面。

第一节下课，一个人拿着一张红纸来找老巴，老巴喊了一个学生打来半桶水，泡开毛笔，裁好纸，写下“并肩同步长征路”。这时又进来一个人，这个人拿着一大张白纸，一进来就着急地对老巴说：“巴校长，印狗娃子的外爷昨晚缓下了，你看个日子。”

老巴放下毛笔说：“你把您狗娃子外爷的生年八字说一下？”

来人说了一个年份。

老巴右手大拇指在其他四个手指的指节上按来按去，摇摆着头，嘴里讷讷地念了一会儿说：“大后天，大后天有个日子，六点起灵，八点下葬。”

“坟还没看，你抽个时间看一下。”来人说。

“下午，我等会儿还有一节课哩。”

老巴裁开白纸，在一条白纸上写下了“天上损颗明星”，在另一条上写下“人间少了名俊杰”，在短一点的纸上写了“大事”两个字。

在白纸上写完字，在另一张红纸上写了“一起共建幸福家”，在一张短的红纸上写了“喜事”两个字。

写了白对联的人说：“就把你请下了，到时你还要去吹打一下，完了以后一起给你抬。”

抬是给帮了忙的人事后给报酬的意思，我家那边也这样说。

老巴说：“好！好！到时我把课调一下。”

写红对联的人临出门时把一包纸烟放在了老巴的桌子上了。

早上还没上课，驴干叫一进门坐在老巴的凳子上，吊着脸，从他自己的包里拿出一只茶杯塞到老巴的怀里，老巴接过走出门又想起了什么站在门外向我招手，我出去他问我还有没有茶叶，我拿出茶叶盒子往驴干叫杯子里倒了一点，老巴就拿着茶杯急急地到学校外面，很快他端来了一杯水放在了驴干叫眼前的桌子上。

“你说，你昨天下午到哪里去啦？”驴干叫问老巴。

“我，三队的王爷子缓下了，我去帮了一下忙。都是一个庄子上的，不去推不掉。”

老巴站在边上，脱下头上的帽子，头上都冒热气了。

“哎呀！我说你这个巴阴阳，你到底是校长还是阴阳，你自己到底弄明白没有，你如果想当阴阳就不要到学校来了，我感觉你这个人怪得很，你上课给学生讲要相信科学破除迷信，下了课你自己却又搞迷信活动去了，你说你是个什么人哪，如果再来一场‘文化大革命’肯定把你当牛鬼蛇神抓起来批斗、游街，往你脸上吐唾沫，我看你还去不去。”

“你说得对，下次不去了，下次不去了！”老巴一脸愧疚地说。

昨天下午驴干叫来学校检查作业本，一年级两个班有四个学生的作业本没包皮，两个学生是用旧画纸包的，一名学生是用报纸包的，两个班的语文都是老巴带的，作业本他负责，但是三队的王爷子死了，老巴吹唢呐去了。

“赶紧换，赶紧包，我去贺家梁，回来还来检查，如果再包不好你们学校今年就麻烦了。”

驴干叫撂下一句话就走了。

“学校会有什么麻烦？”我问老巴。

老巴叹了一口气说：“有什么麻烦，你是分配来的，不清楚，我们学校除你六个老师全是民办老师，‘文革’拆庙盖学校时我和老杨就来了，这些年我们以前的学生有考了中专的，有考了大学的，成了国家正式工作人员，但是十几年过去了我们还是民办老师。这几年有转正为公办老师的名额，但是名额从省里拨到县里，县里拨到乡里，再到我们这偏远山区的小学校几乎就没有了，县里有三百多民办老师，去年全县只转了十个，也不知道哪一年才能轮得到我们。”

这个我知道，那一年我们班四十人，一个考上了上海航空学校，三个考上了兰州卫生学校，四个考上了县师范学校，一个班一年考上了八个，创下了全县最好的成绩，我们的班主任那一年转正成了公办老师，杀猪宰羊，在村里待了三天客，亲戚朋友，全村的人都为他高兴。转为公办老师，就是国家的人了，老婆小孩全家转成居民户口，吃供应粮，地不用种了，老婆小孩国家安排工作，从此什么都不用愁了。

作业本包不好，在全乡十八个小学的评比中就会拉分，总分评上不去，优秀就评不上，优秀评不上，什么都别想了。

国庆节，我借了老杨除了铃铛不响再什么都响的自行到乡上，把自行车放在乡政府院子里，坐车到县城再从县城到家。三天后我回学校的时候带了一个装了十斤菜油、十斤醋的两个塑料壶，还有装了萝卜、韭菜、小白菜、豆角等蔬菜的两个纤维袋子到了老巴家。

老巴家不吃蔬菜的，想吃也没有。我们川里家家户户院子里有一块菜地，全种蔬菜。老巴家院子里有一块地，但是种的是麦子，主要还是这里没水，蔬菜几天就要浇水，这里村边的水地一年冬天、春天才浇两次水，种不了蔬菜。家家户户冬天腌的酸菜一直吃到五月，这时候地里的蛐蛐菜、灰条、野沙葱等我们川里拿来喂猪的野菜长起来了，这里的人家用这些野菜做成浆水放在罐子里，每顿饭往锅里舀一碗，罐子浅了再添菜，一直吃到冬天的酸菜出缸，饭里面不调醋。饭里很少放油，有时老巴老婆面下进锅里后，把舀饭的勺子放进火里面烧红，拿装油的小铁壶一条线一样“哧啦啦”往铁勺里倒一点油，青烟一冒，她拿起锅盖，连勺子一起丢进锅里盖上锅盖，勺子在锅里“呼哧哧”直响。声音很响，其实放进锅里的油只有五分钱大小一坨。

我从袋子里往外拿菜，老巴拿起一只萝卜，拧下萝卜缨子擦几下萝卜，就放在嘴里“咔嚓咔嚓”吃开了，他边吃边说：“你们川里的萝卜水多，香！”

看着老巴的吃相，我嘴里生津，感觉老巴吃的不是我家里菜园子里长出的我从小就吃的萝卜，老巴吃的简直是天上的龙肉。

吃饭的时候院子里进来人了，打招呼说：“哦！您今晚吃的是醋饭啊！”

是啊！晚上的饭里调了青菜，放了萝卜，调了醋。醋饭的香味飘满了老巴家的院子。

吃完饭，串门的人要走，老巴给这个人拿了几棵小白菜，然后把我从几百里外的家里背来的萝卜青菜，这家几棵那家一把地让他小儿子送走了。

山里人吃不到青菜，老巴家有了青菜，他想到让左邻右舍也尝个新鲜。

老巴在一个星期天的天还没亮的早晨扛起犁把牵上骡子进了山。老巴家在山里面有一块地，那一块地是一面山坡，那面山坡就是老巴家的一块地。站在山顶往下看，人赶着骡子犁地的身影，就像一只蚂蚁拖着一根草棍子。

人哄地一时，地哄人一年。借着朦胧的天光，老巴把犁套在骡子身上，手扶犁把扬起鞭子，“呔！噢！啦啦”一声，开始了一天的劳作。第一脚伸出去，犁铧翻起的土就钻进了鞋里，他感觉早晨的土有点凉、有点潮，钻进鞋里的土一下就粘在了脚跟上，往前走，往地的中间走，就越往上，往山坡上走，骡子走得慢了，手里的犁把重了一点，鞋子里的土钻进脚指缝里了。到了坡顶，到了地头，他提起犁把，“噢！啦啦！”把骡子喊转身，把犁把插进地里，“呔”一声，骡子往前走，他抬起头，对面东面的山顶上还有几颗星星闪着明亮的光芒。他拖着两只装满土的鞋子，扶着犁把，跟着骡子往山下地的另一头走去。星光微弱，对面的山头上露出白色的晨曦，露水轻薄地落在地里面枯黄的杂草叶上，老巴感到了额头和鼻尖有一丝丝的清凉，他看到自己和骡子嘴里吐出的白气，在坡下的地头转身时，他摸了一把骡子，骡子湿热的皮毛上面厚厚的露水打湿了他的手。阳光穿破对面山顶的云层，照在老巴家上方的坡地里，老巴额头发凉，两脚发热，他望了一眼耀眼的太阳，眼前太阳的光芒让他的眼前一阵晕眩，他感到眼前一阵绿、一阵红、一阵蓝又一阵紫，他闭上眼睛扶着犁把往前走了几步，眼前的土地由黑变得清晰。骡子拉着犁向坡下面走，走向山坡下面阳光照不到的阴凉里，老巴往下走，阳光照着他身后的土地往下走，他走到坡底，在地头转过身，往坡上面走，走进坡上的阳光里，身后的阳光把老巴家的土地、老巴、老巴前面的骡子，照成了金黄的颜色。

太阳挂在空中，照亮了整个山沟，新翻的土地散发着泥土的芳香气息。老巴的老婆把盛饭的罐子提到了地里。老巴把骡子赶到地头，把缰绳递给老婆，解下骡子身上的犁把后，在骡子身上拍了一巴掌，骡子绷展四肢 ，“嘟嘟”地抖动身体，打着响鼻甩甩尾巴摆摆头，老婆拉着骡子走到地边，骡子把头伸进了一片杂草丛里。

老巴举着罐子，喝完罐子里面最后一口汤后把罐子放在地上，他用手背抹了一下嘴巴，一只手伸进口袋拿出一条纸，另一只手抓出一撮烟渣子卷了一支烟点燃，深深地吸了一口，烟还叼在嘴里，两只鼻孔里冒出了两股浓浓的青烟。他又吸了一口，一只手取下烟拿在手里，嘴巴里鼻子里全冒出了烟，他喉咙里“嗷”一声打出了一个饱嗝，肠胃里升起一股饱涨的感觉。一支烟抽完，饱暖的身体升起困倦和疲乏，他望了望地头一角的老婆和骡子，老婆一手拉着骡子的缰绳，望着山坡上的田地，骡子弯着脖子，头伸进草丛里看不见了，他抬头望望新翻的土地，新翻的土地在阳光下泛着白色的光芒。他脱下鞋，在田埂上啪啪地摔了几下，倒掉里面的土重新穿上，两只脚明显感觉到鞋松软了一些，宽大了一些。四下里寂静无声，他对着老婆喊了一声：“拉过来！”

老巴又把犁把插进了土里。老巴感到肩上、背上，有了厚厚的太阳的热量。犁铧翻起的泥土在和暖的阳光里扬起了细细的尘土，尘土在老巴的周围飘扬，老巴的鼻子吸进去了，老巴的喉咙呼吸进去了。上坡的时候尘土顺着两条裤管往上钻，老巴两肩的热和两腿中间的痒，使老巴的脊梁中间渗出了一层细密的汗水。顺着坡上，沿着坡下，老巴脊背上的汗水塌湿了衣服，尘土落在背上，显出了黄色的山的形状。

直到太阳西沉，天暗下来，老巴扶着犁把的腰身越来越弯，身上的尘土越积越厚，鼻孔密闭，喉咙干得冒烟。暮色四合，星星在西边的山顶上眨起了眼睛，老巴把骡子赶到地角，从骡子身上解下挂板，把犁把扛在肩上，“呔”一声，牵着骡子，走进了回家的夜色之中。

整整一天，老巴只对老婆说了一句话，对骡子说了一天的话。

八月十五后的一天，老巴家打场。早晨的太阳一露头，麦场一干，老巴爬上麦场边上高高的麦垛，把一个个麦个子扔下来，麦个子带着尘土在空中飘飞着砰砰地掉在地上，扬起了大团的尘土，麦场上帮忙的人们抱起麦个子边走边拆，一圈圈铺在麦场上。老巴从高到低，把整个麦垛拆完，麦场上铺满了厚厚的麦草。太阳很好，老巴拿起一把长长的铁杈，从麦场的一边开始，边挑边抖，一圈一圈，挥动着铁杈在飞扬的尘土中，把整个麦场上的麦草翻晒了一遍，老巴的头上、衣服上、眼眶里都是尘土。老巴坐下来喝口水，卷一支烟抽完，和麦场上来帮忙的人喧一会儿，又拿起铁杈翻晒麦草。

吃过中午饭，老巴牵来了骡子，把麦场边的一个大石磙往骡子身上套，石磙太大了，骡子裂着身子不让套夹板，老巴一手拉着骡子的缰绳，一手拿起鞭子，骂着骡子扬起鞭子“叭，叭”在骡子身上抽了两下，骡子听话了，乖乖让老巴套上了石磙。“轰隆隆”石磙从脚下滚过，老巴扬着鞭子，“噢啊！噢啊！”把骡子赶进了麦场，“哗”一下，石磙一下淹进麦草里面不见了影子。

“叭！叭！”鞭子响亮的声音在麦场上空炸响。骡子后腿蹬直，身体前倾，麦草伏了下去，石磙在麦草的凹陷处滚动，一圈接着一圈，石磙扬起的尘土跟着骡子，跟着老巴在麦场上空飞扬。一圈又一圈，麦草压了下去，石磙浮了上来。老巴把骡子牵出麦场，麦场边上的人们拿起铁杈，从麦场的一头开始，连抖带挑，把麦草翻了一遍。老巴抽完了烟，重新把骡子拉进麦场，石磙滚动，尘土从老巴身边，从骡子的肚子下面飘向麦场的一边。一遍遍翻，一遍遍碾，石磙下面的麦草渐渐露出了金黄的颜色。

把金色麦草挑到麦场边上，把掺着麦秸、麦草、尘土的麦粒用刷板、木杈在麦场中间攒成一座麦坝，老巴拿起木锨，站在麦坝最前面，向着空中打一声响亮的口哨，风从麦场一边吹过来了，老巴把一锨锨麦子抛向空中，风从老巴扬起的麦网中间穿过，把麦网中的尘土、麦秸、麦草一股一股地吹向麦场的另一边，金黄色的麦粒雨点一样，纷纷扬扬地落在老巴的眼前。老巴低头把麦子铲进木锨，抬头端在手中，仰头把麦粒网一样抛向空中，老巴神色专注而痴迷，好像在表演一场神圣的舞蹈。

早晨我们上课的时候就有村民来请老巴，下午帮他家扬场。有时下午老巴已经在麦场上扬场了，村民就在麦场上请他，让老巴帮他家扬场。直到树叶飘落，地上结霜，老巴才在那一天下午的上课铃声响起以前，在跑来跑去的学生中走到办公室对我们说：“庄子里的麦子打完了。”

学校六个老师，只有老杨一人骑自行车上学放学，一到学校，谁有事谁用，村里的人有事，也到学校说一声骑了就走。

老杨的自行车是全村第一辆自行车。他第一天买来骑到学校，几个老师围在一起争着骑，但是当时除了老杨，其他几个老师一个个骑上去东摇西晃，来不及拐弯就直挺挺地摔倒在地上。老杨心疼自行车，从几个老师手里要回自行车推进办公室里“咔嚓”一声上了锁。本来是个新鲜的东西，你倒了扶起来我骑，我摔倒了他再来，大家你争我抢，一个个摔得人仰马翻，但也换来了一阵阵欢快的笑声。老杨推进办公室“咔嚓”一声上了锁，把大家的欢声笑语也锁上了。

两周后的一天早晨，老巴推着一辆像自行车一样的东西向学校走来，他前面推着走，后面跟着一群看热闹的人们，有几个小孩儿边看边叫，说老巴推的是一辆“木驴”。老巴推的就是一辆“木驴”，老巴就是要用自己的“木驴”给自己争气，就是要和老杨的“铁驴”一比高低。

老杨一出办公室着实惊呆了。老巴确实推了一个和自己的自行车有点像的有两个轮子的东西。但是老巴推的像自行车的东西是木头做的，就是在一只长条板凳的前后两条腿中间装了两只架子车的轮子，在板凳的一头装了两只羊角一样的木棍，老巴就是扶着两只羊角，一脸得意地在一群人的簇拥下，推着身上泛着白色的木料光泽的“自行车”来到了办公室前面，对着一脸惊诧的老杨说：“做得急了，链子还没上。”

老杨低头看了一下，老巴的“自行车”的中间空空的，连脚踏板都没有。

还没等老杨说你这东西能不能骑时，人群中的一个声音已回答了他的疑虑。

“下坡成着哩！”

是啊，下坡不用脚踩，顺着坡往下走就行。

那就比赛吧！就比赛下坡，看巴校长的木头驴快还是杨老师的铁驴快。

从办公室门口到学校外面的水渠上的木桥，从木桥到村子里的马路边都是下坡，比吧！

我不知道那天山顶上庙里的神仙笑了没有，老夏给我讲的时候，和老巴比赛过的老杨都笑出了眼泪。

骑自行车都是先一只脚踩一边的脚踏板，等车平衡后一条腿抬起来跨上车，屁股坐在座子上前进。

但是老巴的“自行车”中间是空的，没有脚踏板。老杨的自行车中间有脚踏板，就显得比赛不公平，在人们吵吵嚷嚷之中，就把脚蹬脚踏板这一环节省略了，两人直接坐在座子上，两脚蹬地，两手紧握车把，目视前方。老巴是坐在他的有轮子的板凳中间，手握着两只羊角，两脚蹬地，目光平视前方，在人们“准备好了！预备！出发啊”的欢呼声中两只脚一同用力蹬了一下地，“自行车”摇摇晃晃地向前走动了。老巴两手握着羊角，两脚蹬地，使劲把自己往前猛拨，他往后蹬了几下，“自行车”速度加快，他两腿弯曲，两只脚吊在有轮子的板凳两边，整个人在人群的惊呼声中冲向了学校外面的木桥。

不用说，老杨用脚蹬了两下，自行车就飞快地往学校外面走去，他的自行车驶出学校，到木桥前面时双手刹车，一只脚着地把自行车停了下来，他回头看看老巴是否跟上来时，老巴和他的“自行车”“唰”一下超过他，“咔嚓”一声一头栽进了水渠，一只架子车轮子和老巴，像鸟一样在空中翻飞着向水渠前面的崖坎下面栽了下去。

人们追赶着冲出了学校，学校外面的水渠边上站着扶着自行车的老杨。崖坎下面的地里，一头受惊了的驴正“昂吱！昂吱”地大叫着疯跑，地上躺着的周爷子“哎哟、哎哟！”地叫着就要喘不过气了，周爷子边上躺着老巴。人们跑下去看老巴是不是还活着，老巴看到围过来的人们，第一句话就是:“我赢了！”

老巴说得没错，他的“自行车”冲出学校，冲向木桥时已迅速超过老杨并把老杨甩在身后了，通向学校外面的那条路是一条斜坡，越往下越陡，木桥是直的，路是斜的，在木桥的前面要急转弯上桥，过了桥再一个急转弯继续往下走，但是老巴的“自行车”飞驰到木桥前面时，没有上到桥面上，而是从桥头“咔嚓”一声，一头栽进水渠，轮子在前老巴在后，像鸟一样在空中翻飞着“咚！咚”两声掉在水渠前面的崖坎下面去了。

周爷子当时正在崖坎下面放驴，他一手拉着驴的缰绳，一手摘一颗吃一颗地摘着崖坎上悬挂着的红红的刺果子。他说他刚听到头顶“咔嚓”一声，就见一个张着四肢，嘴里“哇啦哇啦”叫着的东西从天上向他扑了下来，他急中生智，顺势倒地，一个就地十八滚滚在一边，这东西就咚一声掉在了他的身边，他翻眼一看，原来是一个人，他两眼一黑，上气接不上下气，差一点就死了过去。那时他手中的驴受到惊吓，挣开缰绳，“昂吱！昂吱！”大叫着踩坏了地里的庄稼，向家里飞奔而去。

老巴的板凳两条前腿下面的架子车轮子在水渠里，后面的一只轮子在崖坎下面的麦地中央，幸好那几天水渠里没水，否则后果不堪设想。幸好崖坎下面学校的麦地前几天刚浇过水，麦子已齐腰高了，地是软的，老巴从高空坠落，没有对他的身体造成什么伤害。只是那辆“自行车”，是老巴砍了屋后面一棵十几年的榆树，花了半个月时间做的，还搭上了一副架子车轮子。

老杨也说了学校下面的那条水渠，老杨说，办公室门前到学校外面一直是下坡，到了木桥前又要拐弯，很多时候他推着自行车出学校过了木桥才骑车的，那天比赛时，他一出学校就刹住了车，没想到老巴没有刹车的“自行车”比他有刹车的自行车还快，一下子就超过他，“咔嚓”一声飞向了天空。

老巴也说，在做自行车的时候他考虑到了刹车的事，但是他想他的自行车重，速度不会有那么快，就是快了他两腿一蹬，也能把自行车刹住，怪就怪那天那个转弯太急，车速太快，他没来得及转弯就栽进了水渠而已。

老杨从此不再给自行车上锁，村里哪家人有事，说一声骑了就走。只是每次还车回来，老杨都要仔细检查自行车的刹车。

3

我班上有一个叫周兆龙的学生，这个学生班里面个头最高，身体最胖。上课我领读课文时他在下面把他的同桌搞得叫喊，我让他站起来，我在黑板上写字时他又拔前面同学的头发，把前面的同学弄得叫喊。我让他站在教室前面听课，我在过道里领读时又听到前面的同学在叫喊。把他赶出教室嘛想到五年级了，怕他落下课程，影响了班里的总成绩。好几次，我向老巴反映了周兆龙的情况，老巴也说周兆龙是全校最让人头疼的学生，主张干脆开除算了。反而我又给老巴说，都五年级了，忍一忍就毕业了。

那天上课，我让同学们用“轻轻”这个词造句，同学们都争着举手，我看到周兆龙少有地举起了手，就叫他起来造句。他站起来嘴一张说：“我轻轻地放了一个屁！”同学们哄堂大笑，周兆龙恬不知耻地望着我笑。我火气猛冲，一把把书摔在讲桌上，冲下去把他拉出教室拉到办公室交给了老巴，老巴听明情况后“叭叭”两耳光扇在了周兆龙脸上，周兆龙手一摸，鼻子里的血流到了手上。他一见到血，“哇”一声哭着回家去了。

第二节课，留着山羊胡的周爷子来了，他一到办公室门前就骂开了。

“你来，你出来，你巴根娃当了个校长就了谋不得了吗？啊？你当了个校长往我腿畔里插屎里吗？看你把我娃娃打成什么了！啊！你出来，你出来把老子也扇给几下！”

老夏、老周几个老师拦着周爷子不让他进办公室，老杨对周爷子说：“你先别急，有话你慢慢说，你在这里闹影响多不好，你看边上那么多学生看着，你不难堪吗？”

“谁难堪，难堪就别打我娃娃，我娃娃从小到大我都没动过一指头，你看，你们看，把我娃娃鼻子都打出血了。”说着又对着办公室叫：“巴根娃，你出来，你出来扇我来，我今天这张老脸不要了，你出来，你出来！”

我脑子一动说：“巴校长不在，巴校长出去给人看坟走了！”

“他巴根娃还当阴阳哩，当个屎哩！吃死娃娃去吧！”

“咣！咣！”周老师敲响了上课的钢板，围着看热闹的学生跑进了教室。

“他不在，我在这儿等着，你们看，他把我娃娃打成啥了，我今天非要他给我说下个三二四。”

“行了，周爷子，你都是土埋到下巴下面的人了，你缓下还不是要巴校长给你看坟看日子！”老杨说。

一句话噎住了周爷子的喉咙，他嘴里“呜噜”了几下没了声音。

我返回学校时从驴干叫那带回了一个通知，要学校所有老师参加教材过关考试。看过通知后老师们神色凝重，老张叹息一声说：“又考，这种考试不知考了有什么用！”

进入冬天，办公室里生了火，我买了一把水壶，一个热水瓶。原来找老巴写对联、看风水的村民们因为有了水，写完对联看过风水不走了。周爷子还拿来了一只里外一样黑的铁罐子煮起了茶。校长办公室成了冬闲的村民们烤火的地方、喝茶的地方、喧谎的地方。

和办公室不同，教室里的炉子是五年级的几个学生给全校十个教室用土块盘的泥炉子。烧的煤是老巴在国庆节时用马车从乡政府拉来的几车煤，拌了红土请了几个村民拓的。每天天不亮，就有学生背着书包，胳膊下面夹着几根木柴或者麻秆，到学校给教室里生火。他们先用火柴把麻秆点燃放进炉子，放进木柴，木柴点燃后再放进砸成鸡蛋大小的煤快。点燃麻秆的时候教室里已是浓烟滚滚，放进煤块后一个学生拿着书本在炉子下面的灰道里扇风，他扇一会儿扒开煤块看一下，扇一会儿看一下，扇了很久不见火苗燃出来，用火钳夹出煤块放进木柴重新再生。八点钟，我推开教室门，教室里浓烟滚滚，木柴的味道，煤烟的味道呛得人涕泪并流，咳嗽不止。通常是一个人一咳嗽，所有的学生都跟着咳嗽，全班四十个学生，全部都在咳嗽，等咳嗽声停止，五六分钟时间就过去了。

所有的窗户都用厚厚的牛皮纸糊得严严实实，学生们关紧门窗，把寒冷关在了门外。我拉开门，想让教室里的浓烟出去一点，门一开，门外的寒风扑面而来，门边的学生就开始打哆嗦。关上门，在浓重的木柴味、浓烈的煤烟味中上课，一节课上完，我的喉咙被烟熏得发疼。

整个冬天，我没有看到过红色的火苗，从教室中间的那樽土块垒起的炉子里升起过，那个炉子在整个冬天里都在冒着呛人的浓烟，根本就没有一丝的热量。

上着课，一个学生冷得跺脚，两个学生跺脚，很多学生都跟着跺脚，我停下讲课，让学生们一同跺脚，一时间，教室里万马奔腾，浓烟味的教室里又是尘土滚滚。

学校订着一份《甘肃日报》，一份《中国教育报》。老巴自己订着一份《甘肃农民报》，一份《科技信息报》。每天来烤火、喝茶、喧谎的人看报纸，临走时把报纸拿走，报纸卷的烟不辣，这是所有抽烟的村民常挂在嘴边的一句话。年底，老巴又寄钱到报社买来《甘肃农民报》《科技信息报》的合订本拿回家收藏起来。

刚开学的时候老巴在男厕所墙边一溜放了几个大罐子，要全校师生把尿尿在罐子里面，当时我以为是哪个村民收集了浇地的。过了几周，老巴用架子车把这几个装满尿的罐子拉回家，倒进院子南墙边的一个大缸里，往里面倒了几包碱后对我说，他要从尿里面提取尿黄素，尿黄素在日本五千块一斤，比黄金还贵。

腊月天寒，老巴放在南面院墙边的大缸裂开了一条大缝，春天的时候，院子里尽是尿臊味，直到麦子长高，地里浇过春水，尿臊味才慢慢散去。

这条信息是老巴从《科技信息报》上看到的。

老巴几乎天天都能收到来自祖国四面八方的、里面装着科技致富信息的信件。

除了上课，不给村民写对联、没有人找他看宅基地、没有人找他看日子、村里没有死人让他去吹唢呐的时候，老巴长时间地把头埋进这些报纸信件里的致富信息里面。

上次驴干叫让我通知他们去县里考试，老巴看了几天书，考完试回来，除了上课，书都不看。那几本书老巴教了十几年了，按老巴的说法，书里面哪个字在哪一页哪一行，他闭着眼睛都能说出来。

一天早上，老巴收到一个包裹，当着办公室里喝茶喧谎的人，老巴演示他买的最新的科技产品：蒸气洗衣器。他打开包装，拿出一只红色的茶杯一样的盖上连着刷子的东西，老巴看着说明书拧下盖子，从门后的水桶里倒了一勺水进去，出门让家在学校附近的一个学生飞跑着从家里拿来一包盐放了进去，然后拿起一条两头有插头的电线，一头插在洗衣器上，一头插在墙上的插座里。很快，洗衣器里的水开了，热气从洗衣器的刷子中间冒了出来。水越开越大，在洗衣器里面翻腾，热气呼呼地直往外喷。

老巴拿起洗衣器，对所有的人说："行了，现在开始洗衣裳。谁的衣裳脏了，我现在就洗。"

这是好事啊。周爷子一脸疑惑地脱下了自己的上衣给了老巴，嘴里还说着："你离远些，别烧着了！"

洗衣器里的水翻腾着呼呼地往外喷着热气，老巴让另一个村民和他一起绷紧衣裳，先从衣领开始，用洗衣器上的刷子来来回回地刷被周爷子的头油弄脏的闪着油亮的衣领。办公室里的人们神情专注而又好奇地看着老巴，一杯水很快烧干了，水蒸气喷湿了衣领，周爷子的衣领上的头油渍浅了一些，甚至有几个村民说："洗净了，洗净了！"

周爷子接过衣服，衣领湿的不能穿，他拿着衣服在火炉上面烤，衣领冒了一会气儿，上面黄色的油污又显示了出来。

老巴加盐灌水，准备再烧水，再洗。周爷子说："巴根娃，我看你这个东西洗衣裳不行，烧开水还行，但是你那里面茶叶怎么放呢？"

周队长说："不行，就是不行，这个壶烧开的水有塑料味哩，人喝不成。"

"不行，能烧水也不行，您没看见吗？刚才插销一插上灯都暗下了，这东西瓦数大，费电得很。"

"你们在干什么？你们这么多人围在这里干什么？"

在人们专心地看着周爷子的衣服，讨论老巴的洗衣器的时候，不知驴干叫什么时候进到了办公室里了。

"哎！巴阴阳，你是不是在搞迷信活动？"驴干叫看到站在桌子边上的老巴问。

“没有，学校里搞什么迷信活动。喧谎，喧谎哩！”

“你们没有上课吗？”驴干叫对着炉子边上的老杨、老周问。

“第三节，我第三节有课。”老杨、老周回答着驴干叫的问话，走出了校长办公室。

驴干叫来通知，所有的民办老师参加县师范学校的函授班学习，一个也不能少。函授班平时自己学习下发的学习资料，寒暑假到学校住校学习，学费、食宿费共八百块。

临出门驴干叫对老巴说：“你注意一下，这里是学校，不是生产队的饲养院，不是啥人都能来的地方！”

老巴从上海的科技公司买来的洗衣器在人们的谈论中一无是处，老巴说：“先放在这儿，以后再试。”说着把他的洗衣器放进了柜子。

进入腊月，来烤火喧谎的人胳膊下面夹着一张红纸，点烟倒茶后，老巴把纸裁开，泡笔，倒墨，把写好的对联一张张铺在办公桌上，靠里面的地上，办公室里烟雾缭绕，红彤彤一片。

4

过完年，教室里的烟味散尽了，站在偌大的教室里，身上感觉有点寒冷。好在风一天比一天小了，太阳暖和了起来。

周队长来学校还老杨的自行车时说，文教办让学校到乡上去拉树苗，第二天中午时，老巴和老杨赶着两辆车，拉来了两车小山一样高的白杨树苗和玫瑰树苗。我问老巴这么多的树苗往哪里栽啊？老巴说驴干叫叫往学校后面的山上栽，我说山上能活吗？老巴说驴干叫的意思是栽了树，让学生天天抬水上山浇树。我问水在哪里，老巴说就学校那一孔窖。那一孔窖去年冬天喝水的人多，今年一开学打水时水桶都触到底了，哪里还有浇树的水啊！

老巴先让学生们在学校边上的那条水渠两旁栽，两头一直栽到和另外两个村交界的地方，后把剩的分给了村里的人家，村里的人家学着学校的样子把树栽在马路边的水渠两旁。这里的水渠一年淌两次水，冬天一次，麦子抽穗时一次，冬天的那一次淌得迟一点的时候，水渠里还能结冰。山上草都不长，如果按照驴干叫说的栽在山上，过几天只有收干柴了。

驴干叫来了，他一进村就看到村里马路两旁的水渠两边都栽上了树，学校后面的小山上和去年一样，一根草都没有。

老巴接过驴干叫的茶杯，到学校旁边的人家倒了一杯水端给他。驴干叫接过茶杯说："树呢！你把树栽到哪里去啦？"

老巴说："栽到水渠边上了。"

"我让往哪栽的？"驴干叫问。

"山上栽不活的。"

"你们学校不是有窖吗？"

"窖里没多少水。"

"没水，那水去哪里啦？"

"学校打扫卫生洒在地上了。"

"洒地能用多少水，你是不是抬到你家里去啦？"

"没有，我家里有水窖"。

驴干叫重重地把水杯蹾在桌子上说："拿个桶过来，我看看到底有没有水。"说着冲出办公室，走到水窖边。

水窖用一块石板盖着。

老巴从办公室拿来水桶，挪开石板，水窖里的水明晃晃地晃着人影。

老巴手里提着水桶，挂井绳的教室墙上的木橛子空空地，在半墙上钉着。

“井绳呢？井绳去哪里了，你叫我用裤带打水吗？”驴干叫看到空空的木橛子上什么也没有。

“这！早上还在这儿挂着的。”

老巴说得没错，那条井绳全校师生共用，哪个班洒水，那个班的同学自己拿下来，拴在桶上打了水后，挂在墙上就行，谁打水谁用，不用的时候就长时间地在那个木橛子上挂着。

但是，现在就是不见了。老巴喊了几个学生到教室到办公室去找，一个个都没找到。

“哎！巴阴阳，你是不是拿回家去了，如果拿回家了就快去拿回来。”

“没有，那是学校的东西，我拿回家干什么。”

“你还知道那是学校的东西啊，是学校的东西怎么找不到了。”

老巴真是说不上来，只是脱下帽子，一只手不停地抹着头上的汗。

“哎！你说你这个巴阴阳，我叫你把树栽到山上，以后上面的领导下来检查，看到学校后面的山绿油油地也好看些，我去年费了很多口舌从乡上给你们学校要了两车树苗，你倒好，一棵都没有往山上栽，全分给村子里的人栽到自家房前屋后去了，你忘了我去年是怎么骂你的了！啊？你把树苗子给了别人不说，还说玫瑰苗子没啥用，你怎么栽到自家地里去了？”

“那是玫瑰苗子没人要。”老巴说。

“没有要你栽到山上去嘛。”

“栽到山上活不了。我是怕可惜了那些苗子。”

“你咋又绕回来啦？好，好！去年过去了，今年呢，今年五千白杨树苗子呢？你又栽到路边去了，你是成心不栽，成心跟我过不去，成心和我作对，是不是？”

“不是，真的不是，这个窖小，浇一遍的水都没有！”

“怎么不够用，我看这窖水满得很，你去把井绳找来，我来打水，我看看到底有多少水！”

老巴又看看挂井绳的墙上的木橛子，木橛子上仍然空空地，什么也没有。

“可能是让哪个村里人拿走了，用完了会拿回来的。”老巴说。

驴干叫提高嗓门说：“唉！我说你这个巴阴阳，你连条井绳都管不住你还当校长哩！你去找，你现在就去找，你今天不把井绳找回来你这个校长就别当了！”

老巴出去找井绳去了，驴干叫对我们说：“你们这个巴阴阳，总是和我对着干，再这样下去我非把他这个校长下了不可。”

驴干叫是来通知学校增加初中班的事，还通知除我之外的六个老师四月份参加考试，考的好的话有希望转正为公办老师，还说考试成绩是一个方面，平时表现也是一个考核的方面。正好也看到了我们学校的树又栽错了地方。

从乡政府到另一个乡的、从村子中间穿过的那条马路共穿过我们乡七个村，这七个村每个村都有一所小学，我们小学正好是七所小学最中间的一所。全县有五所中学，一中在县城，其他四所都在相距上百公里的四个乡镇，一中二中在我们这里招生，去上学就要住校，十二三岁的小孩，家长不放心。乡上有一所中学，只有小学和初中，小学毕业考上一中二中走剩的、考上没去的、没考上想上初中的，都在乡中学上初中。农村的小孩，认识几个字，不当睁眼瞎就行了。就是乡初中，一个年级一个班，三个班总共也就四五十个学生在读。

乡里普及九年义务教育，要把小学和初中部分开，原来的学校当中学，小学另外盖新的。我们学校地方大，现在的六栋教室前面后面都有空地，都能盖教室。

几天后驴干叫送来一车木头，说是一车木头，只有两根方木，六根圆木。老巴又量又算，六根圆木可以做六根大梁，两根方木，做六间教室的门窗都不够。其他的材料呢？

驴干叫只说了一句话：“谁是校长谁想办法！”

老巴成了学校的设计者、学校的建设者，成了一个工程的工程队长。他找来了临近几个村的户籍名单，算了几天几夜后得出一个结果：七个村九百七十一户人家，一家收三百斤粮食，本村的一百二十户人家一家一百斤粮食五千块土块就可以把学校盖起来。

这里的村民们什么都用粮食算，外面来卖东西的人在马路上吆喝不像我们川里“卖针线卖袜子哟！”这样吆喝。来这里卖东西的都是“粮食换针线袜子哟！粮食换辣面子哟！粮食换葱秧萝卜哟！”这样吆喝，什么都是粮食，就连村民们照明的电费，电工也是按月推着架子车拿一杆秤，到每家每户按电收粮食。

通知发了出去，第三天就有村民赶着车拉着粮食来了，老巴从四队的电磨坊借来了磅秤，收粮记账。华家梁的张爷子赶来了两只羯羊，抵了三百斤粮食。老巴把羊赶到村里放羊的人家，让这家人先带着。

过了几天有人拉来了沙子、白灰、水泥、青砖，拉走了放在用来做库房的办公室里的几十袋粮食。

椽子没有着落，老巴站在学校前面，看着山下村子里绿色的树有了办法。他到村子里房前屋后有树长成椽子的人家，以二换一的办法，用三天的时间解决了椽子问题。就是现在砍村民家一棵可以做椽子的树，赔学校外边水渠两旁学校栽的两棵树，这两棵树哪年砍都行，他领着村民们当场认定，哪几棵树是哪家的哪几棵树是谁的，全用蘸着红色油漆的毛笔把那家主人的名字清清清楚楚地写在了树上。

老巴号召各村民们投工，学校用一间房子做了厨房，请了学校旁边几个妇女做饭，来投工的人一天按两斤粮食算人工费，学校中午管一顿饭。

五月的一天，也是学校边上的水渠放水的时候。老巴早早地在学校办公室前面的空地上摆了一张桌子，桌子上放了供品，焚香烧纸，嘴里念叨了一会儿，燃放了一串鞭炮后开工了。

驴干叫带着乡上的领导到学校时已到中午了，学校隔壁周爷子家厨房里的羊肉香也飘到学校来了。

驴干叫的意思县里没给一分钱，乡里还出了一些木料，能盖一个能遮住风挡住雨的地方就行了。但是老巴就那一句话：要盖就要盖好。那些水泥、白灰、钉子、油漆、铁钉等好多东西都是老巴赊欠来的，就连厨房里的油、盐、酱、醋也是卖主来要账了老巴打开库房门，称几袋粮食给他们。

教室的地基用沙子、石灰、红土拌的三合土用夯打了一米深，上面用石头水泥砌了五十厘米，再在上面用青砖和水泥砌子五十厘米，大梁下面的柱子、教室四角都用青砖砌柱子，村子里、外村的人天天都有二三十个人来投工。周爷子没事时天天从家里烧了开水往学校一壶一壶地提。好几个老人看着一天天成形的教室叹息说：当年盖庙也没有这么大的阵势啊。

村里人家的房子都是地面上用泥砌两层石头，石头上面泥砌土块，土块上面直接就搭梁铺椽子，一块砖一把水泥都不用，我们现在用来做办公室的房子应该是以前庙里的厢房，全是泥巴和土块盖的，泥皮已经螋到半墙上去了。

到了七月十号，学校放假前，不到三个月时间，六栋十二间教室、一栋八间宿舍按期完工。

乡里来领导，各村的村长书记来了十几个人，这些人在学校里转了一会儿，赞叹了一会儿，到隔壁周爷子家吃掉了张爷子拉给学校的第二只羊。

驴干叫喝得醉麻咕咚地到学校乱转，他爬在仓库的窗户上往里看，看到了里面的几袋粮食问老巴：“那粮食是怎么回事？”

老巴说：“那是学校开支后剩的。”

“我要拉走，乡里欠着赵屠家的几百斤肉还没给钱呢！”驴干叫说。

老巴急了，他说：“你不是说下学期要调老师过来吗？”

“是啊，是要调老师过来，但是，你们学校不是还有两块地吗？”

没办法，老巴只能眼看着乡里的那辆破吉普冒着黑烟，拉走了仅剩的四袋粮食。

领导走了，学校盖好了，老巴消瘦了很多，憔悴很多。

在吃羊肉的时候，驴干叫宣布了一个任命，任命我为新成立的周家梁学校副校长兼团支部书记，新成立的周家梁学校的校长还是由原校长巴生魁担任。同时通知老巴参加县委党校举办的中小学校长培训班。

老杨比老巴大两岁，老周、老马比我大很多，就是最年轻的华老师都比我大五岁。很明显，我是全校七名老师里唯一的公办老师，我这个副校长完全得益于我头上“公办”这两个字。驴干叫宣布完任命，老杨、老周、老马、老夏都沉默不语，驴干叫要他们抓紧时间复习，九月份有一次转正考试，学校扩大了，以后还要设教导主任、后勤主任。试考好了，大家都有份儿。

我成了副校长，身上的事就多了，七月十五号放假，我八月十五号就回到了学校，那时老巴他们正在夏收。

村子里的地有三种，一种一年能浇两次水的水地，这些地在村子周围平坦的地方，每户有两三亩。第二种是旱地，靠天下雨，天下雨了地里就有收成，天不下雨什么也没有，这些地在村子后面的山里。

第三种是沙地，听老巴说这种沙地是20世纪50年代置的。这里的人们在那个战天斗地的年代里，掘地三丈，挖出土层下面的沙子，一尺多厚地盖在原来土地上面，减少土地水分的蒸发量，保持住土里面的水分用来生长庄稼，这种沙地现在还发挥着特有的优势，不管天上雨多雨少，年年都贡献着或多或少的收成，这种地每户有十几亩。

我家里有四亩地，麦子一年浇四次水。种蔬菜的地，一年要浇七八次水，也就是只要需要就浇。地里的麦子产量高，收的时候用镰刀割，一周时间就收割完了。

老巴家最多的是旱地，旱地的麦子收时要蹲在地里，两只手左右开弓，边拔边走，手握不下的时候，一只手递给另一只手一铺一铺地放在一边，后面拔上来的人将拔下的麦子和前面的人拔下的麦子放在一起，等整块地拔完，或者天色将晚，所有的人将麦铺收起捆成一个个麦个子，再把麦个子提到麦地边上摞成麦垛，等所有的地的麦子拔完，再拉到村里的麦场上摞成更大的麦垛，等到中秋以后，所有的地犁过以后，再打场。

拔麦子天不亮就要到地里，蹲下身子不久，两只膝盖发酸，脚下踩的是麦茬，地里的土是虚土，是一块块的土疙瘩，地是整个的山坡，往山坡上拔时，人往后仰，往山下拔时，身体向前倾，人拔着麦子，拖着两条又酸又麻的腿往前挪动。早上天气凉快，十点钟一过，气温上升，背上的阳光有了热量。长着庄稼的土地被阳光晒得干燥，麦根带起的尘土飞扬，钻进人的喉咙、鼻孔，呛得人喉咙、鼻孔发干发痒，吐口水，吐出来的是黄色的泥浆，越到中午，气温越高，山上的蚂蚱开始叫唤，人们脊背上的汗水慢慢渗出了衣服，尘土落在衣服上，成了黄色的泥土的颜色。中午时分，一家人坐在阳光下面，就着早上提来的水吃馒头，山野里的蚂蚱气温越高叫声越大，这种近在身边的小虫的叫声，更增添了山野的宁静和深远。山的头顶是大团的雪一样的白云，白云的上面是高高的深蓝的天。山腰上一只山鼠钻出洞穴，抱起两只前爪四下里望望，又急忙钻进洞去了。

吃过馒头，老巴拿出一绺纸，从口袋里抓出一撮烟渣子卷了一支烟点燃，一股股青烟从他的嘴里鼻孔里冒出来，从他的头顶飘散的没有了踪影。他的老婆、两个女儿已在地里拔开了，他的小儿子跟在后面，腰一弓一弓地收着地里的麦铺子。老巴把烟头扔在地上，脱下鞋子在地上磕了几下，倒出里面的土，进到地里蹲下身子，左右开弓地拔了起来，很快，他就超过了他的两个女儿，超过了他的老婆，远远地拔到前面去了。

天越热，麦子扬起的尘土越厚，下午的尘土钻进衣领里，钻进两只袖筒里，钻进裤角里面，全身发痒，一蹙眉，粘在额头的尘土一块块往下掉。就这样，太阳慢慢往西边走，背上的阳光慢慢地没有了热量，山风呼呼地吹起。老巴一家人站起身子，一起把地里的麦铺子收起，捆成一个个麦个子摞在一起。他们一家拿起地角的衣服，拿起早已喝空了的装水的塑料水桶时，夜幕已降了下来，黑黢黢的山顶上出现了几颗亮晶晶的星星。

还有沙地，麦子是从沙子、从石缝里长出来的，地硬，根深，麦秆硬。在麦收前，女人们用薄的柔软的布做了专门戴了拔麦子的护手，这种护手只戴进一只小手指，护住小手指和手掌。麦黄天下黄，所有的麦子都在那几天成熟了，所有的麦子都要在那十天左右的时间里拔完。就是戴着护手，虎口也会被麦秆割开一道道血口。戴在手上的护手，一两个来回就被麦秆磨破，大片的麦子黄在眼前，哪里有时间顾手啊，咬着牙，忍着疼拔吧，那几天每天都是昨天的水泡破了，今天的水泡又摞了上去。

被太阳晒得发烫的沙石，热得像火炉一样，老巴一家蹲在地里，忍受着麦根带起的呛入喉咙的尘土，还要忍受着屁股下面滚烫的沙石的烘烤。土地里的土是虚土，脚下的土疙瘩，踩上去不碎也钻进土里面去了。沙地里脚下踩的是石块，拔一会儿，双脚就被石块硌得生疼，半天不到，鞋尖就被沙石磨破，脚趾指被磨出水泡。

拔麦子之前，女人们准备了去痛片、安乃近、土霉素，这些治头痛感冒的平常药品也治疗劳累过度后身体的酸痛和极度的疲乏，女人们在下地前吃了几片。吃过晚饭，把酸痛的身体抬上炕之前，女人们拿出一点猪油抹在手上，猪油的油性在女人们睡着的时候，渗进皮肤里面，早晨起来，手指的关节不痛，也能伸展开来。

直到秋季开学，老巴、老杨、老周、老马、老夏、华老师才不得不回到学校来。地里还有胡麻、玉米没收，这些比起拔麦子已是很轻的活了，平常的时间里，女人们就收了。

刚开学的前两周，老巴、老杨、老周、老马、老夏、华老师的手粉笔都握不住，他们的双手经半个多月的劳累之后，已像鸡爪子一样伸不展、圈不住。这些山里的老师脸色焦黄，像刚生过一场大病。

5

学校新分来两个老师，调来四个老师。张老师是县师范毕业的，是我的师弟，赖老师是庆阳师专毕业的，大专学历，他家就是西村乡赖家坡村。两年前在二中补习三年读到高六后欢天喜地地考出去了，两年后因没有留在城里，满脸愁容地回来了。

他感觉很丢人，从县教育局接过报到介绍信看了一眼，把介绍信丢在办公桌上出来了。出来了，外面是县城，县城是他两年前考上大学和两年后大学毕业时都没有想到要来的地方。高六那一年高考估计完分数，他在志愿上填报的全是外省的学校，错就错在他在是否服从分配一栏里填了服从，就这一点他一直耿耿于怀，他一个人在县城东西南北那四条街道转到下午，实在想不出什么办法，才拿了介绍信回来了。早晨睁开眼睛，他看到自己睡在昨天晚上的床上，先扇自己几个耳光再下床。这是我的师弟小张——张老师说的，因为他和赖老师住一间宿舍，每天早晨他都被赖老师一阵响亮的耳光声惊醒。

小张说赖老师睡醒后坐起身子，不下床，两手合拢，使劲急促地猛搓头脸，然后像猫洗脸一样，两手由上到下，由下到上把自己从脸到头、从头到脸使劲搓几遍，然后一只手左右开弓扇自己耳光，右手扇累了左手再扇，经常是小张吓得走出门了他还在里面扇自己。

那时我也感觉奇怪，每天早上起床我感觉赖老师的脸比昨天晚上红一些，胖一些，到了下午，赖老师的脸就变小了，变白了。原来是他自己把自己的脸打肿了。

我没有遇到过这种事，我怕赖老师自己想不开会出什么事，就把这件事跟老巴讲了。老巴坐在桌子前面，拿起右手，大拇指在食指、中指、无名指、小拇指指节上按来按去，嘴里“呜噜呜噜”地说了一通我听不懂的话后说：“没事，没事，顺着哩，什么都没冲着！”

小张要求换宿舍，不和赖老师住了，他说再住下去他会被赖老师的耳光声吓出神经病来。

我早早起床，刚把洗脸水泼在宿舍前面的空地上，小张从宿舍里出来了，他望着我一脸的愁容。我走过去站在他们宿舍前面，听到里面“叭叭叭”的耳光的响亮的声音。

我推开门进去，赖老师穿着一件背心坐在床上，下半身还在被子里，赖老师正在用右手扇自己，我问他：“赖老师，你这是怎么啦？”

“哦！盛校长，没事，我这是在锻炼呢，这是我自创的一种练习脸部的方法。我觉和我的脸太薄了，我现在羞得不敢回家，我家就在赖家坡，从西岔那儿翻过一道梁就到了。但是我怕回去村里的人问我，我不好意向他们说我在周家梁教书，我上学的时候村里人都对我说出去了就别回来了，以后把父母接到城里享福去。你看我现在，我高中补习了三年，我上高中、上大学全是我家里的那头母驴供出来的，那几年每年夏天我父亲都会拉着我们家那头母驴到另一个村找马配种，第二年我们家那头母驴就会产下一头小骡子，小骡子长到半岁时我父亲就把骡子卖掉，把钱全花在我上学上了，这件事我们全村的人都知道，我考上大学我父亲请全村的人喝酒时，我父亲就说得感谢我们家那头母驴，那头母驴那几年年年都会产下一头小骡子，那几年我父亲都会卖掉一头小骡子供我上学。你说我现在毕业了又回来了，我怎么回得去家哩，我羞得很，所以我现在天天打自己，等自己的脸不疼了，麻木了，感觉不到羞了，我就可以回家去看看我的父母了，他们都六十多岁了。”

“你羞个屁啊，我教书教了十七年了，我现在还是民办老师，我一个月才二百五十三块钱，我还不活了！你刚上班就一个月三百六十块钱拿着，粮油本上的粮油吃着，你羞什么，你最少现在不用到地里拔麦子去吧！不会冬天穿着皮袄半夜趴在地里浇水去了吧，不会拉架子车往地里拉粪去了吧，你看看我的手，茧子上摞的茧子，血泡上摞的血泡，你羞什么，当老师羞吗？你还知道你父母辛苦，你还知道他们六十多岁了，你再不去看看他们，他们什么时候死了你都不知道！”

老巴不知什么时候站在宿舍里了，他一顿痛骂让床上的赖老师哑口无言。星期六下午，赖老师早早地借了老杨的自行车回家去了。

新调来的大王老师上初一物理课，小王老师上化学课，我上语文，小张上代数和几何，没有英语老师，赖老师大专文化，大学学过英语，就他上了。历史、地理、植物被叫作副课的没有老师，给驴干叫说了驴干叫反而这样说：“自己想办法，什么东西我都弄好了要你们校长、副校长的干什么。”没办法，老巴让老杨上历史，老巴自己上地理，还有植物，也就是比着书本认花草，许多书本里的植物我们谁都没见过，老巴让老周上。没副课的老师全部带一个班的班主任。班主任同时是那个班的体育老师。学校没有一个正规的操场，体育课的场地就在学校前面的一片宽阔的空地，体育课大多都是学生自己比赛跑步，有时老巴也让五年级的学生到学校下面的那两块学校的地里拔杂草。清明节时，山上的小庙里有庙会，那几天通往学校的路上，学校后面通往山顶的小路上从早到晚人来人往。山顶人们的嘈杂声、噼里啪啦的鞭炮声不断，小庙往山下学校里飘扬的纸灰不断。那几天上体育课的时候老师就让学生从山下往山上的小庙里跑，谁跑在最前面谁就赢，一路上学生们吵闹着争先恐后往山上跑，倒也增加了庙会的热闹。

我、小张、赖老师住校，大小王老师家在另一个村，中午不回去，新的宿舍盖好后老巴叫了村里一个泥水匠在山边的一间宿舍里用土块垒了一个灶，做了厨房。中午饭我们五个人谁第四节没课谁做，早晚饭我、小华、赖老师三人做轮流做。油、盐、酱、醋我们几人同出，面粉还是老巴出，因为学校那两块地他一直种着。

那年暑假，老巴在一中补习了一年的大女儿回来了，我问老巴他女儿差多少分，他说比第一年还低。开学后老巴让他女再去补习，他女儿说什么也不去。他女儿一回到家，先在炕上睡了三天，三天后起来了，起来也不出门，天天在家里唉声叹气地待着。拔麦子的时候她也和一家人到地里，拔完麦子又待在家里不出门，就是老巴家打场那天，麦场上也不见她的人影。

九月十五号，全县民办老师考试。学校除了我、小张、赖老师，老巴、老杨、老周、老马、老夏、华老师、大小王八位老师的回来后个个灰头土脸，没有一点精神。

带了地理课以后，老巴在办公室里挂了三张地图——一张甘肃地图、一张中国地图、一张世界地图，三张地图把办公室的一面墙占去了一大半。不上课、不给村里婚丧嫁娶的人算日子、不写红白对联、不给村里人看阴阳宅基地、不给村里办丧事人家吹唢呐的时候，老巴就长时间地看着地图。“大（大雪山）—阴（阴山）—贺（贺兰山）—巴（巴颜喀拉山）—冈（冈底斯山）是季风与非季风气候的分界线，昆（昆仑山）—祁（祁连山）—横（横断山）是第一阶梯与第二阶梯分界线，大（大兴安岭）—太（太行山）—巫（巫山）—雪（雪峰山）是第二阶梯与第三阶梯的分界线，秦（秦岭）—淮（淮河）是南分界线。”老巴看着地图，长时间地喃喃自语。

“你看，这秦岭，把我国分为南北，秦岭北面有陕西、山西，南面有河南、四川、陕西，秦岭南面是季风性气候，终年青山绿水，秦岭北面是非季风性气候，四季分明，植被气候比这里都好，如果我们冬天在秦岭南面，就不会像我们这里这么冷，我们夏天到秦岭北面，也没有我们这里热。”老巴指着地图对我说。

我说：“你说得对，但是这能实现吗？”

“秦岭深处有一座太白山，那山顶就是在夏天也有白雪，山里有座道观，道观里住着很多修行的神仙，那些神仙就能实现。”

老巴说的有些是真的，有些又没有边际。

季节又进入了冬天，今年的冬天比去年的冬天好过一些，这主要是学校扩大了，从乡里要来的东西也多了一些。比如今年，乡里给每个教室配了武威生铁炉子，炉子放在教室中间，一根长长的烟筒直直地从教室房顶通到外面。窗户装了玻璃，教室里没有了呛人的烟味，里面也比去年热了很多。

浇过冬水后村里的人们又到学校来烤火喧谎了，周爷子一早就拿来了他那只里外一样黑的茶罐子，在办公室里烧起了茶，所有人的嘴上都叼着一支烟。和以往不同的是，今年的办公室里除了呛人的烟渣子味外，还多了一种香香的甜甜的山药的焦煳味。

今年水地里的山药丰收了，这和我有关。我在老巴家吃饭时候就感觉老巴家的山药又小又涩。一次回家正好我家里挖了山药堆在院子里，回校时我背了一袋山药。到了老巴家后老巴老婆没有把山药下到锅里吃掉，而是第二年种在他家院子里的地里，那一年秋天，老巴家院子里的山药大丰收，老巴一斤粮食两斤山药换给左邻右舍，今年的秋天，村里的山药就多了。这里的地土质疏松，土地干，沙性大，长出的山药个大、皮厚、肉沙，煮在锅里，一锅山药全开花了。这里的好多人家每天煮一锅，省了吃馒头。

冬天，村里的人家一天只吃两顿饭，上午十一点吃午饭，下午五点吃晚饭，吃过饭天一黑就上炕睡觉，一直睡到第二天上午日上三竿才起。这也和冬天没有事做有关，一天没事做就少吃一顿饭，少吃一顿省了柴米油盐面不说，还省了烧煤，反正也没有事，外面天寒地冻的，还不如在热炕上多睡一会儿。早晨来烤火的人们都没吃早饭，口袋里装着几颗山药，小的放进炉子里面烧，大的用小刀切成一片一片的放在炉面上的铁圈上面烙。铁圈下面是火，一放上去山药嗞嗞地冒着热气，一面烙黄再翻到另一面，另一面烙得发黄就可以吃了。来烤火的人们一边喝着茶，一边抽着烟，一边吃着香甜的山药片，谁家姐夫外甥女儿的舅舅，从山里到沟里，从沟里到洼里地喧着谎。

老巴早上吃过馒头的。在满屋的烟味、茶水掉进火里的水腥味、香甜的山药味当中，他从桌子下面的报纸上抬起头来，他看看炉面上的几颗山药，看看喝着茶抽着烟吃着山药的人们，慢慢地说："山药里面有电哩！"

所有的人都听见了，所有的人又好像都没听见。周爷子问："巴根娃，我耳朵背着哩，你刚才说的啥？"

"我说的是您现在吃的山药里有电哩！"老巴大着声音说。

"你家说的玄得很，印屋的窖就在厨房地下里，印天天在厨房里走着里，怎么没被山药上的电打死？”周队长说。

“就是，印屋这几天天天煮山药当饭吃哩，印屋的人好好着哩，一个都没事啊！”周爷子说。

“哎！我晚上喝了酒，早上尿直翘翘的，是不是吃到肚子里的山药上的电打直的？”三愣娃说。

谁相信，没有人信，就是说天上有神，地上有鬼都有人信，你说山药里有电，人天天吃着哩，也没听说把谁打死了。

“真的，真的有，报纸上说的，科学界重大发现。”老巴一本正经地说。

没人信，那好，当场实验。

老巴从抽屉里拿出一只手电筒，从仓库里找来一节电线在炉子里烧了一下取出了里面的铜丝。他要锌片，把电筒里的电池倒出来剥了皮，拿砸煤的锤子砸破倒掉了里面的黑碳，让周爷子从家里拿来了剪子，把电池皮剪成一小条一小条的。还要铜片，他在抽屉里翻来翻去，拿起电筒对着窗户往里面看了一下，拿起火钎伸进里面把里面的一条铜片撬了下来。他把剪好的锌片铜片放在桌子上，用一根钉子在小锌片小铜片的一头穿出一个个小洞，然后用细铜丝把锌片铜片串起来，把炉面上的几个山药拿到桌子上，把锌片铜片分开插进山药里面，卸下电筒上的灯泡，一只手拿铜线的一头放在灯泡的下面，嘴里说着上：“奇迹！奇迹马上就要发生了，山药里面的电马上就会把灯泡带亮。”

说着他把另一头连着锌片的线头放在小灯泡的边上一按，这时候所有的人都屏住了呼吸睁大了眼睛，但是让人们眼前一亮的灯泡没有像人们想象的那样亮起来，而是在老巴的手里依然灭着，无论老巴把线重新接了一遍，把锌片铜片拔下来又插上，老巴手里的从电筒里卸下来的灯泡就是不亮。

电池里的锌片上粘着黑的炭粉，还有硫酸，老巴把锌片在山药上插来插去的，把几颗大山药也糟蹋了。

看着几个没法再吃的山药，周爷子说：“指望屁吹灯哩！”

老巴还在捣鼓铜线的时候，门从外面推开，驴干叫进来了。

他一下适应不了满屋的烟渣滓子味、茶水掉在火里的水腥味、香甜的山药味，一进来就拉下脸来说：“你们在干啥，你们这么多人在这里干什么？”他用手指了一下炉子边上的人说：“你们也不注意一下影响，以前这里是小学，领导来得少，现在这里是中学了，你们还在这里烤火喧谎谝传，如果来了领导检查，我看你们一个个脸往哪里放。”

他看见了在了桌子边上手里拿着铜线的老巴说：“你这个巴阴阳，你现在都是中学的校长了，你看看你这里乌烟瘴气的像什么样子，你是不是在给他们算命？”

老巴拉开抽屉，把手里的东西放进去站起来说：“没有，没有，在做实验！”

“做实验？你不是上地理课吗？现在上化学啦？”

“不是化学，是物理实验。”

“做物理实验！你不搞迷信活动就不错了！”

烤火的人们一个个从门里出去走了。

像往常一样，驴干叫提起他常年从不离身的那只黑色的包抱在胸前打开，从里面拿出几张表格，我看到老巴、杨、周、老马、小王老师都屏住了气，都盯着驴干叫的手看。

“老杨，恭喜你，你算是熬出头了！”驴干叫对着老杨说。

老杨一只手颤抖着接过表格，一只手颤抖着扶耳朵边的眼镜。把手里的表格放在眼前仔细地看。

其他老师都叹了一口气。

“这次我们乡有两个转正了，另外一个是乡中学的老张，老杨今年工龄十八年，这次考试是八十四名，但是你们学校今年正好有了初中班，我们这次报名的时候你们学校几个老师都是按中学老师报的，如果按以前小学报，排名肯定又到后面去了，所以我说你们没转上的几个老师也该好好复习一下，不要天天和那些村里人混在一起，抓紧机会，你一但考上了，就地转居民，吃本本粮，不要再去种地了，那个地自己累死不说，婆娘娃娃都跟着受罪，你们说我说得对不对？”他看到老杨还站在边上看着表格，又对老杨说：“哎！老杨，你还站着干什么，该怎么表示就表示一下啊！”

“这个我知道，这个我知道！”老杨说着出去了，他刚出去又推开门叫了我一声。

老杨向我借了二十块钱走了。

老杨走了一会儿，他老婆风风火火地推门进来了。“真的吗？这是真的吗？印老杨真的转正啦？”老杨老婆问老巴。

“真的，是真的，这么大的事谁还哄你！”老巴说。

“真的，真的，好啊！真的就好！”老杨老婆说着，用手抹起了眼泪。

老杨拉来了一只半大的羊，老杨老婆叫来一个女的和她一起在我们灶上把那只羊煮了。中午，学校所有的老师都端着羊肉吃开了，就连放学回家的学生，闻着弥漫在校园里的羊肉的清香，一个个望着厨房高兴地笑着。

过完年，老杨的大儿子招工到县电石厂上班去了，听说第一个月就领了三百二十块钱。老杨的工资从二百八十块一下涨到了三百九十八块。

6

春天了，有几个穿着黄色衣服的人拿着一个三角架支着的仪器从村外的路上看进了村子，又从穿过村子的那条路上往另一个方向看了出去。消息灵通一点的人说，村子里的路要铺成柏油路一直和机场的路连起来，以后去兰州一路都是柏油路啊！

就有穿着蓝色衣服的人和乡里村里的干部拿着皮尺在路两边的地里量来量去，几天后村干部说，机场要加宽路，占了谁家的地按一亩地两万块的价格给谁家赔偿。路两边是水渠，水渠两边是前两年老巴带着全校师生栽的树，树在谁家的地边那树就是谁家的，一棵树赔一百块，种了玫瑰的，一枝玫瑰赔五十块。

这下好了，村里人最多的就是地，谁家的地挨着马路谁家高兴，谁家的地边有树谁家更高兴。那些树是老巴分给村民们栽的，当时村民们还怕树吸走了地里的水分不想栽，现在有树的人家全感谢老巴了，都说老巴不愧是阴阳先生，能掐会算，凡事都在他的预料之中。

老巴也说了，那些树是学校的树苗，村民们应该每棵树给学校十块钱，做学校的办公经费，但是村民们都说你巴校长说得好，自己的钱怎么不拿出来给学校。

老巴到底会不会算，谁也说不上，但是村里人都信他的，他说谁家去世的老人几点几分下葬，那家人就几点几分下葬，他说谁家的小伙哪天成亲，那家的小伙就在那一天成亲。这次村民们更加信他了，还说以前庙里有个神仙就姓巴，老巴就是那个神仙转世的。

老巴这次得到的赔偿钱最多。

那次乡上给了树苗的时候也给了玫瑰苗，老巴把树苗分给村民，没人要烧火都嫌扎手的玫瑰苗。老巴是看着那些玫瑰苗扔了可惜才种在自己家路边的一块水地里的。没想到那玫瑰根上生根根上长枝，三年的时间，原来种的两百棵苗现在成了两千多枝，加上地，老巴家一下赔了两万多块钱。

这件事驴干叫知道了，他找到老巴说："哎！巴阴阳，我当初让你往学校后面的山上栽，你没有听我的，乡上领导把我骂了几次，现在我就不说了，赔的钱呢，你也知道乡上欠着外面好多招待费呢，你现在最少也要把树苗钱给我吧！"

"这个我给村里面的人说过了，但是没有一家答应的。"老巴说。

"这个好办，你现在把哪家地边有树，有多少树用最快速度统计出来给我，我就不信他们还闹得过乡政府。"

赔偿的钱机场给了乡政府，乡政府通知村干部去领钱，村干部拿到手后发现钱少了不敢说什么。回到村里，村民们骂骂咧咧地领钱，村干部说是乡里扣了，本来就是天上掉下来的好事，多得不如少得，少得不如现得，一个个也就骂骂咧咧地回去了。

我从家里往老巴家带了一年醋后，村里过几天就有一辆马车拉着一个很大的木桶吆喝着"倒醋！倒醋"，从村子中间的那条马路上，留下一路醋香后经过。又一年后，村里一家人学了拌醋的手艺后，在家里拌起了醋。

老巴打听到这家醋房里的醋糟发酵到第十天的时候，从家里拿了四十颗鸡蛋埋进了这家人发酵麸子的仓子里。老巴不上课、不看墙上的地图、不给村里婚丧嫁娶的人算日子、不写红白对联、不给村里人看阴阳宅基地、不给村里办丧事人家吹唢呐的时候，长时间地把头埋进报纸里，《甘肃农民报》《科技信息报》里面登有很多致富信息，老巴经常按报纸上的地址给有致富信息的单位或者个人写信，这些单位和个人也给老巴回信，当然，你要致富就得投资，最起码报纸上说的那一条信息的实际资料你要出钱买。麸子里面孵小鸡的信息就是老巴买来的，是致富信息站的成功经验。

他说，母鸡孵小鸡时鸡窝里的温度是三十度到四十度，而麸子发酵时的温度正好也是这个温度，小鸡孵化是二十天，一次麸子的发酵时间是三十天，他从第十天麸子仓里的温度升起时放鸡蛋，到三十天时，仓里的小鸡出壳，不影响麸子的正常发酵。

拌醋的这家人在老巴充分的讲解和解释后，让老巴把四十颗鸡蛋放进了已发酵了十天的麸子仓子里。到了第三十天，老巴来到这家人家，进到醋房里观察，仓子里埋在麸子里面的四十颗鸡蛋还是原样，丝毫没有出小鸡的迹象。他让人家再等一天，第二天一早他就到了这家，但是麸子里面的鸡蛋还是没有什么动静。第三天，他一上完课就跑到这家人家，麸子里面的鸡蛋还是没什么动静。第四天也是，到了第五天，拌醋的人家的麸子要重新拌了，他让人家再等一天看看。到了第六天晚上，他的鸡还是没有出来，第七天拌醋的人家再也不等了，老巴从仓子里拿出一颗鸡蛋，手里的鸡蛋热得烫手，他轻轻地在仓子边上敲开一颗，鸡蛋里面一下子发出了腥臭的气味。老巴把蛋黄倒进碗里，里面的液体黑红黑红的像流在地上的猪血。老巴又打破一颗鸡蛋，这颗也一样，老巴把四十只颗鸡蛋全部打破，四十只鸡蛋全部一个模样。

拌醋的人家用木锨挖仓子里的麸子，越往下面温度越高，越往下麸子越黑，半仓以下的麸子全成了黑灰。

老巴一只鸡没孵出来，还把人家一仓子三百多斤麸子给烧了。等这家人重新酿出醋来，已是两个月以后了，这件事直接断送了这家人卖醋的生意。看在一个村里的分儿上，老巴赔了二百块钱三百斤麸子了事。

种完田，老巴用机场赔的钱和自己存的钱把房子翻修了一遍。原来三间的土大梁房掐脖房子往里面伸进去两间，盖成了五间的门面全用砖的砖包城，门窗全装上了玻璃。西面的两间和西北角的厨房也拆了重盖，门面也用砖，门窗也都装了玻璃，北面中间两间做了客房，里面摆放了大立柜、高底柜、中礼柜、沙发等新时的家具，整个院子宽敞明亮。从那以后的好几年，村里人家盖房子，都效仿着老巴的家盖。

老巴在院子里的地里面种了一种叫“洋姑娘”的叶子像山药一样的东西。老巴说，他的洋姑娘是旱地作物，生长主要靠清晨的露水，果实像葡萄但比葡萄大一点，像西红柿，但比西红柿小一点，味道有葡萄的甜，也有西红柿的香，成熟的时候正好是八月，去地里拔麦子的人一天吃几颗口不渴身不乏。他的这个洋姑娘的种子是他从《科技信息报》上看到后从河南邮购来的。老巴说，这个洋姑娘是从澳大利亚培育成功后由河南这家农业科技服务中心最先引进，面向中国西部干旱地区推广的。老巴说他先试种，等他试种成功后要在全村、全乡、全省推广。

洋姑娘像山药一样的叶子长出来没多久就长出了茎干，茎干的叶叉上开出了一串串细碎的粉红色的花朵，花落了后从花蕾里长出了像小葡萄一样的一串串的细小的果实。果实越长越大，茎干慢慢地弯曲，绿色的红色的黄色的果实垂向地面。

前来看稀奇的周爷子说：“我的个㞞啊！你这不是山药上的骚蛋子吗？”

“你见过山药上结的这么多的骚蛋子吗？”老巴问周爷子。

是啊，山药上结骚蛋子，一窝里面也结不出这么多啊！老巴的洋姑娘上面的枝丫上全是小果子啊。

“是西红柿，去年我到河口时见过的，那里是菜蔬区，我见过。”另一个人说。

“你见过这么小的西红柿吗？”老巴又一句。

是啊，西红柿小的有鸡蛋大，大的比拳头还大。

“是葡萄，谁都别说了，我说是葡萄就是葡萄。”另一个村民肯定地说。

“你见过从地里长出秧，从秧上直接结出的葡萄吗？”老巴又一句。

是啊，葡萄都是树，入冬时从架子上取下来埋进地里，春天时再挖出来搭在架子上。但是老巴的洋姑娘的确是直接从地里长出来的。

“说这个不是，说那个也不是，那你说，你这洋姑娘倒底是啥东西？”周爷子终于不耐烦了。

“它就是洋姑娘，是从外国进口的，是以前我们中国人没有见过的东西，它长熟了以后比葡萄甜，比西红柿香，既有葡萄的味道又有西红柿的味道，葡萄要搭架，我这洋姑娘不用，直接往地里种就行。西红柿又大又软，不好装不好拿，我这洋姑娘小而巧，所含的营养成分一颗是西红柿的几十倍。”

“这个是你天天从报纸上看来的，到底在印这里行不行？”有村民问。

“行不行，我说了不算，七月十五，七月十五大家都来尝，一尝一吃就知道了。”老巴肯定地说。

七月十五下午，村民们准备好了给先人们的祭祀后，来到了老巴家，村民们都想着洋姑娘如果真的有老巴说的那么好，到时从老巴家拿几颗，烧纸的时候给先人们泼散几颗，也好让先人们尝尝新鲜。老巴家的院子当中放了一张方桌，桌上摆了香烛和纸钱。

“祭开了！”村民们进到老巴家的院子里，和老巴打着招呼。

“祭开了！”老巴回应着，从屋子里面拿出几张小凳放在桌子边上。

“这就摘，这就让你们尝一下我从外国来的洋姑娘。”老巴说着从厨房拿出一只盆子进到地里，摘下几串黄黄的红红的洋姑娘，先往桌子上放了一串，后把盆子端在人们面前。每一个都从盆子里摘下一颗比葡萄大、比西红柿小的洋姑娘放在了嘴里。

“啊呸！”周爷子放进嘴里刚咬了一下就一口吐在了地上。

“你这是啥啊，又酸又涩的。”周爷子问老巴。

“呸！呸！”又一个村民把嘴里的东西吐了出来。

“涩得很，这个东西嘴里涩得着不住啊！”

紧接着，所有的人都把吃进嘴里的东西吐在了面前的地面上。

“这东西酸得很！”

“这东西涩得很！”

“这东西酸甜酸甜的！”

“酸涩酸涩的！”

“我吃的这一颗苦着哩！”

“我吃的那一颗像是辣着哩！”

瞎子摸象摸到的是不同的地方，这院子里的人们可是吃到的同一种被老巴亲切地称为洋姑娘的东西啊！

“酸着哩！甜着哩！苦着哩！辣着哩！涩着哩！”人们还在争论着，这些结论都不是老巴想要听到的葡萄一样甜、西红柿一样香的味道。

“如果不是酸的我不是人！”

“如果不是辣的我把你叫声爹都行哩！”

“如果不是苦的你把我扇几下！”

“如果不是涩的我到您地里拔一天麦子。”

人们赌咒发誓地说自己说的才是对的。我从盆子里拿起一颗放进了嘴里尝了一会，又拿起一颗放进嘴里。前面的一颗有点酸涩，后面的这一颗又有一点怪怪的甜味。

“再吃，再尝一下，再尝一下！”

老巴把盆子端在每个人的面前，每个人都摘下一颗，小心地放进嘴里。

“呸！”还是周爷子第一个吐了出来。前面一颗他把整个一颗放在嘴里咬烂了，这一下他有了经验，用手拿着，用上面一颗和下面仅有的两颗门牙咬烂了洋姑娘，只咂了一点水就吐出来了。

“你这是啥呀，把我的牙都酸倒了！”周爷子说。

“呸！呸！呸呸呸！”所有的人都把吃进嘴里的洋姑娘吐在了面前的地上。

“还是酸的。”

“还是苦的。”

“这一颗比前面那颗还涩些！”

“还是说不上，这东西味道就是怪！”

“我这个比前面那颗稍微甜些，没那么麻了！”

“我再也不吃了，把人都酸死了。”

“哎，你这个东西别说人不能吃，就是倒给猪，猪都不吃！”周爷子说。

三愣娃接过老巴手里盆子就往猪圈里走，所有的人都跟着，半盆子像葡萄又像西红柿的洋姑娘哗一下倒进猪食槽里，老巴家那头白色的乌克兰在众目睽睽之下把嘴巴伸进食槽，在一小堆洋姑娘中间毁了几下，一颗没吃就抬起头，疑惑地看着盯着它看的老巴和几个村民。

7

八月底，学校分来了四个老师，一个是县师范的，是我的师弟，一个兰州商业学校的，一个兰州师专的，一个张掖师专的，两个中专，两个大专。兰州师专的物理系毕业，正好带初二物理，张掖师专的是化学系毕业，带了初二化学，我的那个师弟，从小学一年级开始。

在安排兰州商校分来的这个邓老师时老巴费了心思，我们是学校，不经商，不是商业系统，分商校毕业的来干什么。按照老巴的说法，这个商校的邓老师在我们学校来说就是一个高中文化程度的高中生。

驴干叫来的时候老巴问驴干叫："为什么把商校毕业的学生分到我们学校来啦？"

驴干叫一句话："你问我我问谁去？"

一句话把老巴噎在那里了。

没办法，从小学一年级开始。刚开始邓老师还有点不高兴，好歹自己也是个中专生，最少也带个初一吧！没办法，初中的主课全是正规院校毕业的专业老师了，历史、地理、动物、植物还轮不到你新来的。

入冬后，驴干叫拿来了几张表格，让所有老师都没料到的是驴干叫把表格拿给了前年调来的老王老师。按资历，老巴比老王老师早四年，而且老王老师有几年还是学校缺老师了他就来学校，学校不缺老师了他就回家继续种地。但是他有一个远方的亲戚在市里当着领导，亲戚家一年到头吃的面全是老王老师家里的旱麦子面，逢年过节，老王老师又是猪又是羊地往兰州送，关键的时候这个亲戚派上了用场，他通过关系把老王老师第一次第一天进学校当老师开始到现在，全算作在校工龄，正好满了十五年。教学考评也就是县教育局的一张鉴定，上面有人，肯定写得天花乱坠。

老王老师拿到表后自己也说，他的这张表是从市里面戴帽下来的。他说这话的意思是他这次转正的指标和其他老师无关，他没有占县里的指标。

老王老师那天中午也杀了一只羊，但是除了在学校吃饭的老师，其他老师们全回家去了。羊肉端上来了，酒倒上了，驴干叫叫老师们和他一起喝酒，但是几个老师都推说下午要上课，一杯酒都没喝。

听到老王老师转正的消息，老巴的大女儿不吃不喝，在家里哭了三天，老巴老婆差点吓出病来。

过完年，老王在一中上高二的女儿招工到县建筑公司上班去了。

老杨全家转民居民户口后，土地被村里收回后分给了村里结婚生子添了人的人家。地收了，老杨把养了几年的马送给了小舅子，从此过上了吃粮油本上粮油的居民生活。老杨老婆不识字，县里让乡里安排工作，乡里做饭扫院子的早就有人了，乡里又推到学校，这下可让老巴为难了。如果老杨老婆识字还好一些，只让她带小学一年级二年级的语文，语文不行，数学也可以，到三年级时换老师就行。但是，老杨老婆一个字都不认识。

怎么办啊！驴干叫把一张通知递给老巴，一句话："你们学校老师的老婆，你看着办。"

再问，驴干叫那句"你问我我问谁去"的话又出来了，与其听他那句胀气话，还不如不问。

安排一个人可以，但是安排了人要发工资啊！工资怎么办，驴干叫就一张让老杨老婆到学校上班的通知，其他什么都没说。

老巴在全校老师会议上说，我们要认真贯彻上级领导机关下发的文件精神，认清形势，顾全大局，保持和维护安定团结的大好局面。最后宣布老杨老婆在学校上班，工作是给我们在校的老师做饭。

思来想去，我们学校也就差一个做饭的。

老杨老婆到学校给我们做饭，工资从那两块地里出。我来这几年，没交过一分钱伙食费。我在老巴家吃了一年，逢年过节回家，带一些菜啊油啊肉的，一年后小张分来了，又加了大小王老师、黄老师在学校吃中午饭，我们开始分摊一点油盐酱醋钱。现在老杨老婆给我们做饭，老巴说老杨老婆的工资从那两块地里开支。那两块地一年能收两千斤麦子，一斤麦子两毛五，两千斤麦子五百块钱，我和小张每月交一百块伙食费，大小王老师、黄老师交五十，每天十块钱伙食，每月剩五十给老杨老婆发工资。

乡里号召村民们在水地里种玫瑰，玫瑰苗子一块钱一枝发放。去年乡里办了一个榨油厂，夏天里收玫瑰花榨油，听说生产的玫瑰露卖到马来西亚去了。老巴马路边那块地里的玫瑰卖了一千多块钱。

就在村民响应乡政府号召种玫瑰的时候，老巴在那年夏天玫瑰涨到八毛时，卖完所有的玫瑰花后，把玫瑰根挖出来一块钱一枝全卖掉了。

第二年夏天，玫瑰厂不收玫瑰花而改收玫瑰花苞，村民们一半的玫瑰谢在树上，而且花苞一斤两毛钱，还不如种麦子。第三年，玫瑰厂因玫瑰露里渗水，卖出去的又被退了回来，村民们的玫瑰花一朵都没卖掉。

老巴在村民们种玫瑰的时候，在挖了玫瑰的地里种了胡麻，那一年胡麻价格很高，一斤一块，第二年一块两毛钱一斤，城里有一辆东风车上门来收，有多少收多少。

秋季学校开学时，学校外面来了两个卖钢笔的人，因为说着普通话，嘴一张就知道是从城里来的。以前买钢笔要到乡政府边上的大商店去买，再就是去县里时在县城的商店里买，现在卖钢笔的到学校门口来卖了，一块钱一支，随便挑随便选。在和这两个城里人的交谈中知道，这两人是城里的下岗工人，工厂生产的钢笔卖不出去，工厂给每个工人每人发了几箱钢笔后宣布破产，几百个工人自谋生路。

钢笔卖到校门口来了，而且还很便宜。老巴上衣口袋里别的用了好几年的钢笔掉在地上笔尖摔开了叉，拔了一根头发缠住现在还在用哩。

卖钢笔的城里人刚走几天，村里又来了几个背着大卷布匹的卖布的，这些卖布的有男人，也有很好看的城里的皮肤很白的几个姑娘。和这些人的交谈中，老巴知道城里有几个棉纺厂倒闭了，来卖布的都是厂里的下岗工人。这些人推开村里每家的院门问：“掌柜的，要不要布？”

老巴说，这情景让他想到了不远的以前，那时候甘谷一带的地方连年大旱，那里的人们拖儿带女，一手拿着棍子，一手拿一只口袋站在村里每家门前，只是那时候甘谷一带的人嘴里说的是：“爷爷奶奶，给上些吃的。”

老巴说，这其实是一样的，区别就是那时的甘谷人手里拿的是一根棍子，现在来的人拿的是钢笔，是布。

卖布的走了后又来了卖收音机的、卖电子表的，又来了卖钢筋锅钢筋壶的，钢筋盆的，又来了卖洗衣粉、卖肥皂的，又来了拉了满满一东风车红色蓝色黄色塑料桶塑料盆的。这些人带来了便宜适用的城里的东西，也带来了一个重要的消息：现在城里满大街都是下岗工人。

老巴说，城里人不到乡下来就没有饭吃，城市包围农村的格局即将形成。

“引大入秦”工程就要通水了，乡里让每个村的村民自己出工，把以前的水渠全部用水泥U形槽沉砌。水渠边上的树都有碗口粗了，这些树都是老巴分给大家的。得到这个消息的村民们路上碰见老巴就说：“这些树舍不得砍啊，刚碗口粗，再长几年就成大材了。”老巴说：“这也是没办法的事，上面有政策，我们听政策的。”

村民们说：“就可惜那些树了。”

老巴说：“没事，大一点的能当梁，小一点的都能当椽子了，我盖学校的时候不都是砍的你们的椽子吗？”

“印不是说的椽子的事，是可惜了这些树，把这些树全砍了，眼睛前面光堂堂的没个挡挂哇。”

“这就是风景，这些树已在我们眼前形成了绿色的风景，树没了，风景也没了，所以心里空了。”老巴说。

乡里又号召村民们把以前沙地里的沙子推掉，重新让土层露出来，“引大”的水来了，不需要沙子了。要把以前沙地里的沙子推掉后，变成能浇水的产量很高的水地。

整个冬天，老巴老婆和他大女儿，一天到晚地在沙地里，把地里的沙子用铁锨推成一堆一堆的。整个冬天星期天，老巴一家人全在沙地里，他上初三的儿子扶架子车，他和他老婆、他大女儿把地里的一堆堆沙子装在架子车上，老巴前面拉，老巴老婆和他大女儿、他小儿子从后面推，把一车车的沙子，倒进地边以前挖过沙子的沙坑里。

过完年，全县开展了平地整田活动，乡里响应活动，在乡政府门前的空地上扎起了戏台，请了县秦剧团的唱了三天戏。那几天从早到晚不见太阳，天空昏黄，天上在下土，人在外面转一圈回来就像揭墓贼一样，浑身上下，全是一层黄土。

十几辆推土机开进了学校后面的山沟里。下午窗户外面漫天黄土，风呼呼地刮着，周爷子鬼眉神道地推开门进来了，他对老巴说：“巴根娃，你把去年给我看下的那块坟地再看一下，下午我到西溜沟看了一下，那些堆土机把整个一条沟全推平了，我那块坟地找都找不到了。”

“现在还不能急，让他们先推，他们推完了印再看，你现在看好了他们过两天又推得没样子了，看也是白看。”

“好，到时候你一定给我好好看一下，到时候我闭上眼啥都看不见，但是要对后人要好些哩！”

这期间学校老师中间还有两件事。第一件事是老杨家的。老杨招工到县电石厂的儿子两年后找了一个和他一个厂的工人结了婚，第三年生了一个儿子。第四年厂子给了两万块钱买断工龄，从此和工厂没有了关系。老杨儿子东借西凑，加上那两万钱买了一辆车在县城跑出租，老杨的儿媳妇带着老杨的孙子回家来了。老杨的二儿子初中毕业后考了一个技工学校，两年毕业后分配到兰州拖拉机厂工作，上班到第二年，兰州拖拉机厂倒闭了，老杨二儿子回来的那天晚上，老杨老婆把自己吊在了厨房的梁上面。吃晚饭时老杨心里有事，没吃几口就放下碗出去浪门去了，回到家肚子还是空的，进到厨房拿馒头，看到梁上吊着一个人，一股凉气直蹿脑门。老杨从房梁上抱下他老婆放在案板上掐人中、灌浆水总算把他老婆救了过来。但是他老婆睁开眼睛看到自己还在人间就哭叫着说："你们救我干什么，我实在活不去了！"说着一头撞在碗橱角上把头撞破了，在场的人用架子车拉了送到医院包了头，都为老杨家的境况叹息。

老杨一家转成居民后，地被村里收了分给其他添了人口的人家去了。老杨一家靠他的工资和学校给他老婆的补助生活。村里的有占地赔钱，卖树卖玫瑰卖胡麻，陆陆续续都盖了玻璃门窗的大瓦房，老杨家还是以前的那种土大梁木格窗子的掐脖子房子。

第二天，老巴叫学校除老杨外的所有老师开了一个会，建议把学校的那两块地给老杨家种。这时"引大"一期已通水了，学校的那两块地一年能浇三次水，麦子就能打三千多斤。两块地只种麦子，已够老杨全家吃了。只是我们在学校吃饭的，每人每月加了五十块伙食费。

给都不要了。

再谈到考试转正一事，老巴就是这句话。

第二件事是，老巴在家待了三年的大女儿出嫁了。老巴的女儿嫁给了本村的一个去宁波开兰州拉面馆的小伙子，这个小伙就是在我们学校上过小学的，他在宁波开了几年兰州拉面馆挣了钱，第一个在村里盖了两层的楼房。老巴的女儿结婚后几天就和女婿一起到宁波开兰州拉面馆去了。

我在县里开完会，县教育局长拉着我说要给我们分一个老师，还说我们是先进中学，让我先挑。局长拿出一份名单，名单有四五张，一张上有三十多人，有省外大中专学校毕业的，也有省内学校毕业的，第三张往后还有去年毕业没有分配的，没想到这两年我们县就积压了这么多人没有分配。

我又从后面翻到前面，第一页上一个毕业学校让我眼睛亮了一下，西北师范大学中文系，胡正东，学士学位，家庭住址是兰州市城关区雁儿湾宝生路8号。城里人分到我们乡下的学校来了。局长说这不奇怪，前两天一个从美国留学回来的一个博士想进我们县中医院，县卫生局的领导们还在考虑呢。现在国内都是海归满天飞了，大学生算什么，现在城里满大街都是毕业后失业的大学生。

胡正东到校后说了两个没想到，第一个没想到是：没想到我分配到这里来了。第二个没想到是：没想到你们这里是这样子。他一口的普通话，脸白白净净的。毕竟是科班出身，他上课有一套自己的方式，他先列出这节课的重点和难点，一节课安排时间让学生讨论，讲课结束后再将一节课的内容进行总结。很快我将他的这套方式在全校推广。课后胡正东很少和学校的老师们喧谎，也很少在学校外面的村子里走走。吃过晚饭天还很早，他一个人上到学校后面的山顶上，站在小庙的前面向远处望着。

老巴说胡老师在望兰州城呢！

我想也是，很远的远处就是高楼林立、灯火辉煌的兰州城！毕竟，胡老师一出生就在那里，灯火辉煌的城市才是他的故乡啊。星期六中午吃过饭，他就背一包穿过的衣服回城里去了，星期天下午，他又背着一包洗干净的衣服、一包各式各样的零食回到学校。

那年，开始评职称。我到学校后就报了甘肃教育学院成人教育学院大专班的自学考试。两年后我考完了所有的科目，拿到了大专文凭。后我又报了西北师范大学成人教育学院的本科自学考试，两年后拿到了本科文凭。在我的影响下华老师、张老师、黄老师、小王老师都拿到了大专文凭。评职称的时候出现了这样的情况：很多给小学上课只有中专文凭公办老师，评上了小学高级，而有自考、电大等国家承认学历的大专文凭给初中上课的民办老师评为了小学一级。这就有了争论，我明明给初中上课，为什么给我评为小学一级，我有大专文凭，工作时间长，反倒不如有中专文凭参加工作时间短的老师。

驴干叫拿来一份文件，我们学校华老师、老夏、小王老师三个老师九月二十号脱产参加甘肃教育学院老师进修班学习，两年后三个老师回到学校，成了国家在编的公办老师。从此全县民办老师当中掀起了一股报考成人教育学校的热潮。

这一切，似乎和老巴没有一点关系。

我们学校第一届初中毕业班八十人参加了中考，四人考上了兰州卫生学校，三人考上了定西卫生学校，四人考上了兰州幼儿教育学校，五人考上了县师范学校，十四人考上了县一中，十一人考上了县二中，升学率超过了百分之五十，全县第一名。

老巴在带初中地理课的时候他还带着小学两个班的语文，随着学校分来的老师越来越多，老巴小学的语文课也不带了。因为驴干叫一次发下一份文件里明确指出小学语文数学两科，初中语文、代数、几何、物理、化学、英语等主课必须由专业课老师担任。

在县教育局举办的民办教师进修班结业后老巴拿到了中专文凭，同时拿到了小学教师资格证。县党校举办的全县中小学校长培训班两年结束后老巴拿到了盖有甘肃省广播电视大学公章的教育管理大专文凭。但是这两张文凭也不能说明他能带小学和初中的主课。

后老巴专门上初一、初二的地理课。两年后，从张掖师专分配来一个地理系毕业的学生，这下好了，人家是科班出身，老巴只好上小学四五年级的体育课。我们学校第一届初中班毕业后，我被任命为校长，老巴成了副校长。老杨转正后成了副校长，老巴还是副校长。老王转正后被任命为副校长后，老巴成了一个普通的民办老师。老巴又考了一次转正考试，他大女儿出嫁后，干脆，什么考试都不参加了。

那年秋收一过，老巴在家院子里那块地的北边，打了一人高的厚厚的土墙，村里的人都以为老巴要在院子里盖房子，老巴说他要在院子里种菜。还说这在书上叫"温室"，只要塑料棚里的温度达到植物生长的温度，地里的东西就会不分季节地生长。

村里的人们只知道冬天的地里什么也不会生长，冬闲时只知道靠着南墙晒太阳，到学校烤火抽烟喧谎，临走时把办公室里的报纸拿回家卷烟。

浇过冬水，地里的水一干，老巴真的在地里下了种子。秋天过后就是冬天，放在门口的水缸都会冻破，别说地里长东西，天天人走马踏的大路都会冻开一道道的裂缝。

老巴肯定在报纸上看到的科技致富信息，冬天在地里种东西，脑子肯定让报纸看坏了。

老巴种下种子后，在厚厚的土墙上均匀地搭了一排密密的竹竿，后在竹竿上铺了一层薄薄的塑料。在人们进进出出在老巴家浪门的时候，冬天的太阳照在塑料上面，村里人看到塑料棚里面的种子长出了绿色的叶子，村民们把手轻轻地放在塑料上面，能感觉到塑料上面的温和的热量。

一场大雪一夜间把村庄盖得严严实实。早晨，人们在自家门前扫开一条小路，早早地跑到老巴家，看看老巴棚子里的菜冻坏了没有。他们一到老巴家，看到老巴和他老婆两人正在用扫把扫棚子上面的雪，他们看到老巴扫过雪的地方露出了一层厚厚的麦草扎的帘子，在棚子的中间，还有一节烟筒正往外冒着黑烟。老巴说，草帘子是他给棚子盖的被子，为了保证棚子里面的温度，他还在里面生了火炉。

给菜生火！这又是一个奇闻。

但是老巴说这不奇怪，主要是保持里面的温度。

腊月二十三是送灶神上天的日子，老巴一家早早从挂着棉被一样门帘的塑料大棚边上门里进入大棚，从棚子里抬出了六筐菜，这六筐里有油麦菜，有上海青，有大葱，有韭菜。多少年，整个冬天加上一个春天只吃酸菜、山药的村民们第一次在寒冬腊月天亲眼看见了绿的比夏天的地里还绿的绿色的新鲜的蔬菜。

油麦菜、上海青一斤八毛，大葱、韭菜一斤一块。

老巴的菜要卖钱的。

“你这菜比肉还贵啊！”有村民说。

“这啊，我这菜又生火，又盖被的，下雪的时候晚上觉都不敢睡，比人还伺候得好，不贵行吗？”老巴说。

“但是你再贵它还是菜啊，你总不能比肉还贵啊！”村民说。

“大冬天的，你能吃上肉，能吃上新鲜的蔬菜吗？”老巴一句话让村民们无话可说。

“我这是第一年，便宜一点，城里一斤韭菜两块呢，不信你去打听一下。”

老巴把菜筐搬上架子车，往筐上盖了几条麻袋要往外走，村民们还是拿出了钱买了大葱、韭菜回家，和两天前刚杀的猪肉炒了，感觉老巴种的菜的味道比夏天里川里人拉来卖的香多了。

越到年跟前，老巴的菜卖得越好，到腊月二十九这天，老巴的菜还没拉到乡政府门口就卖完了。

那年冬天，村民们和村里又签了一次土地承包合同，现在村民承包村里的土地，保证五十年不变。也就是说，这五十年里不管哪家婚丧嫁娶，增添或者减少人口，承包的土地，都不会改变。

老巴是第一个响应乡政府的号召，第一个交钱订购了一头小奶牛。

按乡里规定，一头奶牛一万块，自己交五千块，乡政府担保从银行贷款五千块，也就是老巴从乡政府拉回一头小奶牛时已欠了银行五千块钱，这五千块钱要在小牛长大产奶后的两年内还清。

乡政府成立了一个扶贫办公室，老巴的合同就是和扶贫办公室签的，扶贫办公室答应到小牛长大产奶时，乡政府将办一个牛奶厂，收购所有乡政府推广的奶牛所产的牛奶。

按老巴的说法，一头骡子是放，一头牛也是放，干脆两头一起放还能增加一点收入。

那一年乡政府推广麦地里套种玉米，麦子黄了的时候，玉米长得和麦子一样高，割了麦子后玉米获得了很大的生长空间。村民们给玉米松土施肥，到了秋天，一棵棵玉米在秋天的阳光里颗粒饱满，给村民们带来了第二次丰收的喜悦。

村里的土地多，以前只浇一次水的土地，现在一年可以浇三次，以前浇不了水的沙地，现在也能浇三次水，地里的产量增加了，每家每户都有了余粮，很多人家就拿出一部分地种胡麻、菜籽、大豆等经济作物，这些作物有的比麦子成熟早，有的比麦子成熟迟，错开了劳作的时间，也增加了收入。现在玉米又成熟了，村口来了一辆大卡车等着收购，他们把玉米棒子带皮一起收购。反正自己吃不完，到门口的钱哪有不要的道理，村民们把晒干了的玉米棒子以一斤三毛钱的价格卖给了大卡车，拿回了一张张让人心情愉快的钞票。

村里现在每家都养两头猪，一头过年时杀了自家吃，一头卖钱。所有人家的麸子都不够两头猪吃，所以所有的人家每年都要买饲料喂猪。老巴家也养两头猪，他家的麸子也不够两头猪吃，进入十月，猪长膘的时候，老巴都要买两袋猪饲料喂猪。

像以前一样，老巴打开麻袋，抓出一把饲料先看一看，看一看饲料里面到底有些什么东西。今年的饲料比去年的贵了十块，但是掌心里的饲料里只有零星的几粒玉米的碎粒，几片红色的玉米的糠皮，其他的全是说不出什么的东西。

一斤玉米棒子城里来的大卡车收的时候是三毛钱，他们拉到城里粉碎后加上其他东西，拉回来一麻袋一百斤一百二十五块，一斤就成了一块二毛五分钱，翻了四倍多啊！

老巴搭了一辆车从县城买了一台粉碎机，把西房朝马路的一面墙拆开装了两扇门，把粉碎机装在里面，以一麻袋五块钱的价格给本村和邻村的村民们粉碎麦秸、麦秆、玉米棒子、玉米秆、山药秧等凡是村民们想要粉碎的东西。村民们养的猪多了，周爷子家一年甚至养了五头。除了过年，七月十五、八月十五，隔三岔五地就有村民们杀了猪，推着架子车沿村叫卖了。

老巴买回粉碎机后把养了十几年的骡子连同山里面半个山坡的那块地一起送给了老王老师。

老王大女儿上班后的第三年嫁了一个副局长的儿子，在她婚后不久，县建筑公司破产倒闭。副局长儿子原来给建筑公司领导开车，自己买了一辆车在县城跑出租。老王老师女儿生了小孩儿后，夏天在县城河边摆了几张桌子卖啤酒，秋天、冬天、春天在家里带小孩儿。老王老师的小儿子初中毕业后上了一个技校，后分配在县水泥厂上班，两年后县水泥厂被祁连山水泥厂兼并，原来的工人考试上岗，他没考好，现在在新水泥厂按临时工待遇上班。老王老师老婆先在乡里《金城晚报》发行点上班，就是每天下午四点，她接到从兰州到县城经过乡政府门前的一趟公共汽车带来的《金城晚报》后，把接到的《金城晚报》骑自行车送到各个订户手中。

山区地方，订报看报的人很少，除了乡政府几个，其他就是各个村里的老师，老王老师老婆骑自行车跑完七村八校，送完十五份报纸已是晚上八九点钟。年底，老王老师还要到所有能去的地方帮老婆订报，《金城晚报》给每个送报员有任务，那一年，我们学校每位老师订了一份《金城晚报》，老王老婆才完成订报任务。

第二年，县里办了一份一周出一期的报纸，驴干叫来通知学校，要每位老师各订一份，那是任务，订也好，不订也好，驴干叫只是来通知老师们知道这件事，因为订报的钱，他为了完成任务已从老师们的工资里扣掉了。年底，老王老师老婆的《金城晚报》没完成任务，老王老婆下岗了。

老巴买了粉碎机后他老婆基本上就没时间去地里干活了。他家里养着骡子，五头猪，又养了一头牛。以前耖地、磨地、打地，地里拔草的活都是老巴老婆的事。老巴算了一下，一头骡子一年到头干活的时间不到一个月，但是骡子一年到头天天要吃要喝，天天离不开人。他家的骡子主要是用来犁地，他家最多的地是旱地，旱地一年只产一季麦子，这一季还要看老天爷的脸色，老天下雨了还有点收成，老天不下雨还倒贴种子。地里长不长庄稼，地要按时犁、按时耖、按时磨、按时打。旱地的产量就在那里放着的，种麦子打上三千斤，种豆子打上四千斤，超不过八百块钱。他家有水地十二亩，出钱雇人雇骡子犁，一亩地十块钱，十二亩地一百二十块，耖、磨、打一亩五块，又一百八十块，总共三百块。就是他出三百块钱十二亩水地里的麦子、玉米、胡麻、大豆自己一种一收就行。家里那台粉碎机转半天就能粉碎出十五袋村民们需要的各种饲料，在秋后，那台机子一天到晚没停过啊。一袋五块钱，除掉五毛钱的电费，一天平均最少五十块。家里还有五头猪，如果不养骡子，再养两头猪都行，反正粉碎机是自己的，机房里落下的粉尘都够自己家里的猪吃了。还有奶牛，一天圈在家里，老婆按时倒点破碎的玉米秸秆就行。

老王老师老婆下岗后老王老师的日子不好过了，老王老师老婆天天在家里对老王老师发火，他要老王老师把学校给了老杨的两块地要回来一块她种。老王老师转正后，第二年被任命为副校长。

老杨成了副校长后，他老婆在学校上班，种了学校的地。老王老师现在也是副校长，王副校长老婆却天天在家闲待着。只要王副校长一回家，他老婆就和他闹，刚开始回家还有饭吃，到后来王副校长晚上回家饭都没有。凭什么别人副校长的老婆又上班又种地，你这个副校长的老婆什么都干不上，你这个副校长还有什么用，真是个窝囊废。你在学校干得好，干脆家也别回了。

老巴家那块整座山坡的旱地，山脚下的部分被县里的推土机推平了，有五亩地的地方一年能浇两次水，只给旱地不好意思，别人也不要，老巴干脆连旱带水，外加一头骡子送给了王副校长。

从老巴家拉上骡子，王副校长说："这不还是农民吗？"

8

老巴家的小牛经一年的精心喂养长大了，肚子下面的两个奶慢慢下垂的时候，乡扶贫站的人每月一次来给牛检查身体，他们穿着白大褂，戴着口罩，给牛量体温，量血压，翻眼皮，看舌苔，还接了牛的尿放在鼻子下面隔着口罩闻。按村里人的话说，比看他们爹妈还好。当然，临走时还要老巴交检查费，一次二十、三十块的。

乡政府还组织养奶牛户到乡政府进行奶前培训。老巴到乡政府一间会议室前往里一看，把自己吓了一跳，他看到会议室里挂满了一对一对的大大的粉红色的奶子，那一对对的大大的奶子鼓鼓胀胀，轻轻一碰，所有的奶子都会在人的面前抖动起来。里面一个穿白大褂的女的叫外面的人往里进，但是外面的男男女女早臊得脸没地方放。

“进吧，进来。别在外面看，进来等会儿还让你们摸！”女白大褂在里面叫门外的人往里进。

“没什么，这是模具，不是真的，再说你们都是大人了，人的都见过，还怕牛的吗？”

在那间闹哄哄热乎乎的会议室里，女白大褂讲了母牛产奶期间的卫生知识，现场让养牛户们把手放在模具牛奶子上，教养牛户们怎样挤奶，怎样多挤奶而又不伤害牛的身体。

培训课结束时，每个养牛户拿到了两只有盖子的水桶一样大明晃晃的钢筋奶桶，四条比女人们胸衣大几倍的牛奶罩子，两支毛笔一样的消毒笔，两大瓶牛奶消毒专用酒精，一把奶牛专用刷毛刷子。

女白大褂还当场放了一段音乐，老巴听得昏昏欲睡，女白大褂说那是让牛听了浑身舒服、全身放松、多产奶的音乐。要音乐就要买录音机和磁带，一套三百块，加上钢筋奶桶、牛奶罩子、消毒笔、酒精、毛刷子共七百五十块。

那天早上，老巴早早给奶牛添料，他看到大大的奶牛的奶子的奶头上滴着两颗白色的水珠，他看看牛奶子下方，地上的草被打湿了一片。

“啊！出奶了出奶了！”他大声叫着，跑出牛棚，跑到厨房拿出闪着光亮的专用奶桶又跑回牛棚，把奶桶放在牛的奶子下面，蹲下身子一只手抓住一只牛温热的奶子。

“吱”一下，一股白色的液体喷在了老巴的眼窝里，脸上，胸前。他闭了一下眼睛，望了一下他老婆，他老婆“扑哧”一声，被他“漏瓦鼠”的样子惹笑出了声。他用舌头舔了一下嘴唇，舌尖甜甜的，绵绵的。他一只手拿起奶桶，一只手挤奶，白色的牛奶哗哗地流在了奶桶里。

这是牛初乳啊，虽然只有小半桶，但也是这只牛一生当中的第一次奶，第一次最具营养价值的奶啊！

老巴把牛奶放进锅里烧开，让老婆和儿子给左邻右舍，每家送了半大碗。

牛产奶了，不见乡政府的人来收奶，就连年初经常来给牛检查身体的白大褂们从拔麦子到现在也没来过。第二天天一亮，老巴就骑上自行车到了乡政府，扶贫办没有人，老巴找到政府办公室的一个人问了一下，那人说这几天天天有出了奶的村民来找人，先前和扶贫办联合开发牛奶产业的“乳源”奶制品有限公司的人也好久没见到人了，乡上已派人找“乳源”公司去了。

找不到人了，牛可是天天产奶。第二天老巴一家四口，早中晚三餐牛奶泡馍，连吃带喝，把半桶牛奶全吃进肚子里了。第三天老巴老婆把牛奶热在锅里，他儿子从门后的椭笼里拿了一块馍就跑出去了。第四天，老巴让老婆把昨天剩的和早晨挤的装进两只奶桶里，一边一个绑在自行车的货架上，捎到了乡政府。乡政府门口已站了一群像老巴一样的产奶户，边上的墙角，放着好几个光亮的奶桶。

乡政府的大铁门关着，里面一个干部给产奶户们的答复是，他们还在找“乳源”的人，让产奶户们再等几天，一定会给产奶户们一个明确的答复。

人等牛不等啊！牛的那两只鼓鼓胀胀的奶子天天都在出奶啊！不挤它自己往地上流。

退钱，一个养牛户提出退钱的意见，把五千块买牛的钱和买钢筋奶桶、牛奶罩子、消毒笔、酒精、毛刷子的七百五十块退给养牛户，养牛户们把养大了的正在产奶的奶牛退给乡政府。

乡政府不干，乡政府办公室的人说乡政府也是受害者，乡政府对“乳源”的人十个人一年多管吃管喝，还从银行担保让村民们贷出了二百多万买小牛的钱。

这下村民们全清醒了，他们不仅拿出了五千七百五十块钱，现在还欠着银行的五千块钱，加上“乳源”的白大褂们来来去去拿走的检查费，一年的人工不算，花了一万多块钱买了让自己看见就烦的奶牛啊！

老巴走到自行车边，解下奶桶，提到政府大门前，从外往里“哗！哗！”把两桶白花花的牛奶泼进了乡政府铁门里面。

所有的产奶户都提起奶桶，把一桶又一桶的白花花的牛奶泼进了乡政府大门。汹涌的白花花的牛奶流进了乡政府大院，在大院里汇集，往各个办公室门口流动。空气里，整个西村乡的上空飘满了牛奶的香甜的味道。

驴干叫拿来一份文件，他把文件摔在我的办公桌上说：“你管一下嘛，你若管不住这个校长也别当了！带头聚众闹事，乡长指着我鼻子日娘捣老子地骂，我脸上挂不住了。你们这个巴阴阳，多少年来一直和我作对，如果不是看在他那年盖学校出了力，我早就把他开除㞞了！”

文件是教育局下发的，是全县最后一次民办教师转正的文件，按文件精神，以后全国就不存在民办教师了，这次只要够条件的全部转，不够条件的全部离职。老巴完全够格。

老巴那天回来后乡派出所的找过他，要他以后做事小心点，老巴跟他们说事情的原委，那两个人根本就不听，那两个人说：“具体什么原因他们不管，如果老巴再去乡政府泼牛奶，他们就抓人。”

第二天一早，老巴拉着奶牛出门去了，有的人说他往乡政府方向去了，有的人说往五道线子方向走了，还有人说看见老巴和他的奶牛坐在一辆卡车的后厢里，顺着马路往兰州方向去了。

走在清晨清凉的村里的道路上，我思摸着，老巴到底去哪儿了，他会去哪里呢？

化石沟

1

到了工地后，国林从保险柜里拿出一块石头让我看，这块暗红色的七八寸长、两端磨出刃的斧子一样的石头一下子吸引了我，我的脑海里浮现中学历史课本第二页里面的一幅图画，图画里面几个像国林给我看的石块，那几块石头下面写着石斧、石刀、石铲。

国林给我看的是一块文物啊！这块石头已不是普通的石头了，而是一件我们人类的祖先在几千年前制作的劳动工具——石斧。这个石斧是我们人类的祖先用石块磨制出的，那时候人类还没有发明文字，在有文字记载历史后，把没有文字记载以前的文物，叫作史前文物。

这是一件史前文物啊！

我拿在手里细细地端详着这块几千年前我们人类的祖先用过的石斧，想象着几千年前一位前额窄小、嘴巴前凸、皮肤黝黑、头发抿在头上的我们人类的一位祖先，把一块没有什么形状的石块，用了很长时间磨成中间平滑、两端锋利的斧子的形状，很爱惜地带在身上，用它削皮割肉，由于长时间地带在身上，动物的油脂和他身上的汗水浸透了石斧，成了几千后我手里沉重、湿润，泛着暗红色光泽的史前文物——石斧。

国林承接了一个标段的高速公路的路基工程，去年一年没干完，今年开春后接着干。三月底，我的转业命令下来了，年底到地方上班之前大半年的时间我闲着没事，国林叫我帮着他在工地上看着别人干活，也就是做监工，我就有了一次亲身体验工地生活的机会。

我飞到北京，后从北京上了到松市的长途大巴，过山海关 12 个小时后到了松市。从广州上飞机时我穿的短袖衬衫，到北京下了飞机穿了一件羊毛衫，汽车进入松市后我从行李箱时拿出防寒服穿在了身上。一下大巴，风呼呼地刮着，漫天的尘土飞扬，男人们穿着黄色的军大衣，头戴帽子，大声叫着，白漂，白漂，去不去？女人们穿着红的绿的羽绒服滑雪衫，戴着口罩，头上严严实实地包着头巾，脸上只露着两只眼睛走上前来拉住衣襟问，休息，去不去？价钱便宜，包你满意！

住的房子是租的村里的一个叫老姜家里的一个院子。中午时两台勾机到了，三个勾机师傅爬到勾机上面擦拭打油，一会儿，两台勾机就伸展开长臂，前后左右地活动开了，老姜走到勾机边蹲下身子，抓过一片勾机链轨上青色的泥土说，噢！南方的土是青色的。勾机师傅说，他们过年时去天津的一处围海造土工地挖淤泥，那个工地先在海里面用隔墙圈出一片地方，再用几个大型的抽水机把隔墙里面的水抽到外面的海里，里面露出青色的淤泥后，在淤泥上面铺垫木板，勾机就站在木板上，把里面的淤泥挖出来装在一种专门拉淤泥的车上运走。那种活儿很危险，他亲眼看着一台勾机一头栽进淤泥里消失了身影。

老姜白天在我们住的院子里看东西，晚上穿一件黄色的军大衣，抱一把长柄的板斧到工地上看机器设备。我和国林把年前放在一家修车厂里的长安车取回来，从院子前面的大门进院子时，看到老姜把院墙边的路上全栽上了树苗。我们还要走路，老姜就同意我们把路上的树苗全拔掉，拔树苗时，我轻轻一拔，树苗就下来，再拔一棵一看，树苗的根部没有根，原来这我们拔下来的不是树苗，而是栽在地上的一根一根的树枝。老姜也承认，他栽下的不是树苗，而是一根根的枣树枝条。老姜说，我们修的高速边要修一条连接国道的匝道，年前已听到了风声，过年时，匝到要经过的地方，村里人扫开厚厚的积雪，用铁锤和钢钎在自家的院子里，房前屋后的坚硬如铁的空地上，打出了一个个密密麻麻的一尺深的眼，然后在这些眼里插上了一根根的枣树、梨树、苹果树的树枝，等着公路占地时，把这一根根的树枝，当一棵棵的经济作物让政府给他们赔偿。

每天在工地上，在往返工地的路上，我都头埋在地上，仔细地走路，我希望在路上的石头里面，找到一块像国林放在保险柜里的我们人类的祖先在几千年前制造出的像斧子、铲子一样的劳动工具，认真地保存起来。工地两旁的山洼里、土坎上，很多的野生的树枝上，挂着一颗颗指尖大小的、红红的小枣，小一点的全干了，大一点的柔柔的，还有一点水分。在漫天的沙尘中，在高高低低、沟沟坎坎的路基边的田地里，我在寻找一件几千年前我们人类的祖先使用过的石头斧子，我在一棵棵带刺的树枝上，摘下一颗颗红红的小枣，擦去上面的尘土，放进嘴里，一颗颗红色的小枣，在嘴里沙沙的、酸酸的、甜甜的。

工地上的人都叫我营长，其实我副营第二年就申请转业了，老姜当过兵，在中宝岛打过仗。我刚到他家那天，他收拾他的铺盖往他家的另一个院子里搬时，他的铺盖卷里有一张很厚的毛毡，他自己说他的腿有风湿病，怕冷。和我熟了后知道他参加过一场战斗，他的风湿病，就是在那场战斗中落下的。他说，当时，他是连队的通信员。战斗结束后，老姜带着一个二等功的军功章和那次在雪地里趴了三个多小时落下的风湿病光荣退伍回家。我问他，那几个苏军在后面追他时叽里哇啦地说着什么，老姜说，他们在我后面说，别开枪，抓活的！

工地往西三家跨公路桥两边填石头时，我在工地的便道上，捡到了一块像国林放在保险柜里的那个石斧一样的石头，这块石头的颜色、形状，和国林的那个石斧很像，可惜的是，我捡到的这块石头是一个完整的石斧的一半，就是说，我捡到了半个石斧。我拿着这半个石斧在路基上，在路基边的田地里找了很久，也没找到石斧的另一半。这半个石斧表面光滑、细腻，没有被打磨过的粗糙感。我拿着半个石斧让老姜看，老姜看后淡淡地说，这块石头像个斧头。

这就行了，能看出这半块石头像斧头就行了，再往深里说我怕老姜往别的地方想，我问老姜，以前见没见过这样的石头，老姜说，见过，比这块石头更像其他东西的石头他都见过，老姜看石斧的时候又过来几个人看，我对大家说，以后干活时留意一下，看到像这样的石头捡回来，我有用。

天一亮，风就在刮，也可能一晚上就没停过，从天黑一直刮到了天亮。这个地方有句俗话，一天要吃半斤土，白天不够晚上补。本来就是十年九旱的地方，到处又在挖山修路。我们挖一段土方的时候，挖出了很多碗口粗的树根，树砍掉时间不长，树根还是湿的，很多露在地面的地方又长出了细细的枝条，看着很可惜。在我的印象里，东北到处是青翠绵延、绿涛起伏、虎啸鹿鸣的大森林，没想到这里的气候是这样的，就连还没成材的树都被砍光了。放眼环绕松市四周的山峦，一座座山峰塌着肩膀歪着头，没有一座是昂首挺胸的，一座座的山体毫无羞耻地裸露着灰白的身体。

我准备去工地的时候老姜抱着长柄板斧进来了，他对我说，营长，今天别去工地了，白天我没什么事，带你去找你要的那种石头。

我问他，能找到吗？他说，能，河套里石头老多了，一定能找到。

天昏沉沉的，空气里的尘土呛得人喉咙发痒，早晨就像黄昏一样。田地里长出了一寸多高的苗麦，使昏黄的天地间，有了一抹淡淡的绿色。

我们穿过公路，一列火车呜呜地响着从远处开了过去。老姜说，那是一列专门为电厂运煤的火车。老姜说1949年后我们国家一个领导人在那里修了一个电厂，准备在东北搞独立，那座电厂专门为东北三省供电的。

那是一条河，因为在春季，天没下雨，河道里没有流淌的水，到处是取沙后形成的一个又一个汪着水的或者露着黑色沙石的沙坑，从远处看，就像一个接一个的伤口。

河滩里到处是石头，我东找西拣，就是没找到一块我要的那种石头。老姜见我两手空空，带我上到岸上，穿过公路，穿过一个叫北三家的村子，从一个崖坎上，下到的河滩里。这段河滩的两岸都是高高的崖坎，车开不下来，河滩里没有一个又一个挖沙后留下的沙坑。河滩保持得很完整，从远处拐弯的地方一直到我们脚下，河床里都是满满的大大小小的石头，有水的时候，水就从石头上面往下游流去。很快，我又发现了一个问题，这个地方是一个大拐弯，从上游来的水到这里后很平缓，水一平缓后水里的泥沙全沉积了下来，落在河床里的石头上面，现在河道里没有水，河床表面的石头上面，全盖着一层细细的泥沙，这样，河滩里的石头全是灰白的泥沙的颜色，我根本就找不出几千年前，我们人类的祖先用过的淡红色的石头工具。

这样，我就没有像前面一样在河滩里弯下腰东捡西捡，而是直着身子一直往前走。我在河道的中间，看到一前一后，两个大大的圆形的石头，石头往下游一的一面，还有红色蓝色的颜料画上去的花纹，我估计那是两个放在庙，或者什么古建筑门口的石鼓。我问老姜，这附近有没有什么被水冲掉的像庙一类的建筑。老姜说，有啊，去年北三家的祠堂就让大水冲了，那回河里的水老大了，整个河道里全是水，后来还漫上了公路，进了村子，部队的都来了，老吓人了。这时，老姜也看到了河道中间的石鼓，他说，你看，那河中间的石鼓原来就是立在祠堂门口的。很快老姜又说，咦！那祠堂在河的前方下游，这两个石鼓怎么跑到上游来了。

这时我才明白老姜完全理解错了我的意思。我要找的是石头，没错，老姜就带我到河滩里来找，河滩里到处是石头，老姜认为肯定会找到我想要的像斧头形状的石头。

我对老姜说，我们回吧，这里风太大了。老姜把他手里捡的一块石头给我说，营长，你看看我捡的这块石头，我接过放在眼前，这块表面坑坑洼洼的灰白色的石头没什么特别的地方。

营长，你仔细看，这是一块五彩石，很少见的。

我细细一看，石头上面凹起的凸下去的地方，真的有红色、绿色、黄色、蓝色、黑色五种颜色。

2

工程到西六家附近时，挖方段全是石头，两台勾机一天轰鸣着只冒黑烟，连四台车都供不上。国林让老姜介绍来一个炮手，先用炸药炸，然后再用勾机挖。这样工地上天天就有了风钻打眼时发出的突突突的声音。

郁青年在往炮眼里装炸药的时候，我帮着他拿炸药、雷管、竹竿，帮着把炸药往他打出来的炮眼里填。空闲时，我就在工地两边的田地里转悠着找石头。郁青年见我天天在田地里转悠，一天我帮他装炸药时问我，营长，你天天在那里找什么？

我说找一种石头。

你是不是在找化石？

化石，我一听，脑子里一下亮了。

化石，你说这里有化石？我问他。

有啊！老多了。五道梁子还修了一个化石馆，专门摆化石让人看，修好了要卖门票的。化石馆前面的山坡上就挖出了化石，现在有武警在站岗，不让人靠近的。

这下好了，这里还有化石。化石啊，那可是几万年、几亿年前的东西啊！有化石的消息一下子把我没找到几千年前我们人类祖先用过的石头工具的暗淡的心情又亮了。

工程的进度还是很慢，以前两台勾机供不上装车，现在又加了躲炮的时间。预计两个月根本完不了工。晚饭后，郁青年来了，他说他现在用的是最原始的一种方法在爆破，如果想加快进度，他还有一种方法来爆破，只是这种爆破的方法，每一炮的价格是前面的三倍。前面郁青年是在石头上打很密的炮眼，在每个炮眼里装上炸药，同时爆破。这种方法价格是按深度算。现在他想用他自创的套炮的方法进行爆破，就是在一个地方打一个眼，先在炮眼里装少量的炸药炸一次，把炮眼下面炸出一个窑，再往里面填炸药，这一次装进的炸药是以前普通炮眼的七八倍甚至十几倍，所以爆破的威力是以前的十几倍，爆破面积是以前的几十倍，这种套炮的价格按炮数计算，以前他自己到饭馆吃饭，为了节省时间，他现在中午要在我们工地吃一顿。两个条件，国林全答应了。

郁青年请了他一个堂哥帮着他一起打眼，经常是他的堂哥抱着风钻，满脸灰尘满身泥土地在那里打眼，他跑到边上看勾机挖土，看压路机压路，打湿眼时，他就帮着压水泵。刚开始他哥打湿眼时我过去看，我过去的时候，我后面又跟了几个人来，他哥见我们围着他看，停下风钻，望着我们笑笑，一下把风钻边上的一个开关一拉，自己飞快地跑开，“哗”一下，一股泥浆从炮眼里直冲出来，溅得我们满身都是。再看看郁青年的哥哥，他站在边上望着我们，一脸的坏笑。

一天下午，太阳朗朗地照着，我看着勾机装土，郁青年过来对我说，营长，我知道一个地方有化石，你自己去找就能找到。

我一听高兴了，能找到化石啊！赶忙问他，有化石的地方在哪儿？他说路基上面的一条山沟里就有。路基上面的山坡下面有几条山沟啊！我让他说准确一点，他顺着路基边的护坡，像兔子一样，两只手在前面扒，两条腿在后蹬，四肢并用，很快爬上护坡，这个地方是勾机刚挖过的地方，坡面还有一层沙石，上坡时一步三滑，但是郁青年的爬坡方式很好，我学着他的方法，四肢并用，很快爬了上去。他指着一条山沟对我说，你看，就是那条有两棵树，树上有三个鸟窝的那条山沟。

我顺着他手指的方向，看到了那个有两棵树的山沟。他说，你到了那两棵树下面继续往前走，山沟前面是一道山梁，那道山梁上就有化石。

我走到山沟上面，看到一条羊肠小道，顺着小道慢慢下到沟底，转过一道崖壁，崖壁上几条树枝上结着几颗红红的沙枣，我摘下几个装进口袋，放进嘴里，沙沙地、甜甜地继续往前走，转过崖壁，眼前豁然开阔，沟底的草很厚，走在上面像走在松柔的毯子上一样。到了两棵树的下面，这两棵碗口粗的树都是榆树，靠得很近，两棵树一边的树枝在空中密密地交错着，我用脚蹬了一下树干，树枝在空中晃了一下，一只黑色的鸟扑扇着翅膀哗哗地从鸟窝里飞上了天空。走出山沟，走进阳光下面，我斜斜地爬上一座山梁，山梁上有很多地方挖开了表层的土，露出了里面灰白色的石头，我蹲在一片灰白色的石头堆里，拿起一块一块石头仔细看，这些石头都像书页一样，一层层地，我看了好几块，没有看到一块化石。在此之前，我听郁青年说这里的化石很多是鱼的化石，就是说我所在的地方，在几亿年前，在有鱼类的时期是一片海洋，后因地质变化，岩浆喷涌，海洋上升为陆地，水中的鱼类瞬间成为永恒，成了化石。

在成堆的灰白色的石头堆里，我一块块翻看着石头，这些像一层层书页一样的石头里，没有一块上面有鱼的痕迹，我坐起身来往四下里望望，我感觉有一束白色的光亮在远处的山梁上闪了一下，我往那边看时，光亮又不见了。

化石在我的周围啊，我怎么就找不到呢！郁青年不会骗我的，他炮眼的大小、深浅是我量的，他挣的钱在我手里掌握着。国林不止一次地在他前面说要雇一台 5000 型的勾机，那时候工地上就不用放炮了，所以他现在尽量在我们工地上放炮，处好关系，尽量地显示他的炮比一台 5000 型的勾机的力量还大！

我走到山梁的另一侧，看到一个石坑，这是一个刚挖开不久的坑，坑里的石头还是青白的鱼鳞一样的颜色，我蹲下身子，还能感觉到坑里的潮湿的泥土气息。我坐在坑沿上，拿起一块潮湿的鱼鳞一样颜色的石块仔细看，这时从我身后走近两个头发乱糟糟的二十岁左右的年轻人，瘦的到我身边后主动坐在我的边上，主动和我说话，玩着呢！

我答应了一声，两个人都是灰头土脸，衣服不整，瘦一点的里面一件红色的线衣的衣领翻在草绿色的毛衣外面，一件咖啡色的上衣没扣扣子，敞着胸穿在身上。胖一点的上身一件部队上的迷彩服，下身一件不知什么颜色的裤子，脚上一双粘满泥灰的白色比黑色多的皮鞋。

你是不是在找什么东西？瘦的问我。

我听说这里有化石，我来看看。

找化石？你是外地人！瘦的已听出了我的外地的口音。

是，我是来修路的，高速公路上的。

站在我边上的胖一点的那个把两只手的中指手食指一起塞进嘴里，“嘘……”很响地出了一声口哨。口哨声落地，从对面的山梁上又过来两个人，两个人都背着一个大大的鼓鼓囊囊的帆布包，两人一到我们跟前，一个把一个包丢给坐在我边上的瘦子。

我们以为你是来守卫的武警呢！瘦的说。

这时我才注意到我身上穿的是一身作训服。我收拾东西的时候国林就说这边的工地在野外，风沙大，我专门装了两套作训服，来这里后，我几乎天天穿着作训服，戴着作训帽，我的一身打扮就是一个军容严整的武警军官。

我以前是在部队，现在转业了，不在部队干了。

哦！这样啊！我们可让你给吓着了。

站在我边上的胖的说了声，也坐在了我身边，后面来的两个坐在了瘦的身边。

你们是做什么的？我问瘦子。

瘦的没有回答我的话，打开身边的帆布包，一件件往外面拿东西，他拿一件，往我身边摆一件，我见他拿出了一把小铁铲，大大小小的几把灰铲、手电筒、望远镜、罗盘、皮尺、一捆麻绳。瘦的一件件往外拿东西的时候后面来的一个咳嗽了一声，示意他不要往外拿了，瘦的也不看他，说了一声，不用怕，他是公路上的，修路的，我在那边见过他。

这个瘦的见过我，他信任我，把包里的东西一件件摆在地上让我看。我一下明白了，这伙人就是挖化石的。一次我在路基上找石头时，捡到了一把灰铲，当时我以为是刮大白的人掉下的，现在想应该是挖化石的人掉下的。

你从那边的沟里出来时我就看到你了，瘦的拿起望远镜向我晃了一下，才知道我在前面那道山梁上时，看到的明晃晃的光亮，原来是这伙人在用望远镜望我。

你找到化石没有？瘦的问我。

没有，我听说这里有，但是我没找到。

你给我十块钱，我给你找一块。那个胖一点的说。

十块钱，十块钱就能找到化石！

我还在心里想着那个胖子是不是在骗我时，那个红线衣的衣领露在外面的瘦子，从他身边拿起一块石头，立起来放在地上，一只手拿铲起一把灰铲，一铲下去，把石头从中间劈成两半给我说，拿去，一分钱也不要。

我拿在眼前一看，真的，石头上面有一条铁锈色的鱼的图案。这可是真的，我亲眼看到的那个瘦子一铲下去，把一块灰白色的石头从中间劈成两半，两半石头里面，都一条铁锈色的鱼的图案。那条鱼有手指一样大小，鱼的头，眼睛，嘴巴，脊椎，顺着脊椎的一条条的鱼骨都清晰可见。

我看手里的这两块时，瘦子从身边的石堆里又拿出几块石头放在地上，几铲下去，我身边又多了几块化石，其中一块石头上有铁锈色三条鱼的形状，只是其中的一条只有身子没有尾巴，肯定是挖化石的人，把石头挖断了。

3

风还是刮着，我们回住地的时候，两辆车的后面都跟着一大团车轮卷起的黄土，两辆争着往前跑，哪辆车走在后面，后面车里的人跟在后面吃土。不刮风的时候，看到远远的山坳里的梨树开着一树雪一样的花朵，那几棵雪白的开花的树后面就有几户人家。

每天上午 10 点，下午 4 点左右，路基两旁的田地里就有很多穿着花花绿绿的衣服提着红色蓝色的水桶，跟着一辆拉水车在地里浇水。

男人们都外出打工去了，留在村里的全是老人、女人和小孩。老姜前两天说他要到地里去栽树，村里要求在高速公路经过的两旁的地里栽枣树，村里按地给每户分了树苗，栽活一棵给五块钱。老姜问我，你见过公路边上搞绿化栽枣树的吗？我一想，还真没见过。广东的路边一年四季都是绿的，有樟树、秋枫、菠萝树、萍婆树、富贵籽等树种。到湖南、湖北，是樟树、夹竹桃，到河南、陕西，进入甘肃，就是松树了。我从北京到松市，看到高速公路两旁全是高高的白杨树，路是新修的，路两旁的白杨只有手腕一样粗，车行一段时间，路两旁高一点的树枝上，就能看到一个黑色的鸟窝。高高的白杨树还没长叶子，一条条树枝光光地伸向灰白色天空，一个个黑色的鸟窝悬在空中，像一个个黑色的斑点。

我说，这个东西也是因地制宜，你们这里出枣，栽了枣树，不仅搞了绿化，还增加了收入。

增加收入！还不知道是哪年的事。领导们到是增加了收入。我听说上面一棵树给了二十块，到了区里成了十块，到了我们老百姓手里，嘿，五块了，五块了还要保证栽活，树栽活了才给，栽不活一分没有。前年号召栽杏树，今年杏树才拇指粗就拔了，又栽枣树了。没办法啊，那些杏树只能当柴烧。栽一次，老百姓忙活一次，领导们发一次。

我知道老姜说起这个话题就会说个没完，就改话题说，这些浇水的怎么都是女人啊？老姜说，我们这个地方，十年九旱，男人们都到外面打工去了，留下的全是妇女和小孩儿。过去这里可是风调雨顺啊！山上到处都是树，刮风的时候敞开衣服，那风才是凉快，你看现在国家搞建设，山上的树全砍了，说是山里面发现了矿，结果山挖开了，什么也没挖出来。现在到处修路，山挖开了，植被破坏了，风一吹，土能呛死人，别说敞开衣服吹凉，就是戴上口罩，也能吃上土。你看那些人，一个个戴着口罩，包着头，像一个个见不得人的蒙面人。

老姜还在说着，从他身后过来一个女的，和所有女的一样，过来的这个女的也戴着口罩，包着头，手里拿着一个红色的水桶，一身淡红色的衣服。他走到我们前面解开头上的围巾，拉下一边耳朵上口罩的带子，露出脸来问我，哎，领导，我问一下，你们工地上有个叫马立明的，今年来了没有？

马立明，我们工地上没有叫马立明的。我说。

马立明，是去年一个开勾机的，今年没来。老姜说。

那他今年来不来啊！女的问。

不来了，我们今年用的勾机已经来了。

这样啊！那女的应了一声。

女的眼睛大大的，身材很好。

哎，我也就是问一下，你们忙吧！

说完女人转过身往前走。

这个女的穿了一身淡红色的收腰的衣服，裤子的裤脚收在脚上的一双绿色的半腰的胶鞋里，显出了她长长的腿，宽宽的臀部。她一只手提着红色水桶，一只手前后随便地摆动着，腰一扭一扭地顺着一条田埂往前走，这时候我的耳边没有了风声，眼前的景物成了没有声音的彩色画片。我看着女的走进那辆蓝色的拉水车边的花花绿绿的人群里，我收回眼睛看看老姜，老姜还傻痴痴地往那里望着。

韭菜沟和十三标接头地方的跨公路桥的横梁吊上去了，我们的工地移到了韭菜沟。早上到工地，中午回到住的地方吃饭，下午到工地，晚上回来，来来去去经过西三家那段路基时，看到路基北面的一块田地里，有一片被人挖得像盖房子的地基一样的一块一块的地方，房屋的地基是把墙基的地方挖进地里，其他地方留着，这个方格的地方是把墙基的地方留着，其他地方挖掉了。我问国林是什么，国林说那是考古所在那里挖掘东西，那个地方是一个原始人的遗址。

原始人的遗址，这里还有原始人的遗址。考古所的人在挖东西，证明这个地方确实有原始人居住过，有原始人居住过，就肯定有原始人留下来的他们用过的东西。

下午拉油回工地的时候，我从考古所挖掘的遗址前面下了车，我走进路基边的地里，这块地是一块沿着山坡向北倾斜的旱地，地里面全是大大小小的石块。我低下头在这块地里走着，找到了一块青灰色的上面有花纹的陶片。我把陶片拿在眼前仔细观看，陶片的颜色和我脚下土地的颜色一模一样，是青灰色的，陶片上有弯弯曲曲的用手捏成和线条。

我低着头，在田地里转着，又捡到了几块有各种线条的陶罐的碎片。地中间的一条田埂下面，长着一片灌木丛，里面有几棵枣树，枣树上还结着红红的几颗枣，我摘下来放进嘴里，这颗枣沙沙的、甜甜的还有一点水分。

我低着头，在脚下的乱石堆里寻找着，我希望能找到一块像国林放在保险柜里的我们人类的祖先在几千年前用过的斧子一样的石头。我低着头，顺着田埂往前走，从考古所挖掘的地方，传来女人们嘻嘻哈哈说笑的声音。

考古所挖掘的地方肯定不让别人靠近的，我回转身子，走向另一个方向。没有风，空气中没有尘土的味道，太阳朗朗地照着，没有播种的田地，平坦着干渴的粗粝的身子。

我把工地上的人送到工地上，勾机在挖、汽车在拉、装载机在往沟里端大石头，几天的空闲时间里，我把长安车已开得得心应手。我看看工地上一切都很正常，就开了长安车，下了路基，往化石馆的方向开去。

本来我以为挖到化石，比找一块我们人类几千年前祖先用过的石头工具更有意义，谁想到那几个灰头土脸的偷化石的人，几分钟用灰铲在我面前铲出了一堆。后来我自己去了一次，我用我在路基上捡的那把灰铲，也从那些鱼鳞一样银白色的石头堆里，铲出了几块，我拣上面铁锈色的鱼的图案大一点的、鱼的图案多一点的拿回来，放在住房外间的灶台上。刚拿回来那天，几个人看了一会儿稀奇，没几天，上面就落了一层厚厚的尘土。在和郁青年的聊天中知道，我找到的那种化石是化石里面最普通的一种，那种小鱼的化石只要有化石的地方就有，根本就没有什么价值，最有价值的一种是叫作“中华鲟”的一种鱼的化石，这种化石一个已卖到 5 万块了。这种化石很难找，市场上没有，就是挖到了也只在私下里卖，如果被公安知道，抓去坐牢。

这种叫“中华鲟”的鱼是鱼类的一种，体格长达 6 米、宽 4 米，最小的也有 20 厘米长、10 厘米宽，这种鲟鱼只有我们中国个别地方才有，所以这种鲟鱼叫作“中华鲟”。

我顺着一条山沟里的一条坑坑洼洼的沙土路，穿过一个村庄，慢慢上到一个山梁上，在山梁上，我的眼前豁然开朗，前面一座山梁成一条黛色的线条从我眼前往远处延伸着，山梁上一座跟着一座的“开”字形的高压线的电线塔杆随着起伏的山梁，起起伏伏地拖着长长的电线向远处延伸着，这幅画面让我的心情变得平淡而悠远。我坐在车里面久久地看着，直到后面一辆车“吱吱”地鸣着喇叭，我才挂上挡，往前开去。

我到山梁下面一座很长的一堵白色的围墙围着的院子的大门外停下，看看门口没有人，就直接把车开了进去。院子里面到处堆着泥沙、白灰、水泥、支架，有几个人站在一座刚修好的仿古的房子的外墙边的架子上，往墙壁上刷灰。我顺着几间仿古房子中间开阔的地方往里走，几排仿古的房子都还在修，我想这些房子就是一个个的展览厅了，我走过去，从关着的门往里面看，里面空空的，什么也没有。我沿展览厅与展览厅之间的走廊一直走到最里面，在走廊外面看见一个往草地上浇水的人，我上去问他，怎么化石馆里看不到一块化石，他说，化石馆现在还在修，要展出的化石还在市里的化石馆里放着，化石馆修好了才拿过来展览。

我拐出走廊从另一边往回走，院墙边上几个人在挖一条水渠，水渠两边的地面上堆着刚从水渠里挖出来的银灰色的鱼鳞一样的石块，我拿起一块轻轻一掰，石块书页一样分成两片，石块上面有几条铁锈色的鱼的图案。

我在心里叹息，这个化石馆真会选地方，化石馆下面，全是鱼鳞一样、闪着银白色光亮的鱼的化石。

中午吃了本地厨师做的叫作“合子”的饭，他把韭菜和肉包在面团里面，然后用油煎熟当作午饭。我挂着一挡，慢慢走着，两眼看着路两边找家小卖铺买水，一直看到我们修的路基，还是没找到一家小卖铺。再往前我就要上路基了，上到路基就只能回到住的地方去喝水，要走更远的路。我往右边一看，正好到了一户人家的门前，把车熄火，想进去要点水喝。我刚到门口，院子中间一条狗“汪”一声扑了过来，它向前跑了几步被脖子上的绳子一下拉得站了起来，它往前扑的劲太大了，刚站起来，绳子一下又把它拉着往后一翻，狗回过头“汪”一声又扑过来，又被绳子拉着站了起来。我进退两难的时候，房子的白色的门帘一掀，“狗啊！”叫着出来一个人，我一看，是那天拿着一只红色的水桶，向我问人的那个女的。

呀！领导啊！你怎么来啦？

我路过，想要口水喝！

喝什么水啊！进屋，我给你泡茶！

那只凶恶的狗见女主人招呼我，嘴里“呜呜”了几声，趴在了地上。

女主人穿了一身白色的衣服，长长的一条辫子，过了屁股。我跟着她进到里屋，这是一排三间的房子，中间进门的那一间里的有灶台，再往里进的套间里才是客厅兼卧室。我坐在地上的沙发上，女主人出门舀水，倒水，“嘭”打开煤气灶后进来了。

你舀一勺凉水就行了，还真的烧水啊！

工地上的人吃过饭，临出门揭开门后面的水缸盖，咕嘟咕嘟一口气喝下半勺水，手一抹嘴就出门了，哪里还喝茶啊！我每天早晨起床后第一件事就是烧一壶水，水开后泡好茶，中午回来后美美地一口气喝完，再烧水泡上，晚上回来后再美美地一口气喝完，其他在工地的时间都不喝水。

你是领导啊！怎么能喝凉水呀！女主人半开玩笑半认真地说。

你怎么知道我是领导，我也是来干活的。

你才不干活呢！我看你一天到晚地在工地上转来转去的，哪里是干活的，干活的哪里有时间闲转啊！

你说得没错，我的活就是在工地上转啊！

所以我就说你是领导哇！

喝着茶，一个六七岁的小孩儿头探进门，往里面看了一下又出去了。

你的小孩儿？我问她。

是呀！今年七岁了。

怎么没去上学？

这还没开学，九月份开学去上一年级。

你老公呢？我问她。

走了。她望着我，头一甩说。

我心里一紧。

走了。我老家把人死了说走了。

女主人的牙齿很白，上面门牙稍有点向外突出，更加增加了她说话时的娇憨与妩媚。

小孩儿你一个人带？

我父母住在隔壁，他们帮着我带。我看你天天在地里转，你在找什么东西吗？

在找石头，一种很早的人用过像刀或者像斧子形状的石头。

哦！是考古所的人挖的那种石头。我小孩儿这两天好像在拿着一块玩。说着对着门叫，金子，金子！

那个小孩儿从外面进来了。

金子，我看你这两天拿来了一块石头在玩，你拿来给叔叔看一下。

叫金子的小孩儿一听一个陌生的大人要看他的石头，一下来了兴致，他转身跑出门，我从窗户的玻璃里看着他走到台子下面的地里面，从地里的土里面挖出几块石头拿了进来。

有一块石头有点刀一样的形状，可惜是断了的，只有原来一块完整的石刀的一半或者三分之一。我叹息了一下说，这块石头好，有形状，可惜是断的。其他的几块，就是平常的从地里捡的很普通的石头。

考古所的叔叔们的房子里有很多的！

小孩儿看到我对他的石头很失望，不服气地说了一句。

考古所的？我问。

考古所的在我们家住了一年多了，他们天天在地里挖那些石头！破罐子的碎片哪！那些东西我看不懂，可他们当宝贝一样，一次还要把几根死人骨头往家里拿，我没让他们拿。

那些东西，我能不能看看？我问女主人。

院子里有一些，你到院子里看看，他们俩昨天都去沈阳了。

我一出门，那只狗又凶猛地扑叫。女主人呵了几声说，这狗越来越凶了，来个生人，我都怕。

在挨着正房南面的两间房子的屋檐下，门前的台子上，放了很多陶罐的碎片，碎片中间，放着两个豁着口的，半腰里缺着几个口的陶罐，这两个残缺不全的陶罐是用一片片陶罐的碎片拼贴粘在一起的。那么大的两个陶罐，那么大的挖掘的地方，残缺的地方能不能全部找到啊！几千年前的，我们人类的祖先用过的陶罐，能不能复原啊！

地上的很多的陶罐的碎片，有灰白色的，有青色的，有褐色的，沧海桑田，海枯石烂，风起云涌，岁月纷争，这些曾被我们人类捧在手里的陶器，经历了怎样的世事和变迁，最后成为我眼前的一块块零散的碎片，撞得人心痛。

我从地上的碎陶片中抬起目光，阳光下面的屋檐有点阴暗，我望着房子门上面挂着的白色的门帘。

女主人说，你在外面看看就行了，考古所的人住在我家后这房子我就没进去了，他们刚来的时候，还有部队的人天天在这门前站岗。

金子，你没事就到外面去玩，去你姥爷那里玩，不能进到这屋里去，听到没有。

女主人对我说完，又告诫她的儿子。

女主人把她小孩儿的那个一半或者三分之一的石刀给了我，我叹息着拿在眼前看，这块石头很像一把刀的形状，可惜只有一半或者三分一，我细细地看，这块石头上面没有敲击打磨过的痕迹，也就是说这块石头是天然生成的，像刀一样形状的石头。

回到住的地方，我把这块刀一样形状的半截石头，放在我放了很多化石的灶台上了。

4

来来去去中，我掌握了考古所挖掘现场的时间，他们上午 9 点到 11 点，下午 3 点到 5 点这段时间挖掘，其他时间挖掘现场没人。

下午拉油回来到考古所现场前面，我让司机自己回去，一个人直接到了挖掘现场。

平常的房屋墙基的地方挖下去，其他地方留下来，考古所的现场正好相反，把墙基的地方留下来，把其他的地方挖掉成了一人深的坑。留下来的地方就像一道道隔着土坑的横梁。我的目的很明确，就是想找一块几千年前我们人类的祖先用过的一件石头工具。

我站在把一个一个坑隔成一个又一个格子的坑四周的横梁上，望着坑里面慢慢走着，整个挖掘现场在一个平缓的山坡上，以前我从路基上看到的只是挖掘现场高处的地方，走到现场才看到下面还有很大的一片地方，都被挖成了一个个的方格形状。这个地方经常有武警和公安民警转悠，过十天半月的晚上就有公安民警到住的地方检查身份证，登记工地上新来的人，临走时还告诫我们，不该去的地方不要去，不是你自己的东西不要拿。

我往四下里望望，挖掘现场四周很远的地方，没有一个人。这些挖开的坑里，有的坑里堆着挖出来的虚土，有的坑底光光的什么也没有，有的地方横梁上堆着虚土，这些虚土刚从坑里挖出来不久，土还是黑色的湿土，看来考古所的人找的东西在这黑色的土里面。我在横梁上转来转去，用手拨开虚土，土里面还是虚土，其他什么东西也没有，就是连很平常的石头都没有。四下里寂静无声，我顺着一个坑角留下的供人上下的梯坎下到坑里，一面坑壁上有几颗白色石头露在外面，我一块块搬下来细看，这几块都是很平常的石头，上面没有一点打磨过的痕迹。我怕考古所的人看到有人来过，把搬石头落到坑里的虚土用脚抹平后出来，下到一个堆着虚土的坑里。

这个坑里的土是从另一个坑里挖出后扔过来的，我站在虚土边上，看到土里面有土疙瘩，就伸手把土疙瘩捏碎，我爬进爬出，鞋里面进了很多土，虚土里面所有我认为藏有我们人类的祖先几千年前用过的石头工具的土疙瘩都被我捏碎，我用手把土堆表面的一层扒开，除了一块没一点有关人类痕迹的很平常的一块石头外，什么也没有找到。我爬出土坑，坐在横梁上把鞋子里面的土倒掉，顺着横梁往前走，在挖掘现场边的一个坑的接近地面的地方，我看到有几颗白色的圆形石头，像窝里的鸡蛋一样垒在一起，我用手搬下来一颗，石头很重，我望望四周，在坑的另一面，在接近地面的地方，看到同样地挤在一个窝里的白色的石头。两只窝里的石头大的两只手抱不过来，小的只有拳头大，我一手一颗拿了两颗回到工地，老姜、郁青年都说，这是两颗是石蛋，山上到处都有。

我摸着表面粗糙、用手一摸表面白色的粉末就往下掉的石头，回到住的地方，就和灶台上的化石、半截石刀放在了一起。

我一直没有停下我找一件我们人类的祖先在几千年前用过的石斧、石刀或者其他的什么石头工具的脚步。我想，我现在就在我们人类的祖先几千年前生活过的地方，如果能穿越几千年的时空，我现在就是手拿一块用石头打磨成的石斧，或者石刀，或者其他什么石头工具，头上插着长长的红色羽毛，腰里围着一块兽皮，在山沟和林间，追着一只猎物，奔跑如飞。我一次次看着我曾经拿过刀斧或者石刀的双手叹息不已。我怎么把我几千年前拿过的石斧石刀给丢了，我怎么把几千年前的石斧石刀丢在什么地方想不起来了。走在那块有陶片的乱石的地里，我一次次寻找，一次次慨叹！

车外面飘扬的尘土小了很多，我从车上下来，我听到风从路基上面吹过来的女人们嬉笑的声音。我们这一段的路基是把一座山梁从中间豁开的，我以前进去过的有陶片有灰色石头的那块地是山梁一边低一点的山坡。路基的另一面，是原来那块地的另一半，就是说原来的整个一座平缓的小山就是一块地。我这样想着，爬上路基的边坡，到了路基上面，到了我进去找过石头的那块地——考古所挖掘现场的对面的田地里。

和我想象的一样，我现在站着的地方正对着考古所挖成一格格的方格状的挖掘现场，我脚下的这块地和路基对面，我进去过几次的那块地一样，地里面也有灰色的有线条的陶片，地里面都是灰色的大大小小的石块。

我望望前面，前面的前几天开着的雪白的花朵的树的白色的颜色淡了，在白色的里面露出了淡淡的绿色。另一面很多穿着红色的绿色的人提着红色的蓝色的水桶从一辆拉水车一条线到一条田埂上，嘻嘻哈哈地来来去去。

这块地的主人真懒，地里面很多去年的玉米的枯黄的秆子上垂着叶子，在风中哗哗作响。在田埂边的一丛灌木丛中，我看到几棵树枝上结着红红的枣，我下了田埂，在灌木丛的边上，捡起了一块石头。

这块石头的形状呈大致的正方形，石头的中间被凿下去一块圆形的凹进去的地方。我把石头翻过来看，翻过的地方也有被凿进去的地方，只是这一边的凹进去的地方比另一面凹进去的地方小了很多。

这下好了，我终于找到了一个我们人类的祖先在几千年前用过的石头工具了。

在一个低矮的山洞里，几个头发挹在头上，腰里围着兽皮或者树叶的我们人类的祖先，围在一个地上躺着的神志不清、气息奄奄的老人身边，一个皮肤黝黑、眼珠黑亮的年轻人走出山洞，他往四下里望望，慢慢走下山洞前的山坡，来到坡下面的一条小河边，河水清清潺潺，他蹲下身子，伸出双手，从河里捧起一捧水转身往回走，他没走几步，手里的水就从指缝里流完了，他又转过身到河边，两只手伸进水里，又捧起一捧水往回走，和第一次一样，没走几步，手里的水又流完了，他看看两只还在滴水的双手，无奈地低下了头。这时，他看到了脚下的一块石头，他拿起来，放在眼前看了一会，蹲在河边把石头放进水里，他拿起石头的时候，石头上的水一颗颗往水里滴着。他就地坐在河边，一只手从身边摸起另一块石头，用这块石头一头尖凸的地方，往另一只手里的石头的中间轻轻地敲击，这样，河边响起了清脆的敲打石头的声音，四下里响起了石头敲打石头的声音。

皮肤黝黑、眼珠黑亮的年轻人用他敲打的那块中间凹陷进去的石块，从河里盛了水，小心地走到山洞里，地上躺着的气息奄奄的老人喝了石头里的水又躺了一会儿后，坐了起来。

从此，这伙用树皮、兽皮裹着身子的人的周围，一直响着石头敲打石头的声音，后来的人们把这个时期的人叫作原始人，因为这群人开始制造工具，与其他动物有了本质的区别。

我幻想着，我就是那个第一个用一块石头敲打另一块石头的那个眼珠黑亮、裹着兽皮的年轻人，我第一次制造出了工具，成了部落的首领，后来我又制造出了弓箭，保存下来火种，使我们人类繁衍生息，从一个文明到另一个文明。

不信你看，我几千年前第一次制造出的人类历史上的第一个工具，后来被考古界定为史前文物的“石碗”的石块，还在我的手里端着。

5

“咚！咚！”两声巨响，我脚下的地晃了一下，头顶的石头雨点一样往下掉，我两步并成一步，一蹦跳到土坎下面，几块石头“叭！叭！”地落在了我的眼前。

郁青年这鸟人，放炮也不看看有没有人。

我走上田埂，站在路基边的护坡顶时，郁青年已一手拉电线，一只手从虎口到胳膊肘，一圈一圈迅速地绕线，我骂他放炮怎么不看人，他冲我笑笑，催着他哥哥把东西放进车厢，钻进车里发动起来就跑了。

我走下路基，在郁青年放过炮的地方，准备让推土机过来作业的时候，一个怀里抱着小孩儿，一个细高个头两个男的，一个围着黄头巾，一个光着头的两个女的四个人过来围住了我。

哎呀公路上的，你们炸石头也不选个地方，石头飞到我们家去了，打死人了，你们赔不赔。

三十多岁，怀里抱着小孩儿的男的先说话了。

我在护坡上面时看过，离这儿最近的房子只看到个房子轮廓，房子的门窗都看不清楚，离这少说也有七八百米远。

你们房子在哪里？

这个男的顺手往护坡上面指了一下。

你们房子离这儿少说也有七八百米远，我们放炮爆炸半径最多三百米，石头能飞到你们家去吗？

郁青年刚来放炮时我就问过他，到现在都放了一个多月了，也没出过什么事。

你不信，不信到我家去看。

抱小孩儿的男的上来拉我的衣服。

对，到我们家里去看。几个人都附和着说。

这个地方的人很刁。

我们住的那个院子周围都是拆迁房。老姜对面的一块地方房子拆了，房子的地盘空着。去年国林在那块地盘上放了一个 30 吨的油罐，过年回家时让老姜照看。一天下午，一个男的指挥着几个人准备往一辆车上抬，国林过去挡，那个说那个油罐在他家的地盘上放了几个月，没人要了现在就是他的。吵了一会儿，那人说赔钱，油罐占了两个多月他的地方，要800块钱。高速公路两旁的房子已拆迁，政府已赔偿过了，那些地方就归高速公路管理单位了，跟原来的住户已没有什么什么关系了。但是这男的就是坐在路边不走，我们的车出不去进不来。没办法，国林往地上扔了800百块，那男的捡起来走了。

第二天一早，我们还没起床，就听到一个女的在门外面叫骂。我打开侧门，一个女的顺势坐在门口说，我们的油罐占了她家的地方，耽误了种树，现在要赔钱。国林出来说昨天不是赔过了吗？那女的一见国林，一下扑过去两手抱住国林的腿，坐在地上说昨天赔给她老公的是占了地方的钱，她现在要的是耽误了种树的钱。

我们油罐占的地方是她家原来房子的房间里面的一块，地面是用水泥抹过的，我们把油罐拉走后，这家男的当天下午就把水泥地面用大锤砸了，在里面栽了树。没想到这女的又来了。大清早的，就有人在门前哭叫，国林往她身上丢了800块钱，那女的放开国林，趴在地上捡了钱走了。

过了几天，男的进到院子里，女的在门外面叫骂，男的说他家原来的院子里有口水井，我们填了他家院子里的水井，要赔钱。

路基边的便道了有一堆拆房子后留下的烂砖头，项目部的那天通知上面的来检查，我们进进出出时，看到那块地方有一个石板盖着的水井，国林就让装载机把那堆烂砖头堆进了井里。地方都是公路上的了，他家院子里的水井还给他家赔钱，男的坐在我们住的房子里絮絮叨叨，女的在门外哭骂我们是强盗，欺负他们本地人。国林一人给了500块。几天后两人又来了，男的进屋，女的地门外哭骂。男的说，他算了一下，种一棵树苗20块，他家那块地方种了100棵，还要赔1000块。我打听了一下，这俩人，男的喜欢喝酒，女的喜欢嫖。一直到九月底，工程结束前，俩人过段时间就来，过段时间就来。我们工地上雇了一个开“大翻”的司机，那司机对我说，营长，你给我1000块，我让那两个人从此趴在地上四条腿走路。郁青年都看不过去，他问我要不要半夜到那男女家去放一炮。

我都没答应。

工地刚开工清道时，几个村子，只要公路通过的地方，村子里的人都出来坐在地上挡路不让干活，如果要开工，赔钱。先期测量时高速公路就把要拆迁地方的建筑和建筑周围的植物全录了像，赔偿时根据录像赔款。知道要拆迁的事后，几个村里的人全在院子里，房前屋后所有的空地上，密密麻麻麻地全栽上了树。赔偿时村民们就跟政府闹，村里人说录像里只有大树没有小树，只有屋外的树，没有院子里的树，柳树便宜，梨树、杏树贵等原因和政府扯皮，直到要开工了，还没扯清楚。最后，项目部想尽办法，才及时开工。

这个地方的人怎么是这个德行，本来爆破的事是承包给郁青年的，我也懒得和他们扯。

拉我衣服的抱小孩儿的男的拉我衣服的时候我用手挡了一下，这下好了，他松开手，把手里的小孩儿递给边上的女的，一头抵进我的怀里说，你打，你打啊！你就用石头往我的头上砸啊！

我的另一只手里拿着刚捡到的、让我激动万分的我们人类的祖先在几千年前制作出的，第一个，被用头抵着我的这个人叫作石头的石碗，我知道我这一碗砸下去，我怀里的这个无赖肯定会当场倒地，不会身亡也会头破血流，这样，只有一个结果——围着我的这几个人一齐攻击我。

一天晚上国林在市里面吃完饭，打开车灯准备回工地时，几个喝醉酒的无赖以车灯刺伤了他们的眼睛为由要钱，和对方吵起来后动了手，本地的派出所处理时向着无赖的一方处理，国林和受伤的我们这方的人自己治伤，还要给对方几个无赖赔医疗费。

我从当兵第一天就练，说实话，不用我手里的石碗，我也会在几秒钟内让这几个男女无赖趴在四五米以外的地上，知道一个武警军官在人身安全受到无理侵害时是怎样保护自己、纠正对方错误的。

打啊！你打啊！你手里不是拿着石头吗？你就打啊！

我怀里的这个无赖用头抵得我向后慢慢退时，另一个男的抓住了我的肩膀，一个女的扯住了我的衣服。

赔，你赔钱，你今天不赔钱，我就跟你没完。

我越来越气，往后退了一步，慢慢蹲下身子，收拢双臂，缓缓吸气，准备以最快速度完成马步横打、弹腿侧踹、前顶拉摔时，一个女声叫了一声，营长。

我抬头一看，是赵小丽，虽然她戴着口罩，包着头巾，我还是认出了她，她穿着那身浅红色的衣服提着一个水桶站在护坡上面。

姜愣子，你把公路上铺在路上的水管子偷了多少啊！你家的院子里怎么那么多啊！昨晚西三家桥下的又是你偷的吧！你还在这里耍横啊！

四强子媳妇，你家四强子把公路上插的旗子连钢筋钎子一起拔去了，现在卖了没有啊？

二巴子，你昨晚偷白灰也不装好，白灰一直撒到你家门口了，你害不害臊啊！

根良子，你媳妇回来没有啊，你也不去内蒙古找找，天天窝在家里，你窝不窝囊啊！

抵在我怀里的男的站直了身子，拉我衣服的女的松开了手，抓我肩膀的男的走到边上去了。

赵小丽一句一句高高地骂着，围住我的几个男女嘴里嘟囔着走开了。

刚修路时，工地上的车走村里面的路，村里面全是土路，几天就轧出了两道很深的槽，村里的人挡住不让车走，村长出面，国林让推土机把村里的土路堆平，用压路机轧实，后给村里赔了两千快钱。就是这两千快钱惹的，国林说起这件事就懊悔不已，村子里的人看到村长来钱很容易，从此，只要有一点事，就有人出来闹着赔钱。后路基边上修了便道，在几条山沟过水的地方放了很粗的水管，这些水管白天放晚上丢。上面来检查，项目部要求工地上插彩旗，彩旗的旗杆用的是拇指粗的钢筋，晚上插，第二天检查组没来，旗子一个也不见了。路边画线用的白灰，砌护坡的砖、水泥、支架等，只要是晚上下班时没有收拾的，第二天肯定找不到。

我很感谢她，毕竟她几句话就给我解了围，打起来我肯定不会吃亏，但是让我去派出所做笔录，天天到医院给这些刁民送医药费就太不划算了。

我就是看不惯这些人，没啥本事，天天窝在家里只知道讹别人的钱。

赵小丽下到路基上，第一句话就这样说。

谢谢你，如果不是你，今天非打起来不可，一打起来就没完没了了！

这些人真是很烦，你们那里没有这样的人吧！赵小丽看着我问。

这种人也只有你们这里才有，我们那里的人比你们这里的人有素质，最起码是讲道理的。

那是啊！你们城里人都有钱啊！有钱人就有素质了。我们这里的人都住在穷山沟里，人穷志短，没见过世面，没有素质。

也不是全部，我看你的素质就比他们高。

我啊！我也是山沟里的，沈阳都没去过，没见过世面，也没有素质啊！

和赵小丽说话，总是给人一种轻松、愉快的心情。

6

你昨天放完炮就跑，几个人围着我，差点打起来。

早上郁青年一来我就骂他。

是啊！我知道那几个人会来，我就跑了。郁青年对着我，一脸的坏笑。

你跑了倒没事了，他们拉住我，要我赔钱。

你就打嘛，那些人就是欠打，你当武警的还怕打架吗？

这不是打架能解决的事，那些人就等着我动手，一动手就会赖上我。

我知道那几个人，我去年炮盒子还被他们抢过，后来我吓唬他们，不还我我就半夜往他们家炕洞里扔雷管，那些人就把炮盒子还给我了，所以你不要怕他们，你一软他们就硬，你一硬他们就囊了。

你们这里的人就这个鸟样。我越说越气。

好了！好了！我知道你今天会骂我，为了给你消消气，我今天专门给你带了一块宝石，这可是一块货真价实的宝物，你好好收着，回去卖个十万八万的，到时候可别忘了我啊！

说着郁青年爬进驾驶室，拿出一块石头递给我。

这是一块椭圆形的表面有淡黄色粉末的半块石头，石头中间空了一个洞，洞里面一颗颗白色的颗粒状的晶体，粘在洞壁上。我拿在手里看，石头轻轻的，好像是木头一样。

我转了一下身，举起来，让石头对着阳光，我看到石头的里面，发出了五颜六色的光芒。

天啊！这是什么石头啊！ 这真是宝石啊！

我问郁青年是从哪里来的，他说是他炸石头时，从石头里炸出来的。

从石头里出来的肯定是宝石啊!

我举在太阳下看的时候，又过来几个人看，一个说去年工地炸山时炸出了很多这种石头，有的是整个椭圆形的像很大的鸡蛋，工地上有好几个人都捡到了，过年放假时带回家去了。

这时国林过来了，他一看说，这是一种石英石，没有一点价值，去年老姜家后面山上一个老板投资建一个火腿厂，工地开工炸山时从石头里面炸出了这种石头，老板一看，石头里面光彩夺目，以为炸出了宝石，高兴坏了。工厂刚开建，宝石就出来了，看来不用生产火腿，天天炸山就能发大财。火腿老板拿了宝石到沈阳去鉴定，几个科研单位都鉴定为石英石，不值钱。老板打死也不相信，他拿着的是从坚硬的石头里面用炸药炸出的菱形的、在阳光下闪耀着五彩缤纷的彩色的石头啊！火腿老板去了北京，找了几个国家级的科研单位，鉴定的结果一样，是石英石，不值钱。火腿老板这下死心了，回来踏踏实实办工厂，现在我们每天闻到的烤鸡肉的香味，就是从那个火腿工厂飘过来的。

这就奇怪了，石头里面长出的东西，竟然这么不值钱，我拿在手里的这块半颗鸡蛋形状的，里面的内壁上一颗颗菱形的在阳光里闪着紫色的、红色的、蓝色的晶体的宝石竟然不是宝石，不值什么钱。

这也是，如果是石头，应该很沉，我手里拿着这颗拳头大小的石头，感觉不到石头的重量，就像拿着一块木头。

年前我在那面炸石头，还炸出过这么大的。一个个飘轻的，放在水里能漂起来。

郁青年两只手比画着，看他比画的大小，有两只手合抱那么大。我心里想，如果能找到那么大的，从中间剖开，放在柜子上，前面装一个小灯，椭圆形的石头里面光彩夺目，也是一件稀有的装饰品。

我问郁青年从哪个地方找到的，郁青年用手一指说，就在那个山后面，那个山后面是一个采石厂，里面的石头里还有我三根没拔出来的钎子。

我顺着他指的方向看，那座山在路基的一边，山顶上好像是一个炼油厂，从路基上能看到山顶上一个很大的油罐和油罐边周围横着的竖着的油管。

是不是有炼油罐的那个山？我问郁青年。

对，就是那个很大油罐的下面，那下面就是采石厂，那里就有这种石头。

我一看路不远，我上到护坡上面，顺着一条便道，很快就到了一个乱石堆里。这里的石头全是青色的青钢石，我们填桥梁两头的路基时买的就是这种石头。我在石头堆里转来转去，就是找不到郁青年给我的那种表面黄色、里面五彩缤纷的木头一样轻的石头。

太阳朗朗地照着，郁青年说他有三根钎子还插在石头里，找到他的三根钎子，就会找到有宝石的地方，我翻过一道高坎，找郁青年插在石头里的三根钎子的时候，在前面的石壁上看到一个地方闪着紫红色光芒、像石壁上开着的耀眼的花朵。

我爬上去，坐在宝石的边上，准确一些说，这是一个椭圆形的内壁上镶着咖啡色的密密麻麻菱形晶体的向石壁里面凹进去的晶体的小窝，就是这个镶嵌在石壁上的小窝里面密密麻麻的晶体，在阳光里散发着紫红色的耀眼的光芒。郁青年给我的是有淡黄色外壳，内壁上有菱形晶体的那块石头，是一个完整的小窝的一部分。

我拿出身上带着的从郁青年车上拿的螺丝刀，想把这个里面有密密麻麻菱形晶体的宝石的小窝像在土坎上一样，在小窝周围旋一下，然后把小窝整个挖出来，但是螺丝刀的尖刃在小窝周围的青色的石壁上吱吱地响着滑来滑去，只留下一点点浅浅的白色的痕迹。我不得不狠下心来，把长长的尖利的螺丝刀伸进这石壁上闪着紫红色光芒的花朵里面，对准花心中间一个大一点的一颗咖啡色的菱形的晶体，双手一用劲，撬了下来。我拿在手里，这时，在花朵里面咖啡色的菱形的宝石，在我手里变成了白色。我拿起来对着太阳放在眼前，我大拇指和食指中间的白色的晶体发出了红、绿、青、蓝、紫五彩的光芒。

我又用螺丝刀撬下了几颗，对着阳光看看，装进了衣服胸前的口袋里。

郁青年给我的是表面黄色的里面有密密麻麻菱形晶体的椭圆形的石头，我撬下的那个颗石头比拇指头还小。我爬上石壁，站在最高的地方往四周看，找到了郁青年插在石头里的那三根钎子的地方。我往那三根钎子所在的地方走的时候，在脚下的石头堆里捡到了一个拳头大小的和郁青年给我的一模一样的石头。

真是奇怪，长在石头里的菱形的闪着五颜六色光芒的石头竟然不是宝石，我拿着这颗形状像鸡蛋、是石头又比石头轻的石头仔细地看着。

天渐渐转阴，又要起风了，我四下里望望，很大的石头突兀的采石场里没有一点声音。山上面一堵红色的砖墙沿着山绕到前面去了，我想那一定是那个炼油厂的围墙。我估计了一下，我现在已绕着山走了一半远，我不用走回头路，再往前走，绕过采石场，到山的对面，再往前走就到工地了。我这样想着，手里拿着那块比石头轻的石头，顺着采石场里一条有车轮痕迹的路往前走。

走出采石场的时候，风已呼呼地刮起来了，我压低帽子躬着腰，加快步子。从工地往这边看时，只看到山头上那个很大的炼油罐，没想到围着山头的这堵红色的砖墙这么长。

风越来越大，天空中飞沙走石，整个天空昏昏沉沉。就一个小山包，我应该很快就能绕过去的，我右手边是沿着山修的弯弯曲曲红色砖墙，我的左手边是顺着山势往下的长着矮小的树木的田地，我的方向没有错啊，我是绕着山头往前走啊！我越走感觉脚下的路越长，走完了一段沙石路，我脚下的路变成了光光的白白的泥土路，我身体周围也因这条白色的泥土路光亮了一些，清楚了一些。我使劲跺了几下脚，我的双脚在路面上发出的啪啪的声音，被身边呼呼乱叫的风一下吹得无影无踪。

再往前我走进了一片柳树林，这时候的柳树已长出了一点点短短的树叶，风把淡绿色的枝条吹得飘飞起来，树下面是十几座坟包，坟包上的土是新的，坟头上还压着哗哗作响的黄色的纸钱。天空越发昏暗，树上的枝条飘来荡去，坟头上的纸钱哗哗作响，坟里面躺着的死人像要坐起来一样。

走过那片柳树林，我面前成了一堵土崖，土崖的下面是很深的看不见底的崖坎。

我前面的路断了，回过头走了一会儿，又看到了那十几个坟包。我心里一下紧张起来，我被迷住了，我转来转去一直在一个地方打转，我如果走不出去，只能到最后力竭身死。这样一想，我身上吓出了一层冷汗，我脑子里想，越是这个时候，我越是要头脑清醒，我不能一直没头没脑地走下去，我要找一个目标，找一个参照点，我想起了山顶上的那个大油罐，那个大油罐在山顶上，那个大油罐所在的地方是这个地方最高的地方，我找到大油罐就能找到我们的工地。我从乱坟堆前直接下到田地里，这里的田地不是种玉米的那种平坦的田地，而是挖成了半人深的沟，沟上面的畦上种了枝条四周乱长的比人高一点的杏树桃树，我在这沟畦间翻上爬下，走出田地，到了一堵红色砖墙的边上，我沿着砖墙走了几步，到了一个关着的大铁门前，我往里一看，一座很大的支架上放着一个很大的油罐。这时我眼前的天空亮了一点，我顺着门前的一条小路往山下走，没多久，我就站在了路基边的护坡顶上。

风呼呼地刮着，我脚下的山风刮着滚滚的黄土顺着我们挖开的路基，像流淌着黄土的河流，向山下面的松市，滚滚流去。

7

早上到了工地，老姜还穿着黄色的大衣在路边站着，他身边的护坡上有一个洞，洞里冒着青烟。

我们围过去看，老姜说他半夜听到一个什么东西在吱吱吱地叫，他下车一看，一只狐子扒开一个洞钻了进去。他用铁锹挖了几下，挖出了几块棺木，他拔了柴草，点燃了棺木，想把那只狐子熏出来扒了皮做褥子。

国林叫勾机过来，把那个洞填了。

国林说去年他们就在这里挖出了一个墓，考古所的知道后让工地停了一个月，他们清理完墓后才让开工。

我问那个墓里挖出什么东西没有，国林说，那个墓早就被打开过了，墓穴里什么都没有，看来是被盗过的，墓穴的周围有色彩很艳丽的壁画，那些壁画被考古所的人用一种带胶的麻布从墙壁上揭下来拿走了。考古所的人说，那是一个北宋时期的墓，那时候这个地方归辽国管辖，墓里面葬的是一个贵族人物。为了不耽误工期，以后只要路基上挖出棺木，国林都让人赶快埋掉，绝不让考古所的人知道。

工地上的机械打油的时候，我就给机械加油，各种机械设备运转开后，我就到处转转。太阳已经很高了，我看到考古所挖掘的地方有人，就走下路基，穿过我找了好久都没找到想要的东西的那块地，走到考古所的人挖土的那块地方时，听到一个声音叫我，营长，你怎么到这里来了。

我一看，是赵小丽，赵小丽穿着那套淡红色的束腰的衣服，拿着一把铁锹，站在几个女的中间，她身边的另一个坑里，几个女的一边看我，一边把一锹锹黑土扔到另一个坑里。

你在这里上班啊！我问赵小丽。

是啊！我一直在这里上班啊！

你不是在家里，下午去浇树吗？

对呀，我在家那天是这里放假了，这里下班后我才去浇水。

你一天干几份活不累吗？

不累，有钱挣哪里还累啊！她说话时头摇一下，露出对熟人的一种信任和娇憨的神态。

我能在这里看看吗？

我看到在那几个女的往外扔土的坑里面有阳光里的一角，站着一个戴着帽子，穿着一身迷彩服手里拿着一个夹子，往夹子里的纸上画着什么的男的问了一声。

赵小丽说，你随便看吧，没事的。

接着她对那个男的说，所长，这是公路上的营长。又对我说，这是考古所的所长。

考古所的所长问赵小丽，营长，你认识他。

认识，你上次回沈阳时他到我家喝过水的。

这些原始人大概距今有多长时间？我问考古所的所长。

不用大概，距今 4000 年。所长说。

4000 年，这里的原始人距今有 4000 年，我们人类有文字记载的历史不到 3000 年。

赵小丽和几个女的挖出的土是黑色的，那几个女的从一人深的坑里面挖出的土也是黑色的。

我问所长，那些隔着一个又一个坑的中间的横梁的做什么用的。所长说，那是留着走人运土的。

坑里面挖出石头或者硬一点的东西，挖出东西的女的就蹲下身子，用手把石块上面的泥土擦一下递给所长。

我看到一个女的捡起一块长条形的石块，所长看了一下放在地上，打开手里的夹子，看着地上的石块往夹子里画，我走过去站在所长后面看，石块在一尺多长，整个形状什么也不像，但是在中间有人为的敲打过的凹进去的地方。

我问所长这块石头是个什么，所长说是一个石铲。我看看所长脚边放了一个袋子，袋子里面还有几块石头。

我问所长，我们工地上有人捡到一块方形的中间凹进去的石头，那是一个什么东西。

我一说完，所长就很肯定地说，是门窝子。

好像撑着我身体的什么东西被一下子取走了一样，我感觉整个人软了一样，浑身没有了一点力气。

门窝子是垫在门轴下面的石头，在此以前我一直认为我捡到的是一只石碗，如果真是石碗那可是历史书上都没有提到的东西，历史书上都没有提到的东西我有了，更加说明这个石碗的稀有和珍贵。而门窝子是盖好房子做好了门以后，垫在门轴下面的。连房子都会盖，门做好知道垫门窝子了，说明这个门窝子距离现在很近，说不定还是几十年前的一户人家盖了新房，做了用金属折页的门后，把以前的旧门当柴一样烧了，清理垃圾时把以前垫在门下面的石窝子当垃圾一样扔了，后被我捡到，当成了人类的祖先几千年前用的石碗，当成了史前文物，宝贝一样放进了保险柜里。

年轻的所长脚下的那块被画进夹子的石铲，才是几千年前的我们人类的祖先用过的有价值的文物。

我心灰意懒地转过身，离开考古所挖掘的地方，又走进那块有上面有线条的陶罐碎片的，那块我转过好多遍的田地里面，这块地离考古所挖掘的现场这么近，我怎么就捡不到一件石铲啊！我走着走着，又捡到一件有线条的陶罐的碎片放在眼前，什么时候我才能捡到一块几千年前我们人类的祖用过的石头的工具啊！

下午，赵小丽到工地上来，她问我们工地上要不要人，她想到我们工地来干活。

我问她一天要给考古所的人做饭，在考古所的工地上上班，下午还要去浇树，哪里还有时间到我们工地来干活。她说早上考古所的要到九点才上班，下午两点到四点，有时上午上班下午他们就在家里研究那些挖出来的石头，有时好几天待在家里不出门，经常还要回沈阳，只要他们一有事就放假，一个月上不了几天班。浇水的活过两天就结束了。她还说我们工地的工资高，她就想到我们工地来干活。

我们工地都是用机械，机械做不了的才叫人做，现在已经有几个女的了，那几个女的把拉在工地上的大的超过限定尺寸的石头用大铁锤砸碎，实在砸不开的滚到路基下面就行。我们早上六点出发，中午十二点下班，下午两点到晚上八点，一天十二个小时，那几个女的早上八点，中午十二点，下午两点到六点，她们一天八个小时，我们天天派人派车接送，那几个女的是项目部、监理公司的人介绍来的。自开工后，工地上天天有人来问要不要人，我们都以没有活干为由推掉了。因为真的没有活干。

我推说我们现在没有活干，不需要人，工地八月招平时要人，到时候再通知你来上班。

赵小丽说，你们现在这里有活我就有时间来做，九月我家金子都要上学了，就要用钱，你们工程完了我到哪里去挣钱啊！

她一句话把我给问住了。本来是她的事，现在倒成了我的事。我不答应她，她就挣不到钱，她挣不到钱，她就没钱让小孩上学。国林预计九月完工，现在都六月了，还不到一半，我估计要到九月去了，到九月她可以干三个多月，我们一个月给一千五，三个月她可以挣四千五，四千五够她小孩儿上几年学了。

你一来其他人就有意见，这里天天有人来问，我们一个也没要。我说。

我跟其他人不一样啊，那些人男人在外面挣钱，她们自己又在家里挣钱！我一个人，怎么能和她们比。

她这样说我就没话说了，我只能说回去和国林商量一下。她还是认定我，说只要我答应了，肯定能行。

我跟国林讲的时候，国林说让我决定，我们这么大的工地，多一个人没什么影响。

郁青年打好眼，把炸药和雷管装进避孕套里，点着了扔进里面炸。他打眼的时候往炮眼里灌了水，炮眼打好后，里面全是泥浆。我们从项目部拿回来的是电雷管，他用钳子把电雷管的头拧掉，装上一截导火线，用嘴巴里的烟引燃扔进炮眼里，这时候边上的人全往边上跑，他不跑，还用一只手拿着铁锹往冒着青烟的炮眼里面倒炸药，倒进去半锹炸药后他头往边上一偏，“嘣”一声，炮眼里泥浆一下喷出几米高。我喊他早点躲，别再往里面倒炸药了，他说，没事，他装的炸药，他知道什么时候爆炸。还有他点雷管时要抽烟，用燃着的烟点，我劝他别抽了，他不但不听，还拿烟头往炸药上触。我们吓得往边上跑，他大声说，没事，这样是点不着的。他把烟头放进嘴里抽旺，又往炸药上触，嘴里说，你看，不会炸吧！

周围的人都吓得不轻，跑又来不及，不跑又危险，他翻翻眼睛说，我也是惜命的，你们怕难道我不怕吗？这个东西用火是点不着的。

郁青年和他哥哥吵架了，第二天他请来一位他的叔叔帮他干活，他这位叔叔的体形和他一样，精瘦精瘦的。在装炸药时他叔叔说他以前也是干这个的，一次郁青年的父亲在装药时被爆眼里飞出的一块石头打中眉心，当场身亡，从那以后他就不再干这个了，看着就怕。从那以后郁青年拿起他父亲留下的设备，继续干了起来，后来郁青年自己发明了套炮，现在在他们这一行里，也只有郁青年会这个，所以找郁青年的人很多。郁青年的叔叔说，他劝过郁青年再干个别的什么，这个活儿是个危险活儿，早晨一出门，家里的人就提心吊胆，晚上不回来家里人不敢睡觉，都担心死了。

我看郁青年天天乐呵呵的，他还说要干就要干别人干不了的，玩的就是心跳。

在一伙人围着他，他用烟头触炸药，谁的心不跳啊！

山沟里的树长出了叶子，杏子有指尖大了。

赵小丽说我们弃料场上面就是她家的地，想吃杏直接去摘就行。

那杏真酸啊！从树上摘下来，用手擦擦上面的尘土，连核一起放进嘴里，酸得人两手捂着嘴巴直跳。赵小丽说今年已经有人来他们村子里订杏子了，我问一斤杏多少钱。她说去年一斤四毛，今年来的人都已出到四毛五了，还没有几家人去订。我问她，她家的地里有多少斤，她说有两千多斤，两千多斤，不到一千块钱，这就是她家一年除了玉米之外的全部收入。

下午几个人围着我们一个开勾机的师傅闹，我过去看，我们的那个师傅去山沟里方便时顺手摘了一枝杏子，被地主发现了。

这种事情以前我就给他们讲过好多次，不要去动别人的东西，不要去招惹是非，但是还是有人记不住。

那几个人要司机赔一百块钱，司机不赔，两方越吵声音越大，就要动手。

三德子，你也太赖了吧，就你那几个破杏子能值得了一百块钱吗？赵小丽一过来就站在我们这方说话。

这是我的事，你别管。这不是几个杏子的事，他不但摘了杏子，还折了树枝。

就算折了树枝，你说一下，你那根树枝上有几个杏子。赵小丽问。

这不仅仅是树枝的问题了，你说今年这树枝上接了几个杏子，树枝被他折了，明年就没了，你们说对不对？这树枝年年长，年年结，怎么赔，赔多少，你爱管闲事，你说怎么赔？那人问赵小丽。

他们都是外地人，如果你到他们那里去，他们也这样欺负你，你心里好受吗？

别扯那么远了，我到他们那里受欺负，那是我活该，我现在就要让他赔我的杏子。你说，怎么赔吧！

你数一下，一个杏子赔你一毛钱。赵小丽说。

一毛钱，才一毛钱？

一毛钱已经够多的了，长大了一个也不值一毛，一斤杏子四毛钱，你自己算算，你一个杏子能值一毛钱吗？

男的看着手里的带着青青的树叶青青的杏子的树枝说，那我的树枝呢，我的树枝白白地让他折？

两倍算，两倍好了。赵小丽说。

不行这样不行。

这时候，工地上我们的人又围过来几个。

十倍，按十倍赔，不赔我就不让你们干活。

这个人说着，身子一扭，一下坐进勾机的链轨下面去了。

又遇到了一个无赖，钻到勾机下面，勾机就动不了，损失更大。我拿出钱，让那个男的走了。

你就是心好，赔了他六十块，像我，一分钱都不给。赵小丽说。

错首先在我们的司机，如果勾机半小时不动，我们损失就远不止这个数了。

考古所的人在我们路基下面，发现了一口水井的遗址，说是一口距今最早的一口井，称为“松市第一井”，几天后我去拉油时，市里面的报纸报道称为“东北第一井”。

经赵小丽介绍，我们的一台勾机挖开了水井周围的虚土，赵小丽还找了几个人，在水井周围砌了一堵墙，当了一回小包工头。

勾机在井边挖土的时候，我一直在勾机边上盯着。水井边上勾机挖出的土和考古所在挖掘现场挖出的土一样，都是黑黑的黑土。土挖完了，我还是没找到一件像考古所的所长画在夹子里的、我们人类的祖先在几千年前用过的石头工具——石铲。

8

晚上下了雨，从我们住的地方往山上望去，满山遍野的，全是穿着花花绿绿的人。空气是难得的清新和湿润。满山遍野的人们扬着鞭子赶着驴，提着篮子扶着犁，趁着昨晚的那场雨播种。山沟里的树都长出了叶子，山还是光秃秃的灰白的颜色。山下的一条山沟里的绿色连着另一条山沟里的绿色，那一座座光秃秃的山就成了被绿色环绕着的小岛。

下了雨，工地上的机械一走全是泥，工地只能放假。我和国林开了车到市里面去逛。我们走到一座很高的塔下面停了车。国林说，那是一座辽国时期的塔，整个塔是青砖砌成，塔上面有很多孔穴，好多燕子飞来绕去。国林说那些孔穴是辽沈战役时被炮弹炸的。从塔下边的一条路往前，就到了仿古一条街，我们走进一家店里，店里四周的墙壁上全挂着用玻璃相框装裱好的、里面大大小小的鱼的化石。我想起我放在住的地方灶台上的我自己挖来年化石，和这些镶在镜框里的化石一比，我自己挖来的化石简直就是垃圾。

这一幅幅镶好的鱼的化石的镜框根据鱼的大小、数量、形状的不同，价格各不一样。店铺的最中间的位置，挂着一幅长三米、宽两米的中华鲟的化石的镜框，那块镜框标价 40000 元。店老板指着一块标价 50000 元的中华鲟的化石的镜框对我们讲，上面的鱼是一条中华鲟，这个镜框比 40000 元的那个小多了，为什么能值 50000 元？你们看，这块化石下面有几棵草，草上面你们看，这几棵草上面结的是开着的花还是结着的果？

这块化石的价值其实就在这几棵草上面，你们想，几亿年前的东西。我们说上面的鱼是中华鲟，因为现在这种中华鲟还有，科学家经过研究证明，这种鱼就是中华鲟，但是科学家不敢说这几棵草是什么草，你们想，几亿年前的，长在水里面的，现在早就绝迹了，这化石上面的草已不是草，变成石头了，你怎么能考证，这就给我们留下了想象的空间，留下了悬念，这也正是这块化石的价值所在。你们看，如果是简单的鱼，太多了，你们可能也知道，对面那座山上在修化石馆，化石馆下面的那座山里全是鱼化石，以前那里的人不知道那是化石，还用化石砌墙盖房子，现在好了，那些石头都值钱了。但是到现在还没有发现不但有鱼，而且鱼下面还有草的化石。你们说这几棵草上面的是花还是果？说不上，是吧，我也说不上，几亿年前的事，那时候我们人类还是二氧化碳，连氧气都不是，你打死我，我也说不上是什么，如果我说是花，是果子，你们坚决不要相信，我说的肯定是假话，你们说对不对，几亿年前的事，我能说清楚吗？就是考古学家，专门考古的专家，他们说话也是推断、判断，他们也不敢肯定，如果他们说得很具体、很肯定，那他们也在吹牛了，在说假话了。你们看，我这个店前面是一座桥，一天从桥上面过多少人，我现在天天在铺子里，你问我一天从桥上过去多少人，我能说得很清楚很具体吗？我不可能一天到晚坐在铺子里数桥上过来过去的人吧！再过上几百年，几千年，出来一个考古学家，他要考证这座桥2007年6月10日过去多少人，他只能根据今天我松市的人口来推断，说个大概。如果具体地说他说2007年6月10日两万零五个人，那他一定在吹牛，你们说对不对。所以我说这块化石里面的鱼是中华鲟，你们绝对可以相信，这有根据啊！这种鱼从上几亿年前一直到现在还有啊！如果说那几棵草上面是花是果，你拿出依据来，当然，到了现在，还没有一个人站出来，拿出依据说，这是花，这是果的。所以化石这个东西很多的时候就是似是而非，越说不清楚的越值钱。这块化石到现在也只有我们这个店里有，别的店里，据我所知，还没有这样的货。说实话，沈阳几所大学里的教授想买，但是他们出不起价，我是做生意的，又不是搞奉献的，所以这块化石还没卖出去，我想过不了几天，这块化石就会被人买去收藏。

我们又转了几家店，在一家店里看到一个用几只燕子的化石做成的屏风。屏风上面一只燕子站在窝边，窝里面几只小燕子张着嘴巴嗷嗷待哺。燕子是一种喜庆的鸟类，燕子飞到哪家的屋檐下衔泥做窝，那家就会好运前来。这家燕子，在我们人类还没出现以前就来到了地球，只能成为化石，给买它们回家的那家人带来好运。

我们走到仿古一条街前面的广场上，一个戴着眼镜的女的在做演讲，她说我们今天的人要爱护地球，保护地球，不能乱砍滥伐，如果我们人类再不保护我们赖以生存的地球，我们人类有一天也会变成化石。

她说的是事实。就说松市，一天要吃半斤土，白天不够夜里补。在老姜的描述中，他小时候我们路基经过的山上全长着树，野兔松鼠之类的小动物经常跑到人家来，人在村子里能听到山上动物鸣叫的声音，我们找过石头的河里有船一直能走到松花江里。几十年的时间，山上的树砍完了，河里的水断流，一刮风，尘土遮天蔽日，呛人心肺。

项目部的人还说起过另一件事，两年前他们在内蒙古赤峰市一个地方修了高速公路，那地方本来就是地偏人少的地方，高速公路修好后没有几辆车走，去年他们去要拖欠款时看到前年修的高速公路现在又在修，他们修好的那段高速公路处在一个风口，一年的时间，风把高速公路路面下的路基掏空了，高速公路的水泥路面悬在空中，好像一段接着一段的桥，车没走几辆，修公路的钱没给完，紧接着又是很大的一笔维修费。国家要增长经济，出口受到限制后以内需拉动经济增长，向基础建设投入大量资金，全国到处挖山修路，有的地方需要建设，有的地方更需要保持和恢复原有的生态，破坏起来很快，修复起来就要花很长的时间和代价。

我在工地上转到赵小丽她们几个女的砸石头的地方，随便接过她们中某一个手里的大锤，自己抡起来砸一会儿，一来自己活动活动，二来让她们也轮换着休息一下，那么大的锤，我自己抡一会都会气喘吁吁，更何况这些女的，抡一个月的铁锤，才一千五。赵小丽上班的第二天，就有几个女来问要不要人，我说不要了，那几个女的就说不要人为什么要了赵小丽，我说她的情况特殊，一个女的就在边上嘟囔说，有什么特殊的，不就是比我们年轻些好看些。我说她一个人带着小孩儿，情况是比你们特殊些。另一个女的说，她家还住着考古所的，她收房租，还天天给考古所的做饭，又在考古所的工地上挖土，又浇水，挣了不少钱了。

女人们互相恨起来是很刻薄的，我就答应她们以后如果要人就要她们，才嘟囔着走了。

我在远处往这边看的时候，几个女的手里的铁锤高高地扬起，很快地落下，又一个高高地扬起，很快地落下，一下一上下地很有节奏。我一走近，她们手中的铁锤就没有了节奏，有的很抬得很快，落得也快，有的抬得不高，节奏很快地落在石头上，我不好意思说出来，看到一个节奏快的，接过来自己一下一下缓缓地抡，我抡一会儿，她们手里的铁锤的节奏也就慢慢地缓了下来。

一天早上，我们一到工地，看到桥墩上贴有法轮功的标语，监理让一女的带上水和刷子去刷那些标语。

一段时间我们没有填方段，挖出的土直接往有两棵树三只鸟窝的那个沟里面倒，挖出的土黑黑的细细的带点黏性。赵小丽家的院子低台子高，她就想用土把院子填高一点。

工地有个规定，凡是工地以外的活儿都要收钱。我们拉了土往弃料场扔，那是在工程以内的事，如果拉了土往外走，那就要收钱。赵小丽要土时我把这个规定同她讲了，她接受了，钱从她的工资里面扣。赵小丽家的院门小，下午五“大翻”土堆在她家门前，不仅挡住了门，还把门前的马路占去了大半。最后一趟我坐着“大翻”过去了，我看到赵小丽看着挡住门的小山在那里发愁。

那一座小山她一个人用锹不知哪个年月才能搬进院子里去啊！

晚上小装载机去修便道，我让司机修完便道后顺便把赵小丽家门前的土搬了进去。司机回来后对我说，他用了一个小时，就让赵小丽家的院子平平展展，明天就可以种菜了。

下午下班时赵小丽问我装载机的钱怎么算，那个小装载机一小时一百，我说，不用算钱了，就算是对你干活积极的奖励。

晚上我在我们睡觉的那间屋子外面的那间房子里吃饭，听到门外面叮叮当当地响，有人营长营长地叫我。我端着碗走到门外，赵小丽指挥着一个男的抬了两箱啤酒两箱矿泉水进来了。她见到我走到我面前说，吃饭啊，我看看你们吃的什么？说着往我碗里看。

我问你这是干什么，她说，没什么，我送给你们喝的。

我还想说些什么，见她拿起灶台上我放的石头，认真地看了起来。

工地上的几个女的都要土，她们都认为我让“大翻”把土送到赵小丽家，还用装载机帮她搬进了院子，我说是要钱的，她们都很怀疑地低头不语。

第二天晚上，国林接到了李监理的电话，李监理介绍来的现在天天迟到早退的女的也要土。

国林放下电话就骂。我问国林那个女的是不是李监理的亲戚，国林说，他从沈阳来的，在这山沟里有什么亲戚，是他找的鸡。

骂是骂，监理还是得罪不起的。下午下班时国林安排了三辆“大翻”装满土，让那个女的带路，我后面坐着装载机送到那个女的家里。这个女的家就住在监理公司住的隔壁，院子小，土没地方堆，她指挥说就贴着外面马路边一堵墙堆起来就行。这里的农村都是旱厕，这个女的要土用来填厕所。装载机推土的时候我见那堵墙很单薄，我让司机尽量多占一点马路，别把女的那堵墙给压翻。没想到，我一语成谶。当天晚下就下了一场雨，早上我接到那女的电话请假，说她家的墙倒了，她要请人砌墙。我对国林说了，国林说，这下麻烦了，李监理肯定向我们要砖要沙子，还要我们找人给那个女的砌墙。

上午我们休息，下午到工地时来了一个姓张的监理，这个张监理很年轻，我们聊天时知道李监理被叫回学校去了。

负责工程监理的公司是沈阳的一所煤炭学校办的，担任监理的都是学校的老师和老师带的实习学生。外出到工地，有吃有喝还有红包拿，这个监理公司比其他监理公司还多一个节日——教师节，教师前的前一个多月，监理公司的人就给国林打招呼，教师节快到了，学校的领导已给他们打过了招呼，要提前做好准备。国林送去了两万元，教师节前一天晚上，请了监理公司的所有工作人员到市里面吃饭、洗浴。教师节那天，监理公司庆祝教师节，请项目部和工程队的吃饭，项目部的送了红包，国林又给每个监理送了一只鳄鱼手包。国林说，最讨厌的是那些刚来实习的学生，那些学生一天到晚盯在工地上，有一点不符合标准，马上就成了他要挟的借口。去年一个学生监理半夜在工地上转，不小心掉进坑里腿摔断了，监理公司说那个监理到工地进行正常检查，要国林负担医药费。还有寒暑假，老师的学生、学生的同学，男男女女，一伙一伙来工地，只要一来人，监理公司就打电话要工地安排吃喝住宿，临走时，还要准备土特产。这个地方的大枣出名，国林说他已买了几百斤了。这样，学校老师争着往外跑，学校就按创收排名，哪几个老师，哪一组人马外出事故少，给学校创收多，那一组人马，那几个老师就常年外出，哪一组人马外出事故多，给学校创收少，那几个老师就待在学校教书，所以在学校里搞教学的老师都是没本事的，连学生都瞧不起站在讲台上给他们上课的老师。

那个李监理在他介绍来的那个女的家院墙倒了的第二天被招回学校去了。第三天一早，我们到工地时那个女的已经到了，她抡起铁锤，一下一下地砸在石头上，铁锤落下的时候，整个身子都在抖动，我接过她手里的铁锤，边砸石头边问她家的墙砌好了没有，她说她雇了几个人，两天就砌好了。

女的说完，从我手里拿过大锤，全身抖动着，一下一下地砸了起来。

9

祈祷得久了，心里想的事就实现了。

工程推进到考古所挖掘现场前面时，我还是一有时间就进到路基两边的田地里转悠。我在心里默念着，我们人类几千年前的祖先们啊，我从几千里外的地方来到你们住过的地方，在你们的家园里都两个多月了，我们是有缘分的，你们就满足我这个小小的愿望，找到一件你们曾经用过的石头工具，留个永久的纪念吧！

下午我拉油回来，没有风，太阳朗朗地照着。我望望考古所那边，那边能看到人，还能听到女人说笑的声音。地里的玉米都五寸多高了，再高一点我就不能进到地里面转了。这段路基是挖方段，挖出的土都是黑黑的和考古所那边挖出的土一样。考古所这边的那块地里我转过好久了，没找到我想要的东西。我望望路基另一面的护坡，学着炮手郁青年爬坡的样子手脚并用地爬护坡，我想爬上护坡，到上面的田地里找我想的东西。我四肢并用，头刚伸出护坡，一块石头躺在我眼睛前面的鼻子下面。我伸出手拿在手里，石头热热的还有太阳的温度，石头上面有小坑里面还有细细的黑色的黑土的沙粒。

我找到了，我终于找到了一件我们人类祖先在几千年前用过的一件石头工具，斧子形的石斧啊！我们人类几千年前的祖先真是对我不薄啊。我坐在发烫的黑土地上，心里十分的高兴和激动。

这个石斧上面有很多敲击后形成的小窝，斧子的背面很厚，前面尖尖的，弧形的两边被敲打得很薄，是斧子的刃。

国林放在保险柜里的那个石斧两头尖，斧子的表面很光滑，是磨制的，按历史上讲是属于新石器时代，而我手里的这个石斧明显是敲打成的，属旧石器时代，比国林的那个石斧的时间还早，早个几百年几千年都有可能，那时候没有文字记载，新旧时代的划分不是按年份，而是按人类制造的工具划分的。

这个地方居住过的我们人类的祖先对我真是不薄啊！

这个地段挖出的全是和考古所挖掘点挖出的一样的黑土，有的地方的土甚至像木柴烧过的灰，在阳光的照耀下闪着淡淡的一层光亮。

这是土啊，又黑又亮的热乎乎的黑土啊！在几千年前就养育过我们人类祖先的黝黝黑土啊！真让我高兴和欣慰啊！

在正对着考古所挖掘现场我们路基的护坡上面，有几块挖下去有一尺深的方形的坑，我估计是路基没有开挖以前考古所的人挖掘过的地方，我在找石头工具的时候自己拿铁锹在那几块方形的坑里挖过，但是我什么也没挖到。勾机到这个地方挖土的时候，工地上好几个人都蹲在勾机勾斗前面，眼睛盯着勾机下勾，挖土，提土，勾斗转身装进“大翻”里，再看着勾斗又下勾，挖土。好像勾机一勾下去会挖出一斗的黄金，然后大家一哄而上，抢得满怀的黄金，从此告别为钱发愁的日子，过上纸醉金迷的生活。

我转过身，离开围着勾机勾斗的人群，走下护坡，拉开一个“大翻”的车门爬了上去。到了弃料场，车一停我就跳下车，“大翻”扬起车厢，哗哗地往下倒土的时候，我拿着一根木棍，把顺着土堆滚下来的土疙瘩一个个敲碎，把敲不碎的拿起来用手掰去上面的泥土，看看疙瘩里面包着的究竟是个什么东西。

我在土堆里扒拉着找东西的时候老姜过来了，郁青年的哥哥也过来了，他们也像我一样见着滚下来的土疙瘩就捡起来捏碎。很快我捡到了一件上面像个提手、底部很平的印章一样的黑黑的好像烧制出来的比石头轻一点的东西，我拿在手里对老姜和郁青年的哥哥说我捡到了一个印章。我擦去底部的泥土，希望看到歪歪扭扭、弯弯曲曲的少数民族的文字，但是，我捡的这枚印章的光滑的底部，什么也没有。我想，作为一枚印章，底部没有文字或者像文字一样的符号，这也是有可能的，因为在这枚印章的时代，我们人类的祖先还没有发明出文字，没有发明出成为以后象征文字起源的某类符号，所以，我的这枚印章作为一枚印章的可能性是存在的。

又一“大翻”黑土哗哗哗地往下倒的时候，我捡到了一个圆形的土疙瘩，我掰去上面的泥土，石头两面暗红，圆形的周边白色，一块地方褐色的，好像沙子粘在上面一样，手摸起来很粗糙，使劲擦都擦不掉。可能是“大翻”司机在勾机前面说了我捡到了一个印章的事，围在勾机边的几个人也到了弃料场，老姜说，是个石蛋，郁青年的哥哥说可能是以前的人玩的石球，有人说可能是什么鸟蛋的化石，还有人说是恐龙蛋的化石。到底是什么？从土里面挖出来的，谁都没有见过的东西，都说不清楚。

两天前下过雨，弃料场里“大翻”的车辙里还汪着水，我把圆形的石头放进水里，想把上面的泥沙洗干净，清清楚楚地看一下，我捡到的到底是个什么东西。 我把石头放进水里，用手擦洗上面黑色的泥土，石头表面露出了铁锈一样的红色，石头圆润的周边像乌龟的肚子一样白皙，我擦洗哪块像粘在上面的沙子的地方，那一块的沙子就像粘在上面一样，渐渐露出褐色的颜色，我猛一下把石头从水里捞了起来，一巴掌扇在脸上，给了自己一个响亮的耳光。

我在洗什么啊！我洗掉的可是几千年前的沙土，和几千年前的一只动物的血混在一起的褐色的血和泥浆啊！

我的脑海里浮现这样的场景。

一个眼窝深陷，两只眼睛漆黑如两颗明亮的珠子，腰里缠着兽皮和树叶，头上插着长长的羽毛的我们人类的一个年轻的祖先，捡到一颗比拳头大一点的石头随身带在身上，他十分爱惜这颗红褐色的石头，经常拿出来在石头上磨，在兽皮上擦，时间一久，石头的表面光滑而又湿润。一天，他和一群人追着一群野兽在原野里飞奔，他的同伴们把绑着石尖的长矛插进了动物的身体，有的同伴把箭射进了动物的身体，他追的那只野牛还在狂奔。他奋力往向前跑，超过野牛，在野牛侧转身体准备往另一个方向奔跑的时候，年轻的祖先跃起身休，把手里的石头，奋力向野牛的头顶砸去。

那一下，石头正中野牛的眉心，野牛又往前跑了几步，停下身子，四野里望了一下，硕大的身体轰然倒地。我们人类的祖先享用了野牛肉的美味后，年轻的那位在草地里寻找他心爱的石弹，这颗粘着野牛鲜血的石弹，历经几千年时光之后，从厚厚的黑土里面挖出来，在我手里细致而又粗糙。

老姜捡了一块石斧，说是石矛尖也行，这个石块长长的尖尖的，拿在手里可以割东西，绑在木棍前面可以当矛刺杀动物，还可以像标枪一样投掷。老姜拿在手里用手擦去上面的泥土，翻来翻去看，郁青年的哥哥接过手说，是青钢石。我拿在手里看，石斧是青色的，青色的石斧上面还有青钢石特有隐隐约约的白色的雪花图案。

老姜走过去放进水里，把石斧洗得干干净净，那个石斧散发着淡淡的青冷的光芒。

我把印章拿出来，一只手撩起水把印章的底部放在手心里的水里慢慢擦洗，印章的底部很光滑，我洗了很久，印章的下面还是没有什么字形和图案，甚至连一点点什么东西划过的痕迹也没有。

郁青年的哥哥找到了一个中间有一个小孔的泥烧的算盘珠一样的东西，他用手擦掉上面的泥土看了一会儿，没感觉到什么特别之处后给了我。

找到了石斧、石弹、印章、算盘珠，晚上吃饭时我打电话要了一箱啤酒，让厨房加了两个菜。我们在我住的那间房的外间支了一张桌子喝酒，一个勾机司机用嘴咬开瓶盖，仰起头咕噜噜下去半瓶酒，看了一下桌上的我的石斧、石弹、印章、算盘珠，转身出去了，很快他拿了一块石头放在了我的面前。

营长，你天天在找石头，我送你一块。

天哪，这块石头简直可以说绝了。

整块石头就像汉字的“凸”字形状，如果说我看到的考古所所长从挖掘现场挖出的那个石铲是石铲的话，那我手里的这个像汉字的“凸”字形状的、和我手掌一样大小的、青色的、表面光滑的薄薄的只有烙饼一样厚的、还粘着细细的黑色的沙土的石铲更像石铲。

我小心地把这个石铲捧在手里，生怕这个薄薄的我们人类的祖先在几千年前用过的石铲在我的手里破了。当然，这个石铲是不会破的，它已经历了几千年的岁月，才到了我的手里。我估计，我们人类的几千年前的那位祖先捡到了一块手掌大的方形的薄薄的石块后，先把石块的三个边磨出刃，把石块的表面磨得很光滑后，爱不释手地拿在手里把玩，他把这块石头天天带在身上，天天用这块石头切肉割皮，一天，他吃了肉喝了水，甚至在洞里睡了一觉后，拿出放在身边的这块石头放在眼前看，他看了一会儿，感觉这个石头好像少了一点什么，应该再加点什么才更加好看。他走到山洞外面，把石块放在一块大石头，拿起另一块小一点的、一头很尖的石头，一手抓着自己的石头上，用另一只手里石头的尖部，向自己的石块的一边轻轻地敲打，他把石头没有磨出刃的那边的两边轻轻地敲掉，留出一块“凸”出的“把”。这样这块石头使用起来比以前更加顺手。从另一个角度讲，这个有“把”的石头更像一把石铲。这就说明用打击和磨制的方法制造和使用了几百几千年的我们人类的祖先，已不仅从实用好用的方面考虑，而且向好看的方面考虑制造工具。说明我们人类的祖先在几千年前的旧新石器时代，就已经用审美的眼光来看待和改造世界了。

身边的电话轰响，我迷迷糊糊地放在耳朵边。赵小丽急促地说他小孩病了，要我帮她往医院送一下。

我开车到她家门前，院子里面亮着灯。听见狗叫赵小丽把我迎进屋里，考古所的所长也在地上站着。我一看小孩儿头上冒汗，脸色发白，嘴唇发紫，嘴角还留着吐过的东西。我让小孩儿张开嘴，小孩儿张开嘴，我看到小孩儿的舌头像黄瓜一样绿。

食物中毒。我抱起小孩儿就往外走，赵小丽抹着眼泪跟在我后面。

医生的诊断和我说的一样，是食物中毒。赵小丽说她小孩儿下午和几个小孩儿到外面去玩，吃了树上的杏子，他们摘杏的那家的树刚打了农药。

医生拿了病历本和几张单子让赵小丽去交费，赵小丽手伸进口袋里没掏出钱。我把身上带的七百块全给了她。输第二瓶的时候小孩儿的呼吸顺畅，脸色慢慢变红了，头上的汗也收了。医生用手电筒看了一下眼睛和嘴巴，看了一下血压说没事了。

赵小丽叹了一口气，说吓死我了，说着背过身又开始哭了。我拍拍她的肩膀说，小孩儿没事了，你哭什么。

她弯下身子，摸着小孩儿的额头，脸，说，这个小孩儿有个三长两短的，我就活不成了。

我笑笑说，你说的什么话，小孩儿这不好了吗？你这么年轻，以后还有好日子过呢，你没考虑再找一个？

再找一个，一个就让我烦死了。小孩儿的爸爸和这里的男的一样，没什么本事，还喜欢喝酒，后来又去赌钱，输了钱就回来发脾气。天天都那样，后来我带了小孩儿回来了，这几年我父母帮我带小孩儿，我在城里挣钱，前年修路占地赔了钱，我又借了一点盖了我现在住的这院房子，考古所的来以后，我主动找他们到我家来住，每月房租给他们做饭有一千多点，我再做点什么就能挣到两千多，今年下来我就把借的钱全部还掉。我现在一个人养我小孩儿，如果我还跟着我以前那个男的我还得养两个人。前几天我那个男人还找人带话给我让我回去，如果我不回去，他来我这里也行，你看哪里还有这样的人，他一个大男人，自己连自己都养不活，还想来靠我过，我才不要这样的人。

你一个人带小孩儿，这也不是长久之计，你还是再找一个，你这么年轻，一个人过也不容易！

看吧，看能不能遇到一个好一点的。

她望着我，眼睛变得潮湿、温情、专注。

晚上下了雨，上午开不了工。九点钟，手机响了，是赵小丽打来的，她说反正上午不上班，中午请我们到她家吃饭，我们待在住的地方也很无聊，就答应了。

饭是请在她父母家里的。我们进去刚坐下，考古所的所长和另外一个人也过来了。考古所的刚进来，又进来一位肩上有一颗星的武警军官，赵小丽介绍说是给她家站岗的几个兵的领导，刘排长。菜端上桌子，又进来两个人，一个是赵小丽她家所在的这个村的村主任，一个是村里的会计。

我的右手边坐着考古所的所长，左边的位子空着，菜上满桌子后，赵小丽就坐在了我的边上。一起喝了几杯后，我问所长，那个中间有个小孔，比算盘珠大一点的东西是什么？所长肯定地说，是线锤，就是一个木棍，下面坠着一块石头纺线的线锤的下面的那块石头。这种纺线的线锤到现在我的老家还有，我老家把这种工具叫线杆子。我老家地里面种麻，农闲时妇女们就用线杆子碾了麻绳纳鞋底，绱鞋。所以考古所的所长说是纺线锤时我心里就不服气，感觉他说错了。因为他说的东西我从小就见过，线杆下面的那个石块中间是有个孔，但是那个孔是要插进手指一样粗的竹竿，把石块和竹竿连在一起的，那个孔应该有手指一样大啊！而郁青年哥哥捡到后，弄了好一会儿，才把一根很细的铁丝从石头中间穿过去，后对着阳光看了很久，感觉实在没什么新奇了，才给我的。如果考古所的所长说是算盘珠，那我也就当算盘珠信了，但是他说是线锤，我就怀疑。我想这个东西应该是我们人类的几千年前的一个很爱美的祖先，挂在胸前的饰物。

我还想到我第一次捡到的那个石碗，我肯定地说那一定是个石碗。因为如果是考古所的所长说的门窝子，那么石块中间凹进去的小坑里面的内壁经常和门轴摩擦，应该是很光滑的，而我好多次看那个石碗，用手摸石碗的内壁，石碗的内壁很粗糙，被更硬的很尖的东西打击后的一个个密密麻麻的小坑点清晰可见。

我这样想着，但是我没有说出来，我怕我一说出来他就知道我有，肯定让我拿出来，我一拿出来他就有权没收去了。

我又问我那个印章是个什么东西，在我比画和讲解中，他一口说，是器耳，就是比如泥罐、瓦罐上面的耳朵。

我心里一下泄了气。

一个部落，很小的一个国家的玉玺和一个器物的耳朵，根本就没法比啊！

所长端起酒杯敬我，他说，看来你这段时间收获不小啊！

我说，没有，我什么都没有找到，我是看到别人捡的。

所长喝了酒杯里的酒说，前段时间你什么也没找到，天天在地里沟里到处转，这几天没见你转了，我就知道你已经找到了你要找的东西了，你说这个地方，在我们考古所的周围，你转来转去的，还能找什么。你也不错啊，居然想办法接近了我的房东，现在我们房东嘴里一天到晚营长营长的，你在部队是不是搞特工的？你可千万别动我那边的东西，你从地里捡的，哪怕是你从别人手里买的，今天我们一起喝酒了，我就当没这回事，我也不问你要，我如果要，也不会自己张口，我想要，这里的公安就会找你。

这是哪儿跟哪儿呀！

我坐在凳子上，一时间成了热锅上的蚂蚁。

刘排长知道了我的身份端起酒杯说，营长，我敬你一杯！如果在部队，我还得向你敬礼啊！说完和我碰了一下杯，自己先喝了下去。我脑子里有事，喉咙好像被棉花塞住了一样，什么都咽不下去。

没什么，所长都说没事，你还想什么，前段时间我们家金子把所长粘了好多天的一个破罐子打烂了，所长都说没事，还说这下成了破了又破的破罐子。

赵小丽的一番话缓解了气氛，我心里也释然了。

刘排长说，领导，你就放心地喝吧！那些破罐子烂石头也就他当个宝，化石馆的人还用化石切墙呢，谁稀罕那些破玩意，你如果想要，改天他去了沈阳，我进去拿几个给你，挖了一年多了，他那屋子里老多了。

是啊，考古所的所长都说没事了，我还想什么。

刘排长站在我身后，像我的哨兵一样，我酒杯一放下他就给我倒满。村长和会计更是一杯接一杯地敬我，他们俩只有一句话，要我们继续拆他们的房子占他们的地，而且价格好商量。

这中间好像那个钻在我怀里被赵小丽骂过的那个叫根良子的牵着一个刚走路的小孩进来了，他一进门把手里的小孩给了赵小丽的母亲，主动坐上了桌子端起酒杯给我们敬酒。他的老婆去年跟着一个给项目部开平地机的内蒙的司机跑了，他现在带着小孩成天在村里转，听到谁家喝酒就进谁家，喝多了就在谁家哭。

我四肢舒展地躺在我老家的炕坑上，我的鼻子闻到了炕坑被柴草烧焦气息，我四肢随意摆放，随便翻身，都四平八稳地躺在占了半间屋子的老家的炕坑上。我侧转身子，睁开眼睛，我的眼前脸色红润，胸前垂着一条又粗又长的辫子的媳妇正在看着我。

这是怎样的真实与不真实啊！

你醒了！

听到女的声音，我打了一个激灵，彻底醒了过来。

再睡一会儿，天刚黑。赵小丽坐在炕沿上，手里拿着辫子对我说。

我怎么睡在这里啦？

你喝醉了，他们几个把你抬过来的，你还一个劲地要回去，路都走不稳了还想回去。

是埋怨，是夫妻之间那种包容的埋怨。

我走出门，那只狗“汪”一声向我扑来。赵小丽喊着狗，我看到赵小丽家对面山上人家，亮着的朦胧的灯火。

10

西三家桥下面武警设了卡，刘排长带着两个兵在盘查过路人和车辆。我们过去的时候没检查我们，只是说上班的时候要随身带身份证。10点钟我拉油回来，工地上几个公安在一个一个检查核对身份证，工地上没带身份证的又回去取了回来。

我问赵小丽发生了什么事，赵小丽说，考古所的人挖出了一个化石，是一个什么鸟和鱼在一块的化石，很少见的。

我去市里拉油的时候，公安在我们住的老姜的院子前面，从公路通往进山的路口的地方设了岗，我们去市里，他们要检查车辆，还要在他们的一个值班日值本上签字。

油站边一个卖报纸的在喊，快来看啊！松市是整个东北第一只鸟飞起的地方！

我买了一张，头条新闻的标题是，据考古发现，松市是东北三省第一只鸟飞起的地方。内容是，在近两年的考古挖掘当中……最近，在我市新东区八道泉子镇西三家村出土了一块化石，化石上面一只不知名的鸟的嘴上叼着一条鱼，据专家考证，这是迄今发现的最早的一块鸟类的化石，化石上面的鸟具体是什么鸟，专家还在研究考证，相信不久，会给读者一个满意的答复。我们松市是东北三省第一只鸟飞起的地方已是不争的事实。

文字边上配了一幅黄褐色的照片，照片上面一只鸟展开着翅膀，鸟尖尖的嘴下面，一条脊椎弯曲的鱼的图案清晰可辨。

第二天，我去拉油时，卖报的人喊，快来买报啊！松市是全国第一只鸟飞起的地方！

第三天，卖报的人喊，早看早知道，我们松市是整个地球上第一只鸟飞起的地方。

电视里一遍遍播放着叼着鱼的鸟的化石，穿着黑色西服打着红色领带的各级领导、考古所所长、赵小丽家考古所的人住的房子、考古所的人住的房子前面站岗的两名武警战士、赵小丽家的院子、赵小丽家院子里的那只狗、赵小丽家的大门、赵小丽家大门口两名站岗的武警战士一天到晚，在电视里轮流和广大观众见面。

街道上、商场里、油站里、工地上的人都在说这件事，人们说那只鸟就是传说中的“凤凰”。市里面已把凤凰定为市鸟，把市里面最繁华的中央街的十字路口原来赶羊的牧女的雕像拆了，要模仿化石上面那只鸟的样子，给市鸟凤凰建一座高大的雕像，用凤凰集香木自焚，复从死灰中复活的浴火重生的故事，来象征松市人民在经济建设中振翅前进的精神。

我问赵小丽，能不能不给所长说一下，让我看一下那只鸟的化石。下午，赵小丽说，她问过所长，所长说现在所有的闲杂人员都不能靠进她家的周围，她家里面已是内两层，外两层哨，晚上还有暗哨，二十四小时都有武警站岗。

路基上一天到晚各种小车往来不断，中午一辆小车停下来把刘排长叫过去说了什么，小车走后我过去问刘排长，小车里的人对他讲了什么？刘排长说，小车里的领导要求他不但要严查往来的车辆和人员，还要严密监视工地上干活的人。我对刘排长说，能不给给他们领导说一下，让我去看一下那个化石。刘排长说，支队的领导下了死命令，任何人不得靠近。

下午工地上来了几个公安，又一个个检查核对身份证。

我不敢到考古所挖掘的地方去了，也不敢到路基两边的田地里去转，各种机械正常运转开，所有的人都到位干起活后，我就从一个点到一个点地转。我往女的那边走的时候，老远地就看到赵小丽扶着铁锹望着我，我走近她时，她才低下头干活。以前，我走到她们中间，随便接过一个人手中的铁锤或者铁锹干一会儿，有段时间，我一到她们中间，几个女的抢着把她们的铁锤铁锹塞到我的手里后，嘻嘻哈哈地看着我干。现在我一到她们中间，赵小丽首先低下头干活，一句话也不说，我想到她边上，接过她手里的铁锹，但是我走到她身边时，却接过了另一个女的手里的铁锤。我和她站在一起干活，我把大的石头砸开，她用铁锹把我砸开的碎石散开。我干一会儿，身上出汗了，就把铁锤给她们，我走开到另一个点上看她，她也向我的这个方向望着。

我要在“八一”前赶回部队。七月十五日一早，我到了市里，先在仿古街买了几块化石，我想给我几个朋友一人送一块，这里可能这一生只来这一次，做纪念，化石最好。我打好包到邮局去寄，邮局的人说是违禁物品，不能寄。我又到一个托运站，托运站的人说托运可以，如果被检查站的没收了他们不负责。这下，我只能抬着上百斤的石头上路了。

到了松市长途汽车站，买票时只有下午四点的车，到北京要到凌晨二三点，我决定在松市住一晚，第二天一早早走。晚上八点多，手机响了，我一看是赵小丽打来的，她问我，你走啦？我说是，回去有很多事。

她不说话，只听见电话那头喘气的声音。

你还来不来啦？她问我。

不来了，工程九月就完了，我没什么事。

你现在在哪里？

我在车上。

我拉开窗户，外面的车声很大。

手机一直通着，赵小丽不说话，我一直听着，直到手机里面传来嘟嘟的挂断的声音。

我在北京参观了故宫、十三陵、八达岭长城，回到甘肃后，在老家待了五天。

到广州一下火车，人就进入了闷热的蒸笼一样，我的肩上还扛着一百多斤重的石头。在北京，在兰州，在广州进出车站通过安检的时候，我一直担心箱子里的石头会被没收，看来，我的担心是多余的。

我从流花车站上了开往赤岗的汽车，车里有冷气，我擦着汗水找到座位坐下，一个卖报的在喊，卖报，卖报，东北特大盗窃犯在广州落网！东北特大盗窃犯在广州被公安抓获！

我买了一张，报纸头版头条登着“吉林省松市特大盗窃案嫌疑人在我市落网”，内容是“吉林省松市号称地球第一只鸟类化石被盗窃十天后，昨天案犯被我市警方抓获，该犯罪嫌疑人是一名女性，据犯罪嫌疑人交代，她盗窃这块举世罕见的化石不是为了倒卖，而是要送给她在广州某部队的一位叫营长的朋友……”

一时间，我头脑恍惚，坐了十几年的专线车好像朝着相反的方向开。

张老锅

1

放学时，我们在教室口排好队，班长王新才问童老师："走不走？"童老师说："走，提支歌。"王新才自己先唱一句："牛儿还在山坡吃草，唱！"全班同学都开始"牛儿还在山坡吃草，放牛的确不知道哪去了……"边唱边往学校外面走。唱歌的人越来越少，队伍走过小桥时唱歌的只有前面的几个女生了，王新才大喊一声"立定"。后面的听见停了下来，前边的几排还唱着"四下里乒乒乓乓响起了枪炮，敌人才知道上了当"往前走。王新才跑到前面大声说"停，停下！"前面几个已走出了校门。走出校门就自由了，8队的几个一转过电管所的门就跑不见了，就是听到王新才的声音也装作没听见。王新才再转回身，校门只开了一扇铁门中间的小门，所有的学生都往外挤，我们班的学生已和别的班的混在一起。王新才好多次对童老师说："队伍到了校门口是最难管的！"

我跟着混乱的队伍到校门外面，拐过水电所墙角，8队的一队小伙排着队迎面走来，他们一边走一边抓边上的学生，大声说："排好队，排好队，我们都排队了你们怎么不排队！”

8 队的一队小伙，头上戴着里面用硬纸叠的三角支的高高的黄军帽一个跟着一个往巷子外面走，放学的小学生往巷子里面走，他们这一抓一吓唬，很窄的巷子里的小学生们乱叫着乱碰乱撞，像炸开了锅一样更加混乱。

那时我们家拆了原来院子里的旧房子，新盖到挨着 8 队的学校前面的地里。一天下午我放学到家，家里来了一个上衣披在身上、露着里面一件新毛衣的人和父亲喧谎。见我放学回来了，母亲对来人说：“我下饭了，就在家里吃！”

我下午放学到吃饭时父亲还没回来，母亲就让我到 8 队我张家大大家去找我父亲回家吃饭。我张家大大，就是那个披着衣服露着里面红毛衣到我们家来的人，后来我才知道那次他到我们家是刚从监狱里回来。我顺着巷子到 8 队一家门口，穿过这家的院子到里面一扇厚厚的院门前，跨过高高的门槛进到里面，从东面黑黑的堂屋的屋檐下走到了院子西北角的小院里，小院里几个人蹲在地上吃饭，我向着吃饭的人问：“大大，我父亲来过没有，我妈叫他吃饭哩！”

里面一个吃饭的问我：“你是谁家的？”

我说：“我是王家的，印屋里在学校门前头的！”

“噢！你父亲没来过！”

我问我父亲来过没有时我的眼睛看着我面前的一个端着碗吃饭的人，我看到这个人碗里的饭很白，汤里面的山药块很大。我看着这个人碗里的饭的时候，这个人白眼珠往上一翻看了我一眼。

这个人天天戴着一顶里面支得高高的黄军帽在村里转悠着，小孩们都怕他，都想亲近他，他叫张老锅。我张家大大经常到我们家来和我父亲喧谎，我家吃饭时我经常到我张家大大家去叫我父亲，张老锅是我张家大大的老五弟弟，我在村子里碰到张老锅就跟他打招呼，我们就这样一天天熟悉起来了。

2

我们放学的时候经常看到张老锅蹲在公路边上的水沟边看着来来往往的汽车。公路对面有一家国营饭馆、一家国营商店，挨着商店还有一家国营肉食组。每天早晨四邻八乡的人拉着赶着猪来卖，肉食组的人杀了猪抬到公路边的铺子里卖，一斤9毛8，给一块，找一个银光光闪闪的贰分的硬币。学校前面的空地上，公路对面的饭馆前面，有村里人卖西瓜、卖葱、卖萝卜的小摊。水沟旁的公路上一个高高的电线杆上挂着一个生锈了的铁牌，上面写着“红镇站”。放学的小学生从水沟里捡起一块石头一扔，“咣”一声打在牌子上，张老锅一下从地上冲过去，抓住小孩儿就是几巴掌。

“你没看到我在这里坐着吗？你把那牌子打下来过来的车往哪儿停呢？我看你以后还敢不敢打？”

小学生被张老锅一顿巴掌打得哇哇直叫，哪里还有说敢与不敢的机会。张老锅又几巴掌下去，问小学生：“饶了没？”

小学生说：“饶着哩！”

“下次还敢不敢啦？”

小学生说：“不敢了！”

张老锅说：“还不快滚？”

小学生转身就跑了。

张老锅的父亲一天到晚嘴里衔着一只黑色的烟锅子，一次我去他家时张爷子正在编鞭子，他编的鞭子是牛皮鞭子，我看他怎么编，还没走近他身旁就闻到一股浓浓的烟渣子味道。村里人叫张老五是“张老锅”，就是因为他父亲一天到晚嘴里衔着烟锅子。

星期天，我到校门口时张老锅已在水沟边站着。张老锅叫我在他身边坐下，他问我，学校有没有人欺负我，如果谁欺负我就告诉他，他要把欺负我的人往死里打！

那时我和童永发坐一张桌子，他用粉笔在桌子中间划了一道线，我的位置只有三分之一，我过了线，童永发就用胳膊肘顶我。他没有钢笔，老师检查时他就抢我的钢笔写字。我想了一会儿，王新才用教鞭打过我，但是，王新才是班长，我和童永发说话时让他看到了。

我对张老锅说："童永发，童永发打过我。"

张老锅问："就是印队里的狗娃子。"

我说："就是他。"

放学时我们班的队伍刚出学校门，张老锅一把抓住童永发劈头就是几巴掌，童永发给打愣了。

"谁让你打王军子的？啊？"张老锅又是几巴掌。

我就站在童永发边上，王新才、赵卫红、庄正学、刘永才几个8队的都围了过来，一个个看看我又看看戴着高帽子的张老锅。

"不打了，我再也不打了！"童永发说了两句，嘴一咧，哇地哭了起来。

"王军子，你打他，把他打你的还给他！"

"我不打了！"

童永发越哭声音越大，张老锅让我打童永发时我的两手不由得往后缩了一下。张老锅拉起我的一只手，把我的手捏成拳头，往前推，我的拳头就一下一下地打在童永发的身上，童永发就在我一拳一拳地打击下哭着往后退，我被张老锅推着一拳拳往前进。

3

从此，我们班再也没有人欺负我，就连我们班班长王新才都在班上说我和张老锅关系好，谁如果在学校打了我，张老锅就在校门外等着他。童永发家的狗生了小狗，星期天他抱来一只送给我，小狗可爱极了，眼睛比煤球还黑，我抱在怀里它用小小的舌头舔我的脸。

过年时很多人在8队的办公室院子里押宝，一个人蹲在地上把两枚硬币扬起来往水泥台子上一丢，两枚硬币落在台子上弹起时用手扣在台子上，两面是国徽的是“麻”，押在大拇指的地方；两面是数字的是“字”，押在小拇指地方；一个国徽一个字的是“喝风”，押在四个指尖地方。“双字”“双麻”赔两倍，“喝风”押多少赔多少。从大年初一开始，一直到开春种麦子时，村里的大人小孩儿都在玩。

大人们五分一毛地押，我们小孩儿一分两分地押，我一毛钱输完后从人堆里钻了出来心灰意懒地回到家，我想从奶奶或者母亲那里编个谎要五分或者一毛再去押，但是我回到家时家里没有人，我从门口的土块下面拿出钥匙打开门，一个抽屉一个抽屉地翻，希望能找到一分两分最好五分钱，我好再去赢回我的本钱。所有的抽屉都翻过了，我还是没找到一分钱，我关抽屉时一节小电池在抽屉里滚动了一下，我心里一亮，小电池的后面的铁片和一分的硬币一样大。那时很多人家的锅破了壶破了补的时候，按破了的洞的大小用一分、两分、五分的两枚硬币，用锤子砸出空心，中间宰出小孔，用一截铁丝把里外两个硬币铆在一起。锅破的实在只能当废铁卖时，小孩儿又把锅上的硬币撬下来当钱用，所以那时候很多小孩儿手里都有被烟火熏成黑色、被锤子砸得模糊不清的中间有眼的硬币。

我用锤子砸开电池取下电池后面的铁片，用一根长钉子在中间宰出一个眼，又用锤子把铁片的表面砸得坑坑洼洼的，然后用脚踩住在煤窝里磨了一会儿后拿在手里跑到8队办公室的院子里挤进了押宝的人堆里面。庄家把两个硬币扬起来扣在台子上捂定，周围的人开始押钱。

我押的是“喝风”，庄家开的是“双字”，我输了，我的头嗡一下大了。

庄家一拿到我的钱我就露馅了，我不是被庄家当众羞辱一顿、脸面丢尽，就是所有的人都知道我没钱，我是用一个铁片在押，开学后8队的几个同学会把这件事告诉全班同学，让我在班里抬不起头。就在庄家收钱时，张老锅一下按住了我的钱，他对庄家说王军子押的是“双字”，他亲眼看到我的“钱”从庄家的小拇指“双字”的地方滚到庄家指尖“喝风”的地方的，要庄家赔钱给我。

坐庄的是2队的跟牛子，但是他现在在8队，在张老锅家跟前的8队的办公室里，他望望张老锅，看了我一眼，左手把两分钱放在台子上，我拿起两分钱，张老锅把他手里的我的“那分钱”也给了我。

后面我用“赢来”的真钱押，到散场时我赢了两毛多的硬币。

我再也没有用过电池后面的铁片，那天散场后我就把电池后面的那枚铁片扔在8队饲养院的草窝里去了。

再到8队办公室的时候张老锅看到我先问拿钱了没有，我说拿了，如果我不说话，张老锅就从口袋里摸出一两个硬币给我。我们俩一起蹲在人堆里押，我输了他再给我几个。人散了，张老锅问我，输了多少了，我说两毛二，张老锅就从身上拿出两毛钱给我。我出门半天，回到家母亲就要问我身上的钱在不在，我说在，她还要我拿出来让她看一下。母亲要我把她过年时给我的钱留到开学时买本子，我拿不出来，就证明我花了，母亲就会骂我。有时我回家母亲看我钱时我拿出一把硬币，母亲就问钱怎么成分分钱了，我说我和王新才换成分分钱了。

4

只要张老锅在校门前面的水沟边坐着，童永发就会从口袋里拿出一只巴梨、果子给他；王新才会拿出一根葱，赵卫红会拿出一支纸烟给他；尕生才一次拿了一颗洋葱把张老锅辣出了眼泪。张老锅也不推辞，把东西吃了，把烟抽了，心安理得。张老锅走后，童永发对王新才说，你才拿了一根葱，我给了张老锅一只巴梨。赵卫红说，你那个巴梨算什么，我那支烟是我爹的，如果我爹知道我偷了他的烟，会把我吊起来打的。尕生才说，你那烟算什么，我那个洋葱是我妈买来专门让我家里住的我大大吃的，上次我妈炒了只给我和我哥一点，洋葱用肉炒了好吃得很。

一次，童永发拿了一个结杏给张老锅，童永发的口袋里还有，张老锅让童永发给我和王新才每人一个，童永发给了我一个后嘴里嚷嚷着说："我不给王新才，我从来没吃过王新才的东西。"张老锅让他给王新才一个，他不情愿地给了王新才一个，结杏刚上色，皮黄瓤也黄，吃一口，下巴都要酸得掉下来。

我们唏唏地吸着口水，吃着很酸的结杏，印队的月娃子从后面过来对着童永发、王新才、赵卫红一人就是一巴掌，我看他时，他看了我一眼，一巴掌把我手里的杏子打掉进水沟里，让水漂走了。

月娃子看了一下张老锅，张老锅手里也拿着咬开了的杏子，他一把抓住童永发的衣领用脚踢童永发，他踢一脚童永发往前跑两步，他踢一脚童永发往前跑两步，童永发就像磨盘里的驴，被月娃子踢着绕着他转团团。

"偷，我让你偷，你害死娃娃哩吗？那么酸的杏子你也能吃下去？"童永发被月娃子踢得哇哇乱叫。张老锅把手里的杏子"叭"一下摔在月娃子脚下面，指着月娃子说："你把他放开！"

月娃子放开了童永发对张老锅说："你干啥哩，我打偷我家杏子的与你不相干！"

"你刚才骂什么，谁害死娃娃哩？"

"我是骂吃了我家杏子的。"

"我也吃了，你也骂我了！"

"我就骂你了你想怎么样？"

"你再骂一下试试！你再骂一下试试！"

张老锅说着两只手把月娃子往后推，他推一下月娃子往后退一步，他推一下月娃子往后退一下，到水沟边月娃子一脚踩空，"哎哟，扑通"一声，一个倒仰"哗"一下掉进水沟里，月娃子从水里爬出来，水沟里的水还从他身上哗哗往下流着。

"好，你张老锅凶得狠，我知道你爹都管不住你，你凶，你没偷我家的杏子，我不跟你计较！"

月娃子说着，浑身湿淋淋地从公路上走了。

5

往后，刘永国、刘大帮、尕生娃比我大的小孩儿也跟着张老锅。尕生才的父亲从河口捎来蔬菜到街上去卖，一次尕生才偷了一颗洋辣子给了张老锅，张老锅吃的时候尕生才的哥哥李永才看到了回去告诉了他父亲。尕生才回到家，饭碗没端就被父亲把他扇了几巴掌后一脚从家里踢了出来。

尕生才对张老锅说他哥哥当了汉奸，向他父亲出卖了他，要张老锅给他报仇，把他哥哥一脚蹬进水沟里按住头，让水给呛死。

天快黑了，尕生才哥哥李永才找到8队饲养院找到尕生才说，爹让我叫你回去吃饭哩。既然尕生才可以回家吃饭了，对李永才所犯的错误就可以原谅了。尕生才回家后张老锅罚李永才讲一个他母亲的故事。李永才家当时住了一个外地人，他和他弟弟尕生才都把这个人叫大大。“一天晚上吃完饭”，讲到这儿的时候张老锅打断李永才问吃的是什么饭，李永才说是肉面片。张老锅又问是不是洋葱炒的肉？李永才说是洋葱炒的。张老锅说，对着哩，往下讲。

李永才说那天晚上他父亲没回来，他母亲让他们兄弟俩早早上炕睡觉，睡的太早了他们俩兄弟睡不着，就跑到大房子窗户下面看他母亲在屋里干什么，他们俩到窗户外面往里看，看到他们母亲正在和他们大大亲嘴。

说到这儿李永才不说了，张老锅说：“讲啊，往下讲啊！”

李永才说：“完了，讲完了。”

“不可能，怎么会这么快就完了。”

李永才说：“真的，他看到这里的时候屋里的灯灭了，后面还有什么，他什么也看不清，就和他弟弟回到小房子了。”

“这个灯灭的太不是时候了！”张老锅说。

他让李永才继续监视他母亲和他大大的一举一动，有情况马上向他汇报。李永才说没有情况了，他那个大大昨天已经走了。

地里的庄稼收完了，田野里望得很远，远远的张老锅家的几棵高高的梨树像天边挂着的云。树下面有一间房子，是看梨树用的，房子里面是占了大半间房子的炕。

我到张老锅家梨树下的时候，王新才，赵卫红、童永发已在那里。张老锅拉着他们家的马在放，马在吃草，张老锅教我们唱一首歌：

只要你，
爱上了我，

我的条件都不错，
飞鸽的车子罗马的表，
插队来到延安……

童永发唱得不好，他总是把飞鸽的车子，唱成飞鸽的车车，我们让他改，他总是改不过来，还说已经唱顺口了。

不放马的时候，我们一圈坐在张老锅家的小房子里的炕上，张老锅教我们唱：

包谷面的窝窝头，
一口接一口，
嘴里咬着窝窝头，
泪往心里流……

他说，如果我们学会了这首歌，坐在火车上，火车上戴眼镜的、留八字胡的人都会给白面馒头吃的。

6

中午吃过饭，我到小房子里叫张老锅一起去河里洗澡。张老锅在炕上躺着，他从炕上起来站在树下面看看，说："我摘几个梨，我们边走边吃。"

张老锅上到一棵树上的时候，王新才、赵卫红、童永发，李永才、尕生才、刘永国、刘大帮都来了，张老锅从树上下来给我们每人两只，不够他又上到树上去摘，他摘梨的时候人钻在树里面摘里面的，他说这样摘他父亲看不见他摘了梨。

我们到了河边，河里发了大水，混浊的河水在河滩中间翻滚着流到河岸边的沙坝前，连续翻过三座沙坝后往河中间流去。会游泳的胆子大一点的小孩从最前面的一座沙坝上跳进水里一直游过三个沙坝，到下面水浅的地方出来，上到河坝上跑回来，再从最前面的沙坝上跳进水里往下游，不会游泳胆子小的只能在水坝后面静水里扑腾。我们站在沙坝上看河里洗澡的人，除了我们河东的我还看到几个河西的。

开学老师发的格子本用完了，我们班西门泉的同学说河西的商店里有。星期天一早，我向母亲要了 8 分钱就往河西的商店走。河里没有水，河西的商店附近的人往河东走时在河滩里走出了一条细软的沙子路。我沿着河滩里细软的沙子路走到河滩中间的时候，小的比我大一点，大的比我大很多的两个小孩挡住了我，他们两个要我跟着他们走到一个离小路远一点的沙坝后面，沙坝下面汪着深得看不见底的水。

大一点的问我是不是河东的，我点点头，他从河坝上拿起一块石头，用石头撞我的头，把我的头撞得嗡嗡直响。他摘下我的帽子，往帽子里装了一块石头，顺手一扔，“扑通”一声，我的帽子被他扔进了水里。我望着河滩中间的小路上来来往往的人，盼望着路上有一个人是我们村的，他认出我，把我从这两个小孩儿的身边救出去。但是，来来去去的人没有一个认出我。大的那个小孩儿拿石块敲我的头，让我脱下鞋，在我的一只鞋里放了一块石头，“扑通，扑通”两声，我的两只鞋子也被他扔进了水里。

我低着头，盼着时间过得快一些，盼望着这场凌辱早点结束，大的小孩儿一石头打在我的鼻子上，我的鼻子出血了，小的小孩儿看到我的鼻子流血了对大的说：“走！走撒！”

大的这个还不甘心，拉开我的衣服，解下我的裤带绑在一石头上，又扔进了水里。

我光着脚，提着裤子往回走，西门泉有我几个同学，他们看到我一定会嘲弄我。怎么办，我怎么才能走过从西门泉到铁路洞子这段路。我想我还是哭吧！我都哭了他们就不会再来惹我了。我就哭开了，我一手提着裤子，一手抹着眼泪，光着脚走过了从西门泉到铁路洞子那段坑坑洼洼有很多碎石子路。

我到了家里，母亲看到我把帽子、鞋子、裤带都丢了，手里还钻着她给我的8分钱就骂我，如果我把那8分钱给了那两个小孩儿，他们就不会抢了我的帽子、鞋子和裤带扔进水里。但是那两个小孩儿在欺负我的时候我想着那8分钱还要买本子啊！

母亲又拉着我到河边，在深深的河水里捞了很久也没有捞到我的鞋帽。我想肯定是那两个小孩儿等我走了后捞走了我的帽子、鞋和裤带。

我对张老锅说："河西娃们打过我！"

我们河东里的小孩儿我们全认识。张老锅让王新才赵卫红两人一个一个叫河里的河西娃到沙坝前让我认。那件事过去两年了，我面前光着身子，身上淌着水，双腿中间一点牛牛的河西娃就是打过我的两个里面的一个，我也认不来了！

张老锅指着小孩儿问我："是不是这个？"

我说："不是的！"

张老锅一耳光掴在小孩儿脸上，一脚就把光着身子的河西娃踢下沙坝去了。

王新才和赵卫红又叫上来一个，一样的光着身子淌着水，整个人在沙坝上发抖，嘴唇青紫，下牙齿"嘎嘎地"碰着上牙齿。

"是不是这个？"

我说："不是的！"

张老锅又一耳光掴在脸上，一脚踢下了沙坝。

又一个小孩儿上来，浑身淌着水，一到张老锅面前就“哇”一声哭了。

我们村的小孩儿全部上岸了，被打过的没有被打过的河西的小孩儿从水里钻到对面，从河滩里拿了衣服，来不及穿衣服，光着身子跑到对面的沙坝后面去了。

我们脱了衣服下到水里，张老锅望着水里的我们，坐在沙坝上点了一支烟。

河里是我们河东娃们的世界了，好久没发这么大的水了，从第一个沙坝可以游过三个沙坝的距离啊，没发水的时候河滩里清清的河水只能淹过我们的脚面啊！

“上来！快上来！河西的人过来了！”

张老锅在沙坝上喊我们，我们上到岸上，河滩里已有十几个大人小孩儿往我们这边走来。肯定是张老锅打了的小孩儿叫来了大人。他们边往我们这边走，边弯下腰从河滩里捡石头拿在手里。

“快穿衣服，躲在沙坝下面捡几快石头拿在手里。”张老锅站在沙坝上镇定地说。

“你们先不要出来，等我说打的时候，一起冲出来向着河西里的人群猛打！”

我们手里的石头全是扁的椭圆形的石头，我们中指和食指紧扣着石头的边缘。

张老锅在沙坝上大声喊：“过来啊！来啊！你爷爷我就在这里等着的！”

我们听到了河滩里河西人的嚷嚷声，甚至一个小孩儿还说：“就是他，就是他打过我的！”

“打！”

张老锅一声令下，我们全冲上沙坝，把手里的石头向河滩里的人群狠狠地打过去。

向着我们冲过来的河西的人群在我们狠命的打击中“哇哇”大叫着四散后退。

我们手里的石头打完后立即跑到沙坝下面，我们背贴着沙坝，从河对面打过来的石头“嗖嗖”地从我们头顶飞过，“砰砰”地落在我们前面的田地里。

张老锅爬上沙坝往对面看着。

“捡好石头，每人多捡几个，我说打的时候一起冲上去打。”

我感觉到我胸中的心在猛烈地跳动，我耳边的血管里的血也鼓胀着“咚咚”地猛烈跳动着。

“嗖嗖”地从我们头顶飞过的石头渐渐地稀了下来。

“再等一会儿，让他们以为我们走了我们再打！”

没有石头从我们头顶飞过了，张老锅一声“打”，我们冲上沙坝，河滩里的人群已到了水边，这些人又在我们密集的石头中“哇哇”大叫着四散奔逃。

“我在阵地在，我倒旗不倒，在和敌人打仗的时候，只要做到这一点，任何敌人看到我们都会害怕。”

张老锅两手叉腰，望着被我们打得越逃越远的河西人说。

7

晚上有《霍元甲》，我写完作业，父亲一出门，我溜出门顺着巷子跑到8队马家，马家的电视机摆在台子上面的一张桌子上，看电视的人们在院子里看。我进去的时候电视已开了，站着的人围着院子中间坐着人，我站在站着的人后面看不到电视，我挤进里面坐在地上，我前面坐着的人又挡住了我。我跑到前面，脱下一只鞋坐在台子边上斜着身子看电视。霍元甲和大个萝卜打得难分难解的时候我的头顶也挨了一巴掌，我抬头一看是我父亲，我父亲回来后不见我学习，直接找到马家来了。

我撒腿就跑，我父亲捡起我坐在屁股下面的我的鞋子提在手里在后面追。

在无人的巷子里，我一只脚穿着鞋子，一只脚光着跑得飞快，我跑到王新才家门口时想，我现在回到家里，父亲从后面回来，他手里的鞋子一定会劈头盖脸地落在我的身上。我从王新才家门口拐进通往8队饲养院的小路，小路下面就是饲养院，饲养院里的麦草挨着小路下面的崖坎堆得差不多和小路一样平。月光朦胧，我在小路上想着到哪里去睡觉，去王新才家王新才现在肯定还在马家看电视，赵卫红是和他哥哥睡在一起的，回家父亲又要打我。我在小路上发愁的时候从路的那一头过来一个人，就是在月亮下面，我也一眼认出是张老锅。

“你父亲打你啦？”

“嗯！”

“你不回去睡觉？”

“嗯！”

“不回去就别回去！”

“我去你家睡？”

“不，我也不回去。”

“那我们睡哪儿？”

张老锅用下巴一努说：“下面，睡草里面。”

“草里怎么睡啊？”

“我经常到里面睡的，把草挖开一洞钻进去，里面热火得很。”

我和张老锅跳到草堆上面，张老锅两手把脚下面的草往四周扒，身子斜着往下钻，很快草就埋到了他的肩上。他用身体上下左右往四周挤，身体周围宽松了很多，他往边上一挤留出一点地方对我说：“钻进来。”

我顺着他的身体钻到草堆里面，我挨着张老锅躺着，我的鼻子里全是麦草的味道。月亮偏西了，眼睛上方星星很密，我周身一片温暖。

“王军子，你说印队的尕翠子和玉玲子谁好看些？”

“哦！我说不上。”

我从来没有想过这些事，玉玲子家就在草堆东面，我一扭头就看到了玉玲子家黑黑的围墙。尕翠子是童永发的姐姐，张老锅怎么问起这些事。

“玉玲子的脸好看，尕翠子的奶子大。”

我望着天上的星星渐渐地迷糊起来，张老锅的一只手在下面窸窸窣窣地动着，他急促地喘着气，最后长长地出了一口气后没了声音。

8

我站在东泉湾的公路边往西川里望，远处张老锅家的一排高高的梨树下面的小房子里冒着烟。

里面有人，是张老锅、王新才、赵卫红、童永发他们在里面烧东西。我直接翻过一块块刚翻过的田地，跑到张老锅家梨树下面的小房子前。里面有一个大人在炕上坐着，炕的一头有一个用两块土块支起一个被烟熏黑的铁饭盒的小灶，饭盒里有水，水下面的黑灰已没有烟了，炕角放着一个布袋子。

是个要饭的，我一眼看出里面这个人是个要饭的。他招呼我说：“来，娃娃，里面坐！”

这是张老锅家的房子，张老锅不在，我在这里，你应该先问问我再住里面吧，怎么反倒像主人一样招呼我！

“你什么时候来的？”我问。

“我昨天找到这儿来的，我生病了，今年冬天来得早，顺便把破了的衣裳补一下。”

我第一次看到一个男人补衣服的，我们村里的针线活儿都是女人做的，哪有男人做针线的。

我站在门口往里面看着，房子里面炕上一个小灶，小灶上一个铁饭盒，饭盒上搭着两根柴棍，这个要饭的连双筷子都没有，我一下想到我家红色的木筷子，这两根柴棍子弯弯扭扭的上面还有枝丫，不知这个要饭的是怎么用这两根弯弯的树枝把饭捞进嘴里的。

房子后面咚咚响，王新才、赵卫红、童永发三个人站在了门口，房子里面的光线暗了很多。他们看看里面的大人和我，王新才说：“张老锅不在啊！你们怎么在这里？”

“我看到房子里冒烟就来了！”

“我也是，我看房子里冒烟哩，赶紧叫王新才和赵卫红去了，张老锅可能还不知道，你们在这里看着，我去给张老锅说一下。”

童永发一说完就往房子后面跑。跑出去没几步我们就听到张老锅的声音：“我知道，这事我知道，我昨晚就知道。那个人是外地的，没地方去，我让他住里面的。”

五新才和赵卫红让开了门，张老锅走到门口。

“你来了！”那人和张老锅打招呼。

“这些是印队里的娃娃们，他们不知道你到了这里。”张老锅对那人说。

张老锅让我们都上到炕上，腿伸到炕外面，背靠着墙，一排坐在炕上。男人补了一会儿衣服，把灶上饭盒里的水“咕嘟！咕嘟！”喝进肚子里说：“我再端些水去！”就下炕出门走了。张老锅家小房子下面的路边就有一眼泉水，水很旺。男人端来一点水，从墙角的布袋子里用手抓出两把面粉，在饭盒里和成面团放在布袋子上，又出去端来半盒水，从外面拿来一点柴草放在小灶前上点燃，小灶里的烟顺着墙上到房顶，从房顶转了一圈从门口飘了出去。饭盒里的水快开的时候，男人把布袋上的面团两手搓成一根面棍，再用两手的中指和食指捏成面条一拉，一片一片下在饭盒里，他下一会儿，用饭盒上的木棍子搅一下。我们看着男人下面片，小灶里的火燃到外面时童永发伸手把火往里面推了一下，男人感激地看了童永发一眼。柴草快烧完时，张老锅让童永发到外面又捡来一点，童永发一来直接就在小灶前面给男人烧火了。面全下完，男人搅了一下面，站起身从房梁上取下一个纸包打开，往饭盒里倒出一点白色的颗粒，那是盐，我一眼就能认出来，他又在饭盒里搅了几下，饭盒里白色的面片翻滚着，整个房子里都闻到了汤面的味道。

“不加火了，熟了！”男人对童永发说。

“你们谁先吃，没什么味道，肯定不比你们家里的好。”男人望望我们说。

那时已经到中午吃饭时间了，我们都饿了。男人要我们吃他的饭，那饭里没有油，没有调酱油，没有调醋，没有菜，饭盒上面还有黑黑的烟灰，这就能吃啊！

男人看我们都不出声音，又说：“你们不吃我就吃了啊！”

说着他从炕边又拿起一块土块，自己靠墙坐在灶边，把土块放在自己的膝盖上，把饭盒端起来放在土块上，一手扶着饭盒，一手用那两根弯着的木棍子往嘴里扒饭。

“明天王新才拿几棵山药，赵卫红拿两棵萝卜，童永发拿醋，尕生才拿干菜，明天下午你们放学后全部拿来。”

张老锅给我们下了命令，他说我们不能把这个男人当要饭的，他是我们的大哥，一方有难，八方支援，我们一定要对他讲阶级感情。

王新才当天晚上就拿了几棵山药和他们家一个豁了一个口子的脸盆，赵卫红拿了萝卜还拿了他们家的两个碗，尕生才拿了一口袋干菜，还拿了他们家给鸡喂食的只有一只锅耳的铁锅。我拿了两双筷子，张老锅当场表扬了我，他说他没有给我下达任务，我还发现这位大哥需要筷子，要其他人向我学习。第二天童永发拿来了半瓶醋，还说过年时他们家杀了猪，要给大哥拿一块肥肉。王新才拿来了他们家一块厚厚的帆布，大哥一面一根，用两根木棍把帆布钉在门口，像门帘一样。

大哥用田埂上的刺做了一把扫把，扫了路边的杂草，用帆布门帘包了抱到小房子炕洞口堆着。白天我们在小房子里玩扑克，炕烫得屁股坐不住。

尕生才背来一书包山药，大哥在下面的泉水边洗干净，在铁锅里煮了起来。童永发帮着烧火，大哥说："你们玩，我一个人就行。"

山药煮熟了，大哥从锅里拿出一棵嘴里吹着气给我们，我们把手放在后面不要。张老锅说："拿上吃，每个人都拿一个吃，大哥就是给我们煮的，对吧，大哥？"

张老锅扭头问大哥，大哥点着头说："就是的，就是的！"

那山药真香。张老锅说，以后想吃了就从家里拿来到大哥这里来煮。

吃过几次山药，一天张老锅对大哥说："大哥，如果到冬天你不走，我从村里拉一只狗吊了在这里煮了吃！"

"好，冬天吃狗肉好！"大哥说。

一天中午，我书包里装着几棵山药到小房子前，我掀开门帘，看到张老锅和大哥两人一人端着一只碗坐在炕上吃饭。张老锅见了我，脸上讪讪地说："大哥的饭做多了，他让我帮他吃一点的。"说着他扭头对大哥说："是吧！大哥。"

大哥忙说："是的，是这样的，我做多了让老锅吃的。"

背着张老锅，王新才说，星期天他一早去放羊，他掀开小房子的门帘，他看到张老锅在炕上和那个大哥睡在一起。他进去后张老锅和大哥醒了，张老锅说他来得早，和大哥喧谎，喧着喧着就睡着了。

王新才说这些话的时候我们都不相信，那时候树上都已经落树叶了，睡觉都要盖厚厚的棉被，就算小房子烧了炕，门上只有一张帆布门帘，晚上也一定很冷。

童永发反问："那大哥是怎么睡的？"

是啊，大哥也是人啊，他天天晚上睡在小房子里，他就不冷吗？

"大哥是大人，他穿的衣服多。"尕生才说。

是啊，大哥一到小房子里就在补衣服，他补好一件穿一件，现在一层层把所有的衣服都穿上了。

第一场雪厚厚的在地上落了一层。我们不约而同地在村口聚齐，一起到了西川张老锅家的小房子门前。张老锅掀开门帘进去，我们都跟着进去，里面温暖的空气扑面而来，里面比外面暖和多了。炕上空空的，大哥不在，炕上的小灶还在，灶上尕生才拿来的缺耳铁锅干干净净地还在，灶边赵卫红拿来的两只碗也干干净净地摞在一起，碗上面搭着我拿来的一双筷子，地上墙角王新才拿来的脸盆还在，其他什么都不见了。

张老锅走出门，我们跟着他走出门，雪地里的阳光很耀眼。

张老锅说："看看，看看大哥有没有留下什么东西没有？"

王新才转到房子后面过来说："炕洞里还冒着烟哩！"

童永发从房子里出来说："梁上的盐包也拿走了！"

除了我的一双筷子，我们给大哥的东西一样不少地留着，大哥的东西一样也没留下。

“这里有脚印哩！”赵卫红在田埂边上撒完尿，手里还拿着牛牛说。

我们走到田埂上，一串脚印下走到田埂下面，到了泉水边，从泉水边一直顺着大路到了铁路边。我们进到铁路里面，一条枕木上一只脚印，一串脚印一直向着前方，向着徐家磨的方向走了。

“大哥走了，徐家磨有火车站，大哥一定回家去了！”

张老锅望着伸向远处的铁路说。

“如果他叫你跟着他去，你会不会去？”张老锅问王新才。

“他没有给我说过。”王新才说。

“如果叫你跟他去，你去不去？”张老锅问尕生才。

“我不敢去，我走了我妈打我哩！”

“他对我说过，他说他要带我去甘谷，他们那里的山药比馒头大，比馒头还好吃。他怎么就一个人走了呢！”张老锅慢慢地说。

9

下午放学，我们班的队伍刚走出校门，就见张老锅从校门前飞跑而过，张老锅刚过去，他父亲扬着长长的鞭子在他后面追着跑了过来。张老锅跑过公路，从饭馆后面往6队的田地里跑，他爹追到公路上，手里的鞭子“叭叭”在空中炸响。

张老锅爹的鞭子是用牛皮做的，就是打在马的身上，一鞭子下去马身上血珠子都会出来。

我跑到公路边，王新才、赵卫红、童永发都跑过来了。

“张老锅爹嚎开，张老锅爹嚎开，把张老锅爹嚎开！”我大声叫着。

这时张老锅爹“叭！叭”地甩着鞭子，追着张老锅在6队的田埂上飞跑。

“往这边跑！往这边跑！”我们对着张老锅大声喊，张老锅听到我们的声音，看了我们一眼，从另一条田埂上向我们跑了过来。

张老锅到我们身边时一个拐弯跑上另一条田埂，王新才顺着张老锅的方向往前跑，张老锅爹到我们身边时我和赵卫红同时分开向着两个方向跑，一下子四个小孩向着不同方向跑开，张老锅爹原地蒙了一下，“叭”鞭子在空中一响，顺着前面的方向追王新才，王新才前面的一个田埂上童永发站着，王新才跑过去的时候童永发继续往前跑，王新才一个拐弯跑到另一条田埂上去了。

张老锅爹看出了我们的把戏。大喊一声：“我把你狗些个，敢要老子！”鞭子在空中炸响，张老锅爹奋力追童永发，童永发嗷嗷叫着，在跳过一条沟堰时，一个狗吃屎栽倒在地里。张老锅爹的鞭子在童永发周围“叭叭”炸响。

“我把你狗些个，还敢要老子！”

童永发杵在地里嗷嗷大叫着，张老锅爹的鞭子把童永发身边的地抽起了一团团尘土。

关键的时候才能看出一个人的心。

张老锅不敢回去吃饭，他回去他父亲还会用鞭子抽他。童永发挨了一鞭子，隔着三层衣服，童永发挽起袖子，我们还是看见了一条像蛐蟮一样红色的肿胀起来的伤痕。

我们商量吃过饭每人给张老锅一个馒头，童永发说他家的窖里还有花缨萝卜，他吃过饭偷一只给张老锅。

王新才说，我们在田埂上在张老锅爹的牛皮鞭子下飞跑的时候，尕生才没有跑，他只是在公路边望着我们“跑啊跑啊”地叫着。童永发负伤了，童永发那一个馒头应该叫尕生才出，尕生才答应了。

吃过饭，父亲一直看着我写作业，

我听到了外面马西瓜在电影院的喇叭里喊："今晚电影，《西瓜炮》《三进山城》，今晚电影，《西瓜炮》《三进山城》，欢迎广大社员前来观看，一人一毛，没钱的两个瓶子，没有瓶子的一斤铁，没有铁一块煤也行哩……"

父亲检查过我的作业，又在我的数学书上勾了很多题让我做，等我做完那些题时快十点了，父亲叫我上炕睡觉。

我不知道王新才、赵卫红、尕生才给张老锅拿馒头没有，张老锅不敢回家吃饭，也不敢回去睡觉，他是不是又钻进8队饲养院的草堆里睡去了。

"西瓜炮，不要票，亲戚来了往里捞！"2队的马西瓜在2队饲养院里放电影。其实他不叫马西瓜，他姓马，每天晚上在放电影前加放一部泥头子《西瓜炮》，他天天晚上在喇叭里喊："今晚电影，《西瓜炮》……"时间一长，人们就把他叫作马西瓜。

张老锅家的梨熟了从树上摘下来一颗颗摆放在南墙边的木板上，冬天的雪一压，那梨就可以拿出来吃了。那时梨叫软梨，是冻成一坨的冰，放在炉盖上，冰一化开，软梨软得像一团泥，打开一个小口子用嘴一吸，酸甜酸甜的汁水一下全吸进嘴里，只剩下黑色的果皮和里面硬硬的果核，肚子里冰凉冰凉的十分舒坦。

马西瓜在2队放电影时，张老锅爹让张老锅每天晚上提一篮子软梨，一毛钱三个到电影院门口去卖。

吃完饭我们就在张老锅家门口等着，张老锅提着篮子出来，我、王新才、赵卫红、童永发、尕生才、王新才的弟弟王新珍、赵卫红的弟弟赵卫东、刘永才等一帮小孩帮着张老锅提着篮子一起往电影院走。

我们一走出巷子，张老锅就问：今晚吃哩还是看哩？张老锅规定，我们每人每晚只能吃一个梨，吃了梨的人就不能看电影，我们都是小孩儿，等马西瓜的《西瓜炮》快放完，外面没人的时候，给马西瓜一只软梨，也能进一个人。

王新才手里拿着一个瓶子，赵卫红拿着一个坏锄头，童永发衣服下面兜着半块煤，这些东西都可以当作门票进一个人，拿了这些东西的人就可以把一个软梨吃在肚子里。王新才拿了瓶子，他得到一个软梨，他吸了一口后让他弟弟王新珍吸了一口。赵卫红什么也没拿，等着自己那一个软梨给马西瓜看电影呢，赵卫红的弟弟看到王新才的弟弟王新珍吃到了软梨他向赵卫红要，他缠得赵卫红没办法，赵卫红就让王新才给他弟弟赵卫东吸一点，王新才把手里的梨放在赵卫东嘴边，赵卫东抱住王新才的手一口把王新才手里的梨连核一下吸进嘴里咽下肚子，王新珍一看他哥哥手里的梨只剩下皮了"哇"一声哭开了，他哭着要赵卫东赔他哥哥的软梨，吃下肚子的东西哪有再吐出来的道理。张老锅看着哭哭啼啼的王新才的弟弟，拿出一只软梨给我，他让我先吃，吃剩下一点给王新珍，要王新才下次不要领他弟弟王新珍出来。

那一个冬天，我们几乎天天跟着张老锅往电影院跑，我们拿完了家里的空酒瓶，拿完了家里的废铁，尕生才偷家里的煤被他父亲发现追着打到学校门口，见校门口人多才算了。童永发在铁路上拔道钉时被巡道的人抓住把干腿子踢青了。但是他们在有煤有道钉的晚上都吃到了张老锅的软梨。

种田了，张老锅父亲揭开盖着木板的塑料，下面什么也没有。张老锅爹问张老锅："梨呢？"

"卖完了！"

"全部卖完啦？"

"全部卖完了！"

"你才卖了多少钱啊？那么多的梨就卖完啦？"

“就那么多，我全卖完了。”

“卖的钱呢？”

“我全给你了。”

“你给了我多少！你才给了我三十二块，我那些梨要卖一百多呢！”

“反正我全给你了！”

“到哪去啦？”

“我给你了！”

“你重说你给谁了！”

张老锅的爹说着，开始取墙上挂的鞭子。张老锅转身就跑，他顺着巷子跑到学校门前，那时我和王新才赵卫红童永发正好放学，我们一同在横七竖八的田埂上飞跑，从张老锅爹的皮鞭下面救出了张老锅。

10

最后一个学期了，下午老师给我们加了一节课，我们排着队走出校门的时候，8 队的一队戴着黄色高帽子的小伙子们排着队从巷子里走过来。我们乱七八糟地走进巷子，8 队的小伙们伸出手抓我们：“排队，排好队，我们都要排队，你们怎么不排队？”巷子里的学生尖声叫着四散逃离，就像炸了锅。

张老锅也在队伍里面，他头上戴着高高的黄帽子。我看到他的时候，他把头扭到一边去了。

中午，村里的人都说昨晚公安局到村里抓人了，8 队的被抓了 8 个，这些人都在东泉湾抢东西的。

张老锅是从兰州被抓的，后来听人说他只去了两晚，两天后他跟着他姑父在兰州搞副业，在一个工地上被抓的。

我上中学了，下午全校师生到操场集合。村里也来了很多人。操场周围隔几米一个站着背枪的民兵，操场中间主席台上面的房顶上，两个人一把，四个人端着两把上面有圆盘的机枪，机枪的枪口黑洞洞地对着下面操场里的人群，操场北面的小山上，也有两把机枪对着操场上的人群。

一辆卡车开到操场前面，几个背枪的人从车上下来把枪拿在手里站在车箱两旁，从车上慢慢下来一个戴着脚镣、手被绑在后面、脖子上挂着一个很大的牌子的人。我的心一下收紧了。

“公判大会现在开始！”站在主席台上的人的声音从喇叭里大声传来。

“把犯罪分子张光年押上来！”

两个背着盒子枪的人一面一个扭着一个挂着牌子的人走到主席台下面。

“张光年，男，21 岁，永新县红镇乡永红村 8 队人，犯抢劫、强奸罪，判处有期徒刑十五年，把犯罪分子张光年押下去。”

喇叭里又说：“把犯罪分子张老锅押上来！”

是张老锅吗？我往前看着，我听错了吗？

我的心在胸中咚咚跳着。

“张老锅，男，19 岁，永新县红镇乡永红村 8 队人，犯抢劫罪，判处有期徒刑十一年……”

我脑子里“嗡嗡”直响，眼前一片空白……

大夏天

一条河把墨绿色的原野分成河东河西两岸，太阳朗朗地照着，多好的天气啊！骡子手搭凉棚放在额头望了一下头顶的太阳，太阳银白色的光芒一下刺入他的眼睛，他一下闭上眼睛，眼睛里面一片黑，继而又一片红。他睁开眼睛，面前朗朗的眼界暗了一些，慢慢地又恢复成了先前的温热。

“姑娘媳妇子们买海纳来，海纳包了手拔麦子不起肉刺子噢！”

田野里的麦子正在灌浆，墨绿色的麦田中间偶尔有一片金黄的油菜花地在招蜂引蝶，整个田野就像即将分娩的孕妇一样，散发着温暖潮湿的气息，骡子低沉、沙哑的叫卖声从河西田野中间的村庄上空传过来，河滩里光着屁股洗澡在几个小孩儿坐在被太阳晒得滚烫的石头上说：“是骡子，是印队里的骡子！”

那年夏天，我家盖了新房，搬到了小学前面。小学大门前的公路边有一根电线杆，电线杆上有一块铁皮，上面写着“红镇站”三个黑色的大字，经常有小学生从路边的水沟里捡起一块石块，“咣”一声砸在铁皮上面后飞快地跑进学校去了。小学原来是一座文昌庙，“文革”时拆得只剩下最北面的一座大殿。我家还没有砌围墙，每天早晨一起床，眼前就是印队里的果园和果园前面公路边上的云娃子家的房子。

我家吃的水是从公路边的饭馆里打的，饭馆里端盘子的白脸女人总是把井绳藏起来不让我打水，好多次我到饭馆里以后看到绞水架上没有井绳又不得不跑回家拿了我家井绳又到饭馆打水。饭馆里的井绳是装在绞水架上的，用饭馆的井绳用绞水架绞，我可以打出满满的一桶水，我家的井绳装不到绞水架上，用自家的井绳只能凭自己的力气一把一把一截一截地把井底的水桶拉上来，水桶里的水已洒得只剩下半桶。抬满家里的水缸，用饭馆的井绳我和妹妹走四趟，用自家的井绳要走八趟。我们打水的时间是中午和下午放学的时候，这时候也是饭馆里吃饭的人最多的时候。每天我和妹妹放学的第一件事就是打水，那时我们肚子已咕咕叫了，我们一到公路边，就是扑鼻的饭馆里的饭香味。到饭馆前面，我就盼望着饭馆里绞水架上的井绳在绞水架上，进到饭馆，饭馆里很多人已坐在桌子边上埋头吃大海碗里面的面片了，一伙人站在厨房前面的窗口边对里面说："一碗炒面，一碗烩面，一碗拉条子！"我咽着口水，经过饭堂里面过来过去的人，走到通往里面小院的门口进入里面的小院，小院中间的绞水架上空空的什么也没有，妹妹看看井架又看着我，我放下水桶跑回家拿井绳，拿了井绳进到饭堂，端盘子的白脸的女人对着我大吼："这里是吃饭的地方，不是打水的地方，下次不要来了！"我不理她，急忙走进里面，和妹妹半桶半桶地往家里抬水。直到一天中午，我和妹妹进到饭馆里面，通往里面小院的门上挂着一把大锁。

沿着公路从北向南一排房子，北面是饭馆，饭馆南面是商店，商店南面是肉食组，肉食组每天收购四邻八乡的猪杀了卖肉，杀不完的用汽车拉到别的地方去卖。肉食组里有一口大口水井，井台上没有绞水架，饭馆里通往有水井的小院的门被那个端盘子的白脸女人锁上后，我家用的水就从肉食组里打。

每天一大早，肉食组里的猪就撕心裂肺地叫着挨了刀挂上卖肉架，每天早上猪一叫，云娃子就端着脸盆从公路下面他们家跑来了。猪叫时我到肉食组里看杀猪，杀猪的屠家拖出一只嗷嗷大叫的猪按倒在杀猪棚门口，一刀捅进猪喉咙时，云娃子很快把脸盆递给屠家，屠家的刀子在猪喉咙里一绞，鲜红的猪血呼突突地在云娃子的脸盆冒着泡沫翻滚。云娃子把大半盆血端进杀猪棚放在三块土块支起的仓子上面，看屠家开膛破肚，屠家把猪尾巴旋下来往边上一扔继续砍肉，云娃子走到猪尾巴边上看一下屠家用一只脚，看一下屠家撒一下猪尾巴，等把猪尾巴撒到放猪血脸盆的仓子前，蹲下身子装着看屠家砍猪头，趁屠家不注意一下抬起脸盆把猪尾巴放进仓子里用脸盆盖住。

这一切我都看在了眼里，我甚至感觉每天轮换着杀猪的赵米武和赵七武两个屠家是故意的，赵米武有时把猪蹄子、猪大肠头子扔在云娃子的接了血的脸盆边上，赵七武旋下一圈杀口肉差点扔进云娃子盛了猪血的脸盆里，云娃子只看了周围看杀猪的人一眼就顺手把猪蹄子、猪大肠头子、杀口肉放进了脸盆下面的仓子里。

屠家涮完肠子、烫完猪的灶里的火也快熄了，这时云娃子挑着和他自己一样高的担篦的父亲走了进来，他到杀猪棚门口先问一句："今天杀了几个啊？"

没人答应他，他自己往里面看了一眼说："噢！四个啊！和昨天一样啊！"他自说自答的时候从口袋里掏出一张纸，掏出几个烟头拆出烟丝圈好一支喇叭头的烟，从地上捡起一支柴棍蹲在灶火口点燃后放近嘴边点着烟抽了起来。

屠家把挂地铁架上的肉一趟趟往肉食组里面背的时候，看热闹的人们三三两两地走散了。云娃子父亲从烫过猪的锅里勺出半盆水倒进灶火里面，灶膛里"呼"一下蹿出一团尘雾，云娃子端起盛着血的脸盆先往家里走，他从口袋里拿出一块塑料布，包起云娃子放在土块仓子里面的猪蹄子，或者一条猪尾巴，或者猪大肠头，或者一块杀口肉放进担筐里面，从灶膛里铲出灰盖住，最后一个走出杀猪棚。

云娃子把猪血端进厨房，云娃子妈先问一句："今天杀猪的是谁？"云娃子说："是赵七武。"第二天，云娃子妈接过云娃子端来的猪血脸盆时又问："今天杀猪的是谁？"云娃子说："是赵米武。"过一天云娃子妈又问："今天杀猪的是谁？"我抢着说："是赵七武，明天是赵米武，后天又了赵七武！"云娃子端着猪血回家的时候我和他走在一起，我俩边走边唱："七武七武赵米武，米武米武赵七武，米武七武屁不不！"

云娃子的爷爷奶奶抽一个嘴长长的黄铜色的烟瓶，烟瓶嘴上放了烟渣滓，从长长的嘴上面吸烟时，烟瓶里面发出呼噜噜的很响的声音。一次我趁云娃子的爷爷不在拿起炕沿上的烟瓶抽了一口，呼一下，烟瓶里面一口辛辣的烟水呛进了我的喉咙，我抱着脖子猛咳，眼泪鼻涕全流了出来。炕里面坐着的云娃子奶奶说："这娃娃还吃不惯，多吃几次就好了。你屋里有没有好些烟渣子，下次来给我拿上些！"我起身就往门外跑，云娃子的奶奶那时已经看不见了，她一头灰白的头发，两只眼睛里面整天含着泪水。她的头偏在一边，吃饭时要云娃子爷爷把碗放进她的手里。云娃子爷爷长长的胡子，长长的脸，但是他吃饭的时候上额和下额尽量收在一起，脸只有原来的一半，就像一个巴掌捏成了拳头，我真担心他的下巴下来再也回不上去。

云娃子一家住在川里，他家住的是以前生产队里看菜园的房子。一次云娃子太奶奶带着他爷爷转亲戚回到城门外，那时正在闹土匪，城门紧闭着。云娃子太奶奶拉着云娃子爷爷到城门外听到城门上面大声呵斥："什么人？干什么的？"接着就是哗哗的拉枪栓的声音。这一吓坏了，云娃子爷爷一泡热尿顺着两腿下来，地面湿了一片。高高和厚厚的城门吱呀呀开了，云娃子太奶奶怎么拉，云娃子爷爷就是不敢往前走半步。云娃子太奶奶再拉，云娃子爷爷干脆往后退。天色将晚，云娃子太奶奶拉着云娃子爷爷走到城外看菜园的房子里安顿了一夜，哪想到云娃子爷爷从此看到高大的城门就两腿发软，往前挪不开半步，一家人只好从城里搬到城外的果园里住了下来。到云娃子爷爷要成亲时重修了一下菜园里的房子。云娃子父亲长到十八岁了身高刚过一米。云娃子爷爷奶奶多方打听，从很远的山区说到一个瘸腿的姑娘给云娃子父亲。云娃子的姐姐高高大大地，像他母亲，云娃子的哥哥十六七岁了身高刚过一米，像他父亲，云娃子个头高，像他母亲，云娃子还有一个妹妹，身高还不到一米，像他父亲，姊妹兄弟四人，各有长短。

饭馆隔壁是一个商店，商店隔壁是肉食组，对面是学校，学校前面是车站，太阳快落山的时候，云娃子父亲经常在路边捡烟头。

云娃子家架子车的轮胎破了，云娃子父亲说要拿到大东门外面的一个架子车修理店去用火补。我和云娃子拿着轮胎到了修理店门口，修理店的门从外面锁着。我俩坐在门前等修理铺的人来开门。太阳朗朗地照着，修理铺前面绿色的麦地一动不动，一辆车从远处开过来又开了过去。云娃子说：“来，卬俩压仗！”云娃子比我大两岁，个子比我高很多，一次我俩在沟沿边挖角麻时我把他压倒在身下。云娃子从我身子下面爬起来，拿到挖角麻的长钉子在我的眼前挥着想扎我。是啊，他一直以为他岁数比我大，个子比我高就能压过我，但是还是让我压在了身下，成了我的手下败将。

压就压吧，我知道云娃子一直想压过我一次，只要他压过我一次，他就可以在任何时候向任何人说他压得过我。我俩抱在一起的时候，我扭住他的腰，往后一使劲，就把他压在了我的身子下面。以前我把他压在下面，他的两腿要使劲往上抬，抬到高过的腰时就会想着翻到我的身上，把我压在他的身子下面，我知道他的这个办法，他的腿往上使劲抬的时候，我的两只胳膊使劲按住他的肩膀，他的上身根本用不上一点儿劲。但是我按住他的时候我感觉有人在提着我的腰带，往上提我的身体。

我腰里系了一条黄色的帆布腰带，那条腰带从我记事起就放在我奶奶放衣服的抽屉底格子里的。好多次我偷偷拿出来，手摸着上面粗粗的纹路，两头金光闪闪的扣子，想把它像电影里的红小兵一样系在腰间，拿上一杆红缨枪在月亮高高挂的村子里寂静的巷道里走上几趟。但是每次都被我奶奶发现吼着放了进去，我奶奶大声对我说："放下，那是你爸爸串联的时候当红卫兵时戴过的！"那天是我趁我奶奶不在家偷偷系在衣服下面的第一次。

我一扭头，一个头上戴着高高的黄帽子的比我大很多的小伙儿松开了我的腰带，我从云娃子的身上爬了起来，云娃子从地上爬了起来。

"把你身上的铲子裤带解下来，我昨天刚从这里丢了一条，我看你腰里系的是不是我的那条！"戴着黄帽子的小伙儿说，他的边上还站着两个比我大的小孩儿。

"这是军娃子家他爸爸的。"云娃子对戴黄帽子那个大一点的说。

"啪！"云娃子刚说完，那个大的就一耳光扇在了云娃子脸上。

"我和那说话又没跟你说，你插什么嘴？"大的对云娃子说。说完他又对我说："取下来，我看看是不是我的，如果不是我的我也不要。"

两个小一点的，里面的一个往我的边上靠了一步举着拳头说："你取不取？"

我取下腰带，戴黄帽子的那个一把抓过去说："就是我的，我昨天从这里丢的！"说着拿着我的腰带，带着两个小的往麦地的深处去了。

明摆着我被抢了，没了金光闪闪的腰带，我心灰地想哭。云娃子对我说："回去告诉你爸，那个大一点的肯定是二中的学生，只要你爸一个教室一个教室地去找，肯定能找到那个拿了你腰带的。”我哪里敢对我爸说啊，腰带是我偷出来系在腰上的。

轮胎也不补了，我和云娃子回到他家，云娃子从他母亲住的房子里的箱子上面拿出一块馍馍给我，馍馍吃起来很甜，像放了糖一样。

云娃子家屋前的地里有一棵高高的杏子树，树上结着红红的杏子。云娃子说树上的杏子是他家留着卖的，不能摘。等到一天下午我到云娃子家浪门的时候，原来结满红黄色的闪着光亮的杏树上没有了一颗杏子，杏树上的枝叶全耷拉着，没有了一点生机。云娃子告诉我杏子是昨天晚上下的，放在他家厨房里，用很多骆驼篷盖着，捂几天后拿到校门口去卖，厨房门上了锁的，只在吃饭的时候开门。那一天云娃子妈住的小房的窗户从里面向外撑开的，她见我在院子里，对云娃子说："给军娃子拔几棵海纳，让军娃子晚上包手去！"

云娃子下到海纳地里拔海纳，他分开几棵海纳伸拔海纳时说："哎呀！我捡到了一颗杏子！"

"给军娃子给上，你昨天晚上吃了那么多还没吃够吗？"云娃子妈从窗户里面说。

云娃子看来也是吃够了杏子，他想都没想就把几根海纳和杏子给了我。

云娃子家的院子没有院门，他们队去地里干活的人经过他家时都喜欢进来浪门。杏子树上还结着杏子的时候，他们队的庄爷子进到他家来浪门的时候，看到枝头高高的大大杏子对云娃子妈说："这树上的杏子长得这么好，看得我口水都出来了！"云娃子妈指着树上一颗又大又红的杏子，让云娃子拿着一根长长的头上拴着一个小口袋的杆子伸到树中间一捣，那棵杏子就掉进口袋里拿了下来。庄爷子拿了杏子放进嘴里刚咬了一口，猛地一声"啊呸"，手放在嘴边把嘴里的东西吐在了手里。他吐在手里的除了杏子还有一颗牙，他吸溜吸溜地吸着气说：“你这骡子媳妇，种的是什么杏子啊！你看把我的门牙给酸掉了！”

庄爷子回去没几天就死了，云娃子妈给到他们家来浪门的人喧谎时说：“庄爷子临死前还吃过印的杏子！”

用海纳包手时先把海纳用刀切碎，放在姜窝子里加上明矾、杏仁一起捣出汁液，手握拳头糊在指尖用麻叶包上，再在上面用布包好，第二天一早醒来拆开，十根手指就像刚从地里拔出的红萝卜一样好看。在夏收时节，干活时用海纳包过的手指不起肉刺。晚上我缠着奶奶，让奶奶给我包了一只手，在教室里写字时我把左手放在桌仓里，读课文时我一只手拿着书，这样还是被我的同桌发现了，我的同桌把脸埋在臂弯里笑红了脸，她看我一次笑我一次，我的脸发烧，我的心在跳。还好我的同桌没有在课间时向同学们说，放学时走到校门口时尕生财拿着一把葱，我抢他的葱时被他看到了我包过的左手，他当场骂我是“丫头精”。回到家，我拿起刷子，放上洗衣粉刷了很久才把左手上的红色刷掉，但是我左手上的五根手指直到下午上学时还火烧一样的痛。

从海纳开花开始，云娃子的父亲早晨从肉食组挑来碳渣滓倒在他们家小房子炕洞前，把一只猪蹄子或者一截猪大肠头子或者一圈杀口肉拿进厨房，然后拔了海纳，挑起和他一样高的担筐到河西去卖。

河滩里全是黄色的阳光，清清的河水哗哗地流着，一阵阵的轻风毫无痕迹地吹过。

“姑娘媳妇子们买海纳来，海纳包了手拔麦子不起肉刺子噢！姑娘媳妇子们买海纳来，海纳包了手拔麦子不起肉刺子噢！”云娃子父亲叫喊声在河滩里飘来荡去。有两个穿红衣服的女子从河滩里的小路上走了过来。

“快点下水，有女的过来了！”我看到有女的过来，对在沙坝上玩耍的几个光屁股的伙伴说。

我们全下到水里。云娃子的父亲不知从哪里冒出来的，他担着担筐走到两个女子面前，故意用担筐挡住两个女子去路，河滩里传来男女嘻嘻哈哈的声音。

“尕生财，是你妈，云娃子爹挡住的是你妈！”赵卫东对尕生财说。

尕生财从水里站起身子对着河滩里的人骂：“哎！骡子！我日你妈！”云娃子一下从水里蹿起来，一把把尕生财压进了水里。尕生财的哥哥看到云娃子把他弟弟压进水里灌了几口水，从水里拿起一块石头一下打在云娃子头上，把云娃子的头打出了一个包，云娃子哭着走出水，边穿衣服边叫我：“军娃子，卬俩先走，卬俩不和8队的一起耍！八队的娃娃们都是夯客！”

云娃子的哥哥唐娃子跟了他爹，个子和他爹一样高。我到他家时他正坐在他母亲住的小房的门槛上有声无泪地哭着。云娃子说他哥哥刚被他姐姐从兰州接回来。云娃子爷爷奶奶住的大房子墙上有一面镜子，镜子里面一张唐娃子的照片上，唐娃子站在高高的台阶前面，台阶上面是一座高高的庙宇一样的建筑，建筑上面写着三个字：“五泉山”。那是唐娃子在兰州五泉山前面照的，我看了照片，对唐娃子羡慕不已，唐娃子去过兰州，见过城里的人啊！

云娃子说，他哥哥唐娃子每天在五泉山下面的广场上唱“春季里嘛就到了者，迎春花儿开，迎春花儿开，我的那个尕妹妹，踩春来，踩春来，小呀啊哥哥，小呀啊哥哥，踩呀嘛踩春来！”他唱完后两个手伸向听他唱歌的人，他见到给钱的人少，接着又唱：“听说我的个尕妹子病下了，称上二斤个冰糖着，看她去啊，看她去啊着山丹红花儿开！”唱完后又向听他唱歌的人伸手要钱。他矮矮墩墩脸圆圆地站在那里，看起来就像个不到十岁的小孩儿，但是唱的歌又是大人们才唱的妹妹哥哥的歌，听他唱歌的人感觉很怪也好笑，就几分几毛地给他扔钱。没多久广场上来了一个瘸腿的，一个断胳膊，一个一只眼的三个人，瘸腿会拉琴，断胳膊的会唱歌，一只眼的会耍刀，三个一来就赶走了唐娃子。唐娃子在兰州城里到处流浪，一天他在一家商场里看到一个人买东西时把钱包很随意地放进裤子口袋，他走上前去，很轻松地掏出了那只钱包。

这一切都被一个西装革履的大人看在眼里，唐娃子心跳着走出商场的时候，大人一只手像提一件东西一样，把唐娃子从衣领上提着左拐右拐走了很久提到一个很黑的房子里。大人说他是公安局的，要唐娃子从此听他的话，否则就抓唐娃子送到公安局，让唐娃子从此坐牢。唐娃子吓得不行，只好点头答应。那人往一个洗脸盆里倒了半盆水，后放进一块肥皂，让唐娃子用中指和食指两根手指一起夹肥皂。唐娃子哪里能夹得起，唐娃子不夹那人就脱下皮鞋没头没脸地打，打完了还不给饭吃。也不知过了多少天，唐娃子终于能从脸盆里夹出肥皂了，但是那人把脸盆里的水倒掉，把里面的冷水换成了开水，要唐娃子从开水里面夹出肥皂。唐娃子一伸进水里，指尖一烫，想很快收回，就在这一瞬间，那人猛一下把唐娃子的整只手按进了水里，唐娃子烫得哇哇大叫，唐娃子的手上全是水泡，不往水里伸手，那人拿一根棍子，专门敲唐娃子的手，唐娃子一看到热气腾腾水盆全身发抖，那人放开唐娃子的手，自己挽起袖子，一下伸进水里，唐娃子还没看清楚，开水里的肥皂已到了那人的手指中间。那人说，如果不能从热水里夹出肥皂，不是被商场里的人打死，就是被公安局的人用电棒打死的下场。唐娃子看着那人指间的肥皂，慢慢伸出了自己的手指。

唐娃子一次在商场里刚偷出一个钱包就被两个穿便衣的公安带到了派出所，唐娃子一到派出所两腿发抖，一泡尿从两条裤腿里流到了地上，说的话全是那人教过唐娃子已背成了顺口溜的。审讯完几天没人来认领，唐娃子被转到了收容所，几个月以后乡政府的一个人骑自行车路过云娃子家时，问他家是不是有一个叫唐娃子的娃娃在兰州，后让云娃子家去人到兰州一家收容所去领人。

云娃子一家八人，也就是云娃子姐姐撑展一点。她穿上过年时才穿的衣服，到兰州把她弟弟唐娃子领了回来。

我问云娃子，唐娃子是被公安局抓去的，哪里会那么容易就让领回来的。云娃子说他姐姐有办法。她姐姐一到收容所放声就哭，她哭天哭地，哭爷爷哭奶奶，哭爹哭妈，哭弟弟哭妹妹，而且是声音越哭越大，人越哭越伤心，到后面整个人站立不稳坐在地上卷成一团哭，就连到收容所里的人都感动了，两个女的一个男的还流下了眼泪。云娃子姐姐一边哭一边向收容所里的人诉说，她爷爷奶奶今年八十多岁了，奶奶因年龄大双眼已瞎；他父亲是一个矬子（有她弟弟为证），她母亲是一个瘸子，她还有个弟弟到了上学的时候还没上学，她还有一个六岁的妹妹，一家老的老残的残小的小，就她一个人好一点儿，因家里穷困初中毕业就失学在家。没有比她家更惨的家庭了，姐弟俩临走时收容所的人还送了几件旧衣服几个馒头给他们。

唐娃子回到家的第一件事就是哭，他一声长一声短有声无泪地哭着，手拿着一块布要缝一个口袋。他妈拄着拐子坐到门槛边上说：“过来我看看，他们把我的娃打坏了没有！”

这时云娃子的姐姐说话了，她说：“没打过，收容所里的人说了，他们一直把他当娃娃哩，一下都没打过！”

云娃子妈拉过唐娃子的胳膊挽起袖子，我看到唐娃子的胳膊比云娃子从肉食组里拿来的猪蹄还白还胖。云娃子妈拿过唐娃子手里的布说：“拿给我，我给你缝！”

云娃子说那个口袋要缝在唐娃子的裤子里面，就是有个抓住唐娃子了也不会搜到他裤子里面的那个口袋。

云娃子家隔条公路对面印队里的一家的果园里有“六月红”，别的苹果还很酸的时候“六月红”已经能吃了。我吃过晚饭就到云娃子家，和云娃子商量好等看园子的人走了后偷“六月红”。我和云娃子等了很久，天黑了下来，云娃子到公路边上看了几回进门后说：“走了！”我和云娃子把衣服扎进裤子里，俩人上到树上摘了苹果从脖子下面直接装进衣服里面。按前面说好的，我和云娃子把偷来的苹果全部拿出来然后再按大小平分，我俩把苹果刚放到柜了上，云娃子姐姐进来了，她拿走了柜子上的全部大的苹果说：“现在苹果还不好吃，等她放在麦仓里放几天后再吃时又沙又甜！”我只拿了几个小的，还没到家就吃完了。几天后等我向云娃子要苹果时，云娃子说早已被他姐姐吃完了。

云娃子家的杏子在他家厨房里放了两天后，他爷爷端在学校门口卖。校门口的西墙边早上能晒太阳，下午能乘阴凉。墙边顺着墙根是一条一米多宽的小路，小路和公路中间是一条水沟，云娃子爷爷的杏子篮子就摆在西墙根下面，上学放学的学生从杏子篮子前面经过。下午没事，我走到校门口，云娃子爷爷的杏子篮子边上已经坐了几个小孩，有一个小孩手里拿着一颗杏子轻轻地小口小口地咬着。我在公路边上对着云娃子爷爷的杏子篮子坐下，尕生财过来了，他手里拿着一把葱，走到云娃子爷爷前面把葱给了云娃子爷爷，云娃子爷爷给了他两颗杏子后把那把葱放在了杏子篮的后面靠墙的地方。我看到云娃子爷爷放葱的墙根的地方的墙上螋开了一个洞。我起身走进学校，走到云娃子爷爷放杏子篮子的地方，伸过手，从篮子里拿出两颗杏子，走到操场中间吃掉了。

卖完杏子云娃子爷爷卖李子，卖完李子又卖香水梨，这些我都每次两颗两颗地从墙根下面的小洞里拿到操场中间吃完了才到教室去上课。卖完香水梨时云娃子爷爷开西瓜，西瓜太大，墙根的洞太小，根本就拿不出来。我连续几天坐在又大又圆的西瓜摊前想办法。西瓜是大人们买回家后用刀切开一牙一牙吃的，如果云娃子爷爷把西瓜切开卖，我就可以从里面拿出去。我对云娃子爷爷说："你如果把西瓜切开，一牙一牙卖，很多人都能买得起，甚至学校的学生都会买。"云娃子爷爷听了我的话，拿了他家的炕桌子切开西瓜放在上面卖。切开的西瓜惹苍蝇，云娃子爷爷又用纱布做了一个罩子罩在西瓜芽子上面。我从学校里面一只手拿一截木棍挑开西瓜芽子上面的罩子，一只手刚摸到西瓜就听到云娃子爷爷在外面吼："我把你娃娃抓住掼掉哩！"我撒腿就往教室里跑，教室里老师发了成绩单后宣布：放假，今天开始放暑假。

公路边上大树的头被人砍了，起先公路上的穿着蓝衣服的人在村里转来转去地抓砍树的人，他们一边在村里转，一边宣传说公路边上的树和村里分的果园里的树不同，果园里的树分开后就成了私人的，但是公路边的树不分，永远都是公家的，私人永远都不能砍。没几天，公路边的大树都被人砍掉了树头。公路上的人开来了一辆大卡车，开始放没有树头的树。两天放了两车树，到第三天时没有树头的树被人放走了几棵，公路上的人不论大小挨着放。树放走了哪家地边的树根归哪家挖，云娃子家前面是 6 队的地，6 队的人住在城里，没有人知道公路上已经放树了，云娃子家前面路边的树根全归云娃子家挖。其他人挖到一人深时从下面挖断直接抬上来就行。云娃子父亲先挖一个，挖到坑沿刚到他的腰的位置又去挖下一个，他一边挖，一边对云娃子说："赶紧挖，趁六队的人还不知道先挖开占着！"直到把所有他认为是他家的树根全挖开后，才跳进前面挖开的树根坑里继续往下挖。云娃子父亲个头小，他挖树根挖得很深，等他从很深的树坑下面把树根挖断，他人已经从下面上不来了，云娃子和他姐姐俩人放下绳子，云娃子父亲把绳子的一头捆在腰间，云娃子和他姐姐从上面拉，云娃了父亲背靠着树根，脚蹬着坑壁被云娃子和他姐姐从下面拉到地面。

别人家挖完树根，把大根和毛根捡到架子车上，一车拉起来就走了，云娃子家的树根太多了，就云娃子爹从树坑里丢上来的毛根，云娃子和唐娃子用背斗背回家堆满了他家的院子还在背。唐娃子边背边对他家里浪门的人说：“啊呀！你们看，印家这么多树根，到我奶奶死时都烧不完啊！”云娃子妈在窗口说：“那畜生说的什么话啊！军娃子你进来我把剪子给你，你把那畜生的嘴剪豁！”小一点的树根，云娃子父亲从下面绑好绳子后，央求路边看热闹的人们帮他拉上来，下面再填上几根滚木，直接就拉到他们家院子里，但是有三根很粗，云娃子爹挖得很深，下了四根绳子，七八个人都拉不上来。云娃子妈拄着拐子在边上对云娃子说：“到肉食组叫你赵七武大大和赵米武大大去，让他们俩来拉一下！”边上的人都说：“对，叫那俩去，那俩天天杀猪，力气大！”

我和云娃子一起跑到肉食组，那时肉食组已卖完肉，外面的大肉铺的门已关了。铁门开着，我和云娃子刚进到里面，里面一排房子的一扇门开了，尕生财的妈从里面出来了，那时尕生财的妈给肉食组的人做饭，云娃子早晨接血的脸盆下面多的是猪的大肠头子，已很少藏到猪蹄子了。云娃子对着房子叫：“大大，我妈说叫你帮我家拉一下树根！”

我从门口看到里面赵七武提着裤子从床上坐了起来，他走到门口对云娃子说：“你先回去，我过一会儿来！”

“我赵米武大大在不在，我妈也叫我叫一下他！”云娃子对赵七武说。

“你妈也太能了，两个人都叫！也不看看自己是什么人！”尕生财母亲说了一声出铁门走了。

“走吧！印先走，等一下吃饭他才来！”赵七武跟着我和云娃子一起出了铁门，他对大肉铺前面站着的尕生财的母亲说：“赵米武来了你对他说一下，到骡子家拉树根，现在用着他了他倒看不见人！”

赵七武和赵米武来了也没拉上来，那三根树根在树坑里被十几个人五六根绳子像陀螺一样拉得转来转去，就是拉不上上来。水沟里的水流了下来，云娃子爹怕水淹了树坑，用铁锹铲了土想把树坑拥起来。我对他大喊：“别拥，让水流进去，水流进去就把树根漂起来了！”

我说的是对的，水进到树坑里，树根漂了起来，等树坑里流满水，树根已浮起的有云娃子父亲一样高了，十几个人一起用力，向着公路中间一拉，粗大的树根就平躺在了公路上。云娃子奶奶爷爷去世后的棺材，就是用的树根。

挖完树根后，唐娃子再也没有去过兰州，一天下午他又有声无泪地哭着。他手里拿着一个花手绢，一看就是女人们用的。他姐姐想要，他不给，他妈说用剪刀把手绢的一角剪开一个豁口，用手绢的人才不会丢东西。唐娃子拿着剪子要把一个角剪下来，他妈说不是那样剪，但是他妈在小房里面说的剪法他在外面又听不明白，他姐姐听明白了剪开手绢后要给她用，唐娃子不会剪又不想给，所以就急哭了。我进门后云娃子妈说：“给军娃子，让军娃子给你剪一下，你别像个柳皇爷在那里干吼！”我沿着手绢角，轻轻剪开一口就给了唐娃子。我问云娃子，他哥哥怎么在家待了这么久还不去兰州。云娃子说他哥哥看上去很小，其实已经满十八岁了，再被兰州的公安局抓住就要送到监狱去，送到监狱后就永远回不来了。

唐娃子在村里的街上闲转，他看到一个女的买东西，走上前去把手伸进了女人的口袋里。让女的一把把他的手和自己的钱包一起抓在了手里。那是唐娃子第一次在村里的街上向别人伸手，女人的男人一耳光把唐娃子鼻子打出了血，一脚踢翻在地，逛街的人听到抓到了一个小偷，全拥上来用脚猛踢猛踩，唐娃子哭爹喊娘地在地上滚来滚去，一个人上前劝了一会儿，众人才散去，看到的人都说，如果不是那天那位好心人上前劝说一下，唐娃子肯定会被活活踢死。

那天早上杀猪时没看到云娃子，我到他家去找他，我到他家时他奶奶挣着一双水汪汪的眼睛在大房子门槛上坐着，她听到我的脚步声向着院子问：“是谁？是谁进来啦？”

咣当一声，小房子的门开了，赵米武从里面出来了，他看了我一眼往外走了。

“军娃子，是军娃子，军娃子这么早就来了！”云娃子妈在小房里说。

小房里有一种甜腻的腥味，里面的桌子上放着一条中间用纸包着的猪肉。云娃子妈点了一支烟说：“家里的人都去割麦子了！”我问了一下她家的地在哪儿就往外走，云娃子妈对我说：“你看一下那奶奶进去没有？”

我走出房门，云娃子奶奶一手扶着墙，正转身慢慢往大房里面进。

云娃子爹、唐娃子站着和麦子一样高，云娃子和他姐姐高一点，但是他们全家都不会捆麦子，别人家的麦子捆好个子后十个一垛十个一垛摞在地里，他们捆麦子时把腰子头插在麦个子里面，这样的麦个子很松散立不起来。他们把麦个子直接放在田埂上，麦穗就直接挨在地上，麦穗挨在地上，老鼠就直接吃到麦子，下雨的时候麦穗就会受潮生芽。我想到云娃子给我吃过的甜甜的芽麦面馒头，才知道他们家的芽麦面是这样来的。

那时公路上已不让碾场了，村里的人都在自家院子里打场。但是云娃子家的院子就那么大一点，院子里面还有一棵很高的杏树，一天到晚晒不到太阳，他家就等到田埂上的麦子干了后拉回家堆在院子里，等到半夜三更全家出动，把麦子全放在公路上让汽车碾，早晨天不亮就早早收拾干净，公路上的人也发现不了。

那天晚上他们把麦子放在公路上翻过一遍后，唐娃子坐在路边的麦草上休息，一辆车从唐娃子的身边擦了过去。一家人吓得不轻，唐娃子当场起身扔了手里的铁叉回到家再也不上公路了。早晨我到他家时他还在有声无泪地哭。我听了一会儿才明白他妈知道汽车并没有碾到他，他只是受了一点惊吓，天亮时他妈叫他去帮着往家里背麦草，他不去，后想起他妈借过他两毛钱买了烟，他一边哭着说他妈对他不好，说自己让汽车碾了还叫他干活，既然他妈对他不好，他妈借他的钱他就要他妈还他。他妈说大家在干活，没有时间干活，他又开始骂赵七武，说有一天赵七武拿来的猪蹄子他没吃到。他妈一听他骂赵七武从里面拿了鸡毛掸子，拄着拐子出门对着他就打，他妈边打边骂："赵七武的一次猪蹄子你没吃到你就记下了，赵七武的猪血猪尾巴猪肠子你吃过的少吗？"唐娃子一只胳膊护着头，起身往外面边走边骂："我是骂赵七武又没骂你，还有赵米武哩，赵米武那次给了你三块钱你怎么没给我一分？"

唐娃子妈追到院子里打唐娃子，大门门槛上坐着的唐娃子奶奶说话了："吃了，我也吃了，猪蹄子猪尾巴我也吃了，你过来把我也打给几下！啊！过来打啊！把你这个没脸货还不能骂吗？啊？"

"能骂，能骂，骂！你骂啊！你整个就是一个闲人，一天到晚除了吃饭你干了什么？一天到晚吃饱喝足闲待着你还不如意吗？"云娃子妈说。

"如意！我如意得很啊！我哪里有你那么如意啊！"云娃子奶奶说。

"一家子全是白眼狼，吃着人家的还落不到一点儿好！"云娃子妈说着把手里的掸子往地上一扔，出院子，往公路上面走了。

云娃子爹把装了一半麦子的口袋背到厨房里放在地上，又背来半麻袋让云娃子扶着口袋自己上到案板上面往口袋里添，口袋添满后他站在地上，拿出一条麻绳抱住口袋系在口袋中间。他说要抓老鼠，老鼠上去偷吃麦子的时候要经过麻绳，过麻绳时咬麻绳的时候，麻绳上面的麻就缠在老鼠牙里面，老鼠就跑不掉了。

我跟着云娃子到他妈住的小房里拿馍馍，“军娃子还是包包牛啊！”云娃子哈哈笑着对他妈说。

他妈望着我笑着问我：“真的吗？”

那天我和云娃子在河里洗澡时，我俩在沙坝比赛尿尿时云娃子看到我的牛牛大声说我的牛牛是包包牛。

我看了一下我的牛牛，尖尖的，最前面是一个尿尿的小口，而云娃子的牛牛前面像一个子弹头一样，全是开着的，我又看了一下其他小孩儿，其他小孩儿的牛牛都像云娃子的一样，前面翻开很多，而我的牛牛一点也翻不开，前面小小的红红的尿尿口像小鱼的嘴一样。我再没有下水，穿了衣服就回来了。

“屋里的醋没了，你挖上两碗麸子到八队倒醋去！让军娃子先到屋里浪着！”云娃子妈把云娃子使出去了。小房里只剩下我和云娃子妈俩人。

“军娃子，把你的牛牛拿出来我看一下！”我一下红了脸，扭捏着看云娃子妈的脸。

“你是男人嘛，有什么害羞的，拿出来，拿出来让嬷嬷看一下。”云娃子妈的口气很坚定，我从裤子尿尿的地方伸进手，云娃子妈拿起拐子拔过门，把门从里面扣上了，屋里的光线一下暗了很多。

“不要害怕，你是一个男人嘛，怕什么。把裤带解开，把裤子脱下来！”

我慢慢解开裤带，把裤子脱到腿弯处。云娃子妈一手把我拉进她的怀里，一手把我的裤衩拉了下来，我的屁股凉飕飕的。云娃子妈拿起我的牛牛低下头看。

“真的，真的，这娃娃的牛牛还是包着的，真是个男娃娃啊！”

我的脸对着云娃子妈白色的大脸，我闻到云娃子妈头发上的油腻味，我闻到了她嘴巴里的馊饭的味道，我闻到了从她胸前发出的人体的潮湿的汗腥味。她的手握着我的牛牛摸着，我感觉到了她手心里突出的手茧，我心里难受，想退后，但是我的牛牛在她的手心里慢慢胀大，慢慢张开。她慢慢地套弄着我的牛牛，一只手还摸摸我牛牛下面的蛋蛋，我的脑子里面一片晕眩，房间里的窗户越来越亮，窗户外面的杏子树上的叶子闪闪发亮，树枝上一颗颗毛茸茸的青杏在阳光里慢慢地变成了成熟时的杏黄色……

忽然，我的牛牛钻心地一痛，我的眼前一黑，我感觉我的牛牛被撕裂了，屋子又回到了以前的黑暗，我的牛牛流血了，云娃子妈翻开炕沿边的单子，拿出一团棉花给我擦了一下，白色的棉花上面我的血像玫瑰一样红，很快又变得像煤一样黑。

“你是个男娃娃，迟早有这么一天的，没有这么一下你还做不了男人的，等你做男人的时候还会感谢我的……”

云娃子妈还在说着什么，我听不清了。我走出她家的门，外面的天很阴，我的下面很痛，我全身发冷，我的两腿软软地拖不动我的身体。